ダンジョンに出会いを求めるのは間違っているだろうか 英雄譚

アストレア・レコード 3

正邪決戦

Author by Fujino Omori Illustration Kakage Character draft Suzuhito Yasuda

Contents

ASTREA RECOR
evil fetal movement

Is It Wrong to Try to Pick Up Girls in a Dungeon
heroic tale

ダンジョンに出会いを求めるのは間違っているだろうか

英雄譚

アストレア・レコード

正邪決戦

Author by Fujino Omori Illustration Kakage
Character draft Suzuhito Yasuda

3

大森藤ノ

[イラスト]かかげ

[キャラクター原案]ヤスダスズヒト

リュー・リオン

【アストレア・ファミリア】所属のエルフ。Lv.3。
二つ名は【疾風】。

アリーゼ・ローヴェル

【アストレア・ファミリア】団長。リューをファミリアに誘う。Lv.3。
二つ名は【紅の正花《スカーレット・ハーネル》】。

ゴジョウノ・輝夜

極東出身の【アストレア・ファミリア】副団長。Lv.3。
二つ名は【大和竜胆《やまとりんどう》】。

ライラ

【アストレア・ファミリア】所属の小人族《パルゥム》。Lv.2。
二つ名は【狡鼠《スライル》】。

アストレア

ファミリアの主神で正義を司る。
心優しく慈悲深い女神。

アーディ・ヴァルマ

【ガネーシャ・ファミリア】所属。Lv.3。
二つ名は【象神の詩《ヴィヤーサ》】。

Characters

ネーゼ・ランケット

【アストレア・ファミリア】所属。
狼人《ウェアウルフ》。

イスカ・ブラ

【アストレア・ファミリア】所属。
アマゾネス。

セルティ・スロア

【アストレア・ファミリア】所属。
エルフ。

アスタ・ノックス

【アストレア・ファミリア】所属。
ドワーフ。

ノイン・ユニック

【アストレア・ファミリア】所属。
ヒューマン。

マリュー・レアージュ

【アストレア・ファミリア】所属。
ヒューマン。

リャーナ・リーツ

【アストレア・ファミリア】所属。
ヒューマン。

フィン・ディムナ
【ロキ・ファミリア】団長。
小人族《パルゥム》。

リヴェリア・リヨス・アールヴ
【ロキ・ファミリア】副団長。
ハイエルフ。

ガレス・ランドロック
【ロキ・ファミリア】幹部。
ドワーフ。

ノアール
【ロキ・ファミリア】の老兵。
ヒューマン。

ダイン
【ロキ・ファミリア】の老兵。
ドワーフ。

バーラ
【ロキ・ファミリア】の老兵。
アマゾネス。

オッタル
【フレイヤ・ファミリア】団長。
猪人《ボアズ》。

アレン・フローメル
【フレイヤ・ファミリア】副団長。
猫人《キャットピープル》。

フレイヤ
【フレイヤ・ファミリア】の主神。

ヘディン・セルランド
【フレイヤ・ファミリア】幹部。
エルフ。

ヘグニ・ラグナール
【フレイヤ・ファミリア】幹部。
ダークエルフ。

ガリバー四兄弟
【フレイヤ・ファミリア】幹部。
小人族《パルゥム》の四つ子。

ガネーシャ
【ガネーシャ・ファミリア】の主神。

シャクティ・ヴァルマ
【ガネーシャ・ファミリア】団長。
ヒューマン。

ヘルメス
【ヘルメス・ファミリア】の主神。

アスフィ・アル・アンドロメダ
【ヘルメス・ファミリア】副団長。
ヒューマン。

リディス・カヴェルナ
【ヘルメス・ファミリア】団長。
ヒューマン。

ヴァレッタ・グレーデ
闇派閥《イヴィルス》の幹部。ヒューマン。
二つ名は【殺帝《アラクニア》】。

オリヴァス・アクト
闇派閥《イヴィルス》の幹部。ヒューマン。
二つ名は【白髪鬼《ヴェンデッタ》】。

ヴィトー
闇派閥《イヴィルス》の幹部。ヒューマン。
『顔無し』と呼ばれている破綻者。

エレボス
かつてエレンと名を騙っていた邪神にして、オラリオを滅ぼさんとする『絶対悪』。

ザルド
【ゼウス・ファミリア】のLv.7。
ヒューマン。
二つ名は【暴喰】。

アルフィア
【ヘラ・ファミリア】のLv.7。
ヒューマン。
二つ名は【静寂】。

カバー・口絵・本文イラスト
かかげ

プロローグ
Last Intermission

ASTREA RECORDS
evil fetal movement
Author by Fujino Omori Illustration Kakage
Character draft Suzuhito Yasuda

これは記録。
都市に刻み込まれた、『悪』が極めし隆盛の時代。
これは記憶。
私だけは忘れてはならない、星々が駆け抜けた『正義』の軌跡。
そして、これは真実。
誰《だれ》も知ることのない、たった一つの笑顔——。

レコード

決戦

アストレア・

正邪

夜明け前の空は、重苦しかった。

数刻前まできらめいていた束《つか》の間の星空を灰色の雲が覆《おお》っている。

全《すべ》てが終わるまで晴れた空を拝むことはできない。誰かがそう呟《つぶや》いた。

薄闇《うすやみ》に包まれる都《みやこ》。

戦いの爪痕《つめあと》を残した迷宮都市。

崩れた大通り。抉《えぐ》られたようにごっそり半身を失った建物。およそ半分を廃墟《はいきょ》に変えた都市の歪《いびつ》な景観は、あるいは横たわる巨人の亡骸《なきがら》のようだった。まるで瞼《まぶた》を閉ざし、醒《さ》めない夢を見続けているような。

何より、静かだった。

音が絶え、静寂だけが生じている。

大都市に相応《ふさわ》しくないほど、人々の営みも、喜びも悲しみも交ざった喧噪《けんそう》も、子供達の声でさえも、消え去っていた。

ただ、乾いた風だけが冷たく訪れては去っていく。

オラリオは、沈黙している。

「………ここは、本当にオラリオなんすか？」

視界に広がる光景に、【ロキ・ファミリア】の団員、ラウルは無意識のうちに呟いていた。

今まで見たことのない都市の風景に、呆然《ぼうぜん》と立ちつくす。

「誰もいない、何も聞こえない……」

ヒューマンの少年の隣で、同じ横顔を浮かべるのは【ヘルメス・ファミリア】のファルガー。

虎人《ワータイガー》の青年は周囲を見回し、帰る巣を失った獣のように呻《うめ》き声を出す。

「冒険者《おれたち》を罵倒する声や、世を嘆くすすり泣く声が聞こえていた時の方が、まだ街が生きていた気がする」

一切《いっさい》の人影がない。

冒険者達以外、物音一つ聞こえない。

自分達が知っているオラリオからの、あまりの乖離《かいり》に、困惑と衝撃を等しくする。

「まさに退廃の都《ゴーストタウン》だ……。ここが『世界の中心』だなんて、いったい誰が信じる？」

ファルガーの言葉は、全てラウルの心の内を代弁していた。

故郷を飛び出し、巨大な門をくぐって、輝かしい英雄の都《みやこ》を初めて目のあたりにしたあの日の自分は、こんな迷宮都市《オラリオ》を見る時が来ると果たして想像できただろうか。

「まるで……世界の終わりを見せられているような……」

何故《なぜ》か無性に泣きたくなって、ラウルがそんな弱音をこぼしていると、

「感傷的になるな、若造ども」

老兵《ロートル》がその背中を戒めた。

「【弓弦の剣葉《ユズルハ》】……」

「ノアールさん……す、すいません……」

振り向いたファルガーが二つ名を口にし、ラウルは同じ【ファミリア】の先達に謝罪する。

御年七十を越えたヒューマンの男だった。

老いてなおその体は鍛え上げられており、一本の芯《しん》が通っているかのように背筋は伸びている。一八〇C《セルチ》に届こうかという体は細く、しなやかで、柳の木をも彷彿《ほうふつ》させた。上半身は極東の着流しにも似た戦闘衣《バトル・クロス》を纏《まと》っており、『剣客』という言葉がぴったりだ。

ノアール・ザクセン。

【ロキ・ファミリア】の古兵。

改宗《コンバージョン》を経ての入団者であるが、当時オラリオに来たばかりのフィンやリヴェリア、ガレスに冒険者のいろはを叩《たた》き込《こ》んだ。未《いま》だ屈強な肉体を維持するドワーフのダイン、薹《とう》が立ってなお四十代にしか見えない美貌と獣のような戦いぶりを見せつけるアマゾネスのバーラとともに、フィン達にとっても先達である。

「このようなオラリオ、確かにオレ達も初めて見るが……」

「男神《ゼウス》や女神《ヘラ》がいた時よりマシさ。連中と来たら、ホルスやセベクの戦士どもと戦《や》り合って、毎夜毎夜『大抗争《ロートル》』を起こしてたようなものだからね！」

三人の老兵《ロートル》の中でダインが周囲を見回し、バーラが呵々《かか》と笑い飛ばす。冗談になっていない冗談に、ラウルとファルガー、そして他のロキ・ヘルメスの眷族達は顔を引きつらせながらと

いう注釈はつくが、ようやく笑みを浮かべることができた。

十人規模の冒険者達が行っているのは、最後の見回り。

都《みやこ》を『戦場』に変えるための仕込み。

髪と繋《つな》がっている髭《ひげ》に右手を添えるノアールは、無人と化した街並みに向けて、感傷など排した呟きを発した。

「まだ、何も終わってなどいない。本当の『決戦』は、始まってすらいないのだから──」


「フィン。ノアール達の報告や。市民の退避は全部完了。今、街には人っ子一人おらん」

ギルド本部、作戦室。

伝令のギルド職員が慌ただしく出入りを繰り返すのを脇《わき》に、卓に広げられた都市地図を凝視していたフィンは、主神の声に顔を上げた。

「このギルド本部、闘技場、大賭博場《カジノ》、ガネーシャんとこの本拠《ホーム》……そんで、うち等の『黄昏《たそがれ》の館』。この五ヵ所に全市民を収容した」

「わかった。冒険者の配置は？」

五本の指を立ち上げるロキは「建物の防衛にもうついとる」と返した後、その朱色の髪をガシガシとかいた。

「……都市に閉じ込められた時点で用意しとったとはいえ、本当に主要施設が即席の『砦《とりで》』になるとはなぁ」

『大抗争』の夜にて敗北を喫した後、闇派閥《イヴィルス》の都市包囲を認めたフィンがすぐさま出した指示は、オラリオ有数の巨大施設の『拠点化』だった。

目的は都市の各地に複数の『砦』を設け、戦う力を持たない民衆を収容するため。

とある正義の派閥が『正義の行方《ゆくえ》』について迷い、とある美神の派閥が『闘争』を繰り広げている間も、抜け目のない勇者の手で工事は着々と進められていたのだ。

この布石、あるいは『布陣』が必要になると、フィンは『決戦の日』を視野に入れ、逆算し続けていた。

「もう手段を選べる段階じゃない。『バベル』の他に、民衆を守らなければならない僕達にとっては」

砦の候補の中には、都市南区画に存在する【フレイヤ・ファミリア】本拠《ホーム》『戦いの野《フォールクヴァング》』の名も挙がっていた。だが、周囲を囲む防壁を含め、あまりにも敷地面積が広大過ぎるため却下されている。広いということは多くの避難民を収容できる分、防衛には大量の兵をつぎ込まなければいけないということだ。

そして巨大な単一の『一大拠点』を築くということは、フィンが思い描いている作戦図《プラン》にはそぐわない。

「中央広場《セントラルパーク》の『結界』の方は？」

「そっちもう、注文通り完成するで。リヴェリアを中心に魔導士達がこさえとるところや」

作戦図《プラン》の中のもう一つの『要《かなめ》』について質問を振ると、ロキは肩を竦《すく》めた。

「ただ、リヴェリアも言っとったけど……こっちは突貫やから、まともな防壁になりそうもないで？」

それを聞き、地図に視線を戻すフィンの眼差《まなざ》しは、揺るがなかった。

「構わない。敵の目を遮ることができれば、それで――」


「――あァん？　『結界』？」

灰の雲の下。

巨大市壁の内部で、盤《ボード》の上に駒《チェス》を並べていたヴァレッタは、怪訝《けげん》な声を発した。

「ああ、先程出現した」

オリヴァスの情報を聞き、豹《ひょう》のような身軽さで腰を上げる。

敵《オラリオ》の動きを逐一報告しろと厳命したのは彼女自身だった。闇の者共を従える指揮者の顔となって、階段を上がり、都市を一望できる市壁の上部へ出る。

「ありゃあ……」

「ああ。中央広場《セントラルパーク》を囲むように、分厚い氷の壁が張り巡らされている」

冷たく乾いた風に髪を揺らされながら、視界の奥の光景に目を眇《すが》める。

隣で語るオリヴァスの説明通り、幾重にも重なった氷壁が中央広場《セントラルパーク》の四方を守っていた。

巨大摩天楼施設《バベル》の足もとに構築された結界は、尖《とが》った氷の断面も相まって歪《いびつ》な仙人掌《サボテン》の大輪《はな》にも見える。

「魔導士達が維持する魔術的な結界ではなく、あくまで物理的な『氷塊』……本城《バベル》を守る『城壁《かべ》』といったところか」

オリヴァスの見解は正しい。

だがそれは表面的なもので、裏に必ず別の意図がある。

ヴァレッタは『宿敵の思考《それ》』を誰よりも理解している。

「はッ、民衆どもがいなくなったことといい、フィンの野郎も小細工を働かせてるみてえだな。……ヒヒヒ、そうでなくっちゃな〜。そうでなくっちゃあ、潰《つぶ》し甲斐《がい》がねェからなァ〜？」

この氷壁を構築するよう指示した小人族《パルゥム》に思いを馳せる女は、目を細めた。

「殺《や》るぞ、フィ〜ン。盤面《ばんめん》を読んで、駒《こま》を指し合って、このクソでけぇ都市を私達の遊戯盤《ボード》に変えてやる。グチャグチャにして、ブチ殺してやるからなぁ？　ヒャハハハハハ！」

手の中にある女王《クィーン》の駒を弄《もてあそ》びながら、狂喜に満ちる。

その女の姿に、市壁の見張りについている兵士達は戦々恐々と汗を溜《た》め、オリヴァスはくだらなそうに鼻を鳴らした。

そこで不意に――『震動』が生じる。

まるで遠雷のような音と、長く、ゆっくりと、腹の底にまで響く重い衝撃を伴いながら。

足もとから伝わる震動に、ヴァレッタは唇をつり上げた。

「そら……『地獄』からもお迎えが来やがったぞ？」


静かに、けれど確かに、都市は揺れていた。

揺れの源は『バベル』直下、ダンジョン。

「……」

白亜の巨塔の最上階、その部屋の窓辺で、フレイヤは迷宮の雄叫《おたけ》びを感じながら眼下の光景を眺めていた。

銀の瞳《ひとみ》で、今やもぬけの殻と化した都市を見渡す。

「どうか御避難を、フレイヤ様」

その背後、重量を感じさせる靴音が響く。

完全武装を果たしたオッタルが、主《あるじ》の背に声を投じた。

「何故？」

「他の神々はもうギルドに移っています。『決戦』の刻限が近い」

視線を寄こさぬまま問いを返してくるフレイヤの背に、オッタルは声に僅《わず》かな緊張感を孕《はら》ませた。

「そして、敵の目標は『バベル』。この場に留まられるのは──」

「オッタル。私のこの衣《ころも》が何か、わかる？」

「──……いいえ」

進言を遮られたオッタルは、問いかけの内容に戸惑いを表す。

女神の召し物は普段の黒のドレスから変わっていた。

正反対の純白の衣《ころも》。半透明のストールを腕に絡《から》める様は、まさに女神ならぬ天女といった装いである。オッタルにも見覚えのないフレイヤの出で立ちだった。

「かつてヘラとの抗争に敗北した時、私はこの衣《ころも》を着ていた」

「……！　何故、そのようなものを……」

衝撃的な告白にオッタルが瞠目《どうもく》する中、女神は心の内を吐露する。

「禊《みそぎ》のため。今日、男神《ゼウス》と女神《ヘラ》の因縁を断ち切り、敗北の『泥』を落とす」

フレイヤはそこで、ゆっくりと振り返った。

「私の神意《しんい》と、決意。そして眷族に押し付けようとしている我儘《わがまま》」

「…………」

銀の双眸《そうぼう》に見つめられ、猪人《ボアズ》の錆色《さびいろ》の眼が、ゆっくりと理解の色を帯びていく。

フレイヤは眷族の姿をつま先から頭まで眺め、笑みをこぼした。

「ありったけの武器と鎧《よろい》……貴方のそんな姿、久しぶりに見た」

オッタルの装いもまた普段とは異なっている。

肩を覆う黄金《こがね》の鎧甲《プレート》に、火精霊《サラマンダー》の護布《ごふ》を改良した紅の外套《マント》と腰布。腰の周りには何本もの短剣《ダガー》が差さっており、背には巨大な大剣が二振り、交差して固定されている。

優美と武骨。違いはあれど、それはまさに鏡のようだった。

装いを変え、決意を自身に課す、主神と眷族の合わせ鏡。

「それは何のための装備《ころも》？」

「……己《おのれ》の意志を遂げるためです」

「その意志とはなに？」

「打ち勝つこと」

女神の問いに、眷族は今度は惑《まど》うことはなかった。

「貴方は負けるつもりなの、オッタル？」

「いいえ」

「なら、どこにいようと関係ない。私はこの玉座の上で、貴方が捧げる勝利を待つ」

オッタルから視線を断ち切り、フレイヤは窓の外に視線を戻す。

「ここの景色にはすっかり飽きているけれど……ここが一番、オラリオがよく見える」

「…………」

「見守っているわ、オッタル」

「…………はっ」

短い声の後、秘めるのは何事にも代えがたき忠誠だった。

「必ずや、御身《おんみ》に勝利を」


炉《ろ》の燃える音が響く。

殺人的な熱気が渦巻く、とある鍛冶場。

闇派閥《イヴィルス》の度重なる襲撃に晒《さら》されてもなお建ち続ける大工房は、鍛冶師達の誇りだった。

「これが、私の新たな武器……」

その中で、一振りの武器が産声を上げる。

その『木刀《ぼくとう》』を受け取ったリューは、刀身に宿る滑《なめ》らかな質感と聖なる妖精《ようせい》の加護に、感嘆の息を漏《も》らした。

「注文通り、素材は『大聖樹の枝』。木剣《けん》としての性能は勿論《もちろん》、魔力を増幅させる『杖《つえ》』としての属性も備えてる」

【ゴブニュ・ファミリア】の団長、鍛冶場の親方は額から大粒の汗を拭いながら、不眠不休の疲れも感じさせず告げた。

彼の言葉通り、この武器を発注したのはリューだった。

シャクティから受け取った故郷《リュミルア》の品を、【ゴブニュ・ファミリア】に託したのだ。

「アーディが遺してくれた大聖樹、それで作った武器！　よかった、間に合ったのね！」

リューの側で見守っていたアリーゼがここぞとはしゃぐ。

親方はそれを、無愛想な顔で否定した。

「間に合ってねえよ。急造も急造だ。実戦に耐えられるってだけで、まだ完璧《かんぺき》に仕上げられてねえ」

事実だった。

決戦が迫る中での、言わば突貫の作製だ。金属剣とは異なり鍛錬等《とう》の過程はないとはいえ、多忙な魔術師《メイジ》達の手は借りられず、『杖』としての魔力増幅の工程は中途半端《ちゅうとはんぱ》のまま。彼が一瞥《いちべつ》する神室《しんしつ》の先、鍛冶神《ゴブニュ》の力も借りてようやく間に合わせた木刀は、その性能を大聖樹の力に頼りきってしまっている。

顔をしかめる親方は、鍛冶師としての矜持《きょうじ》を覗《のぞ》かせながら、両腕を組んだ。

「だから……ちゃんと生きて帰ってこい。未完成の武器を売ったとなっちゃあ、鍛冶師の名に傷がつく」

「ええ、必ず」

ぶっきらぼうに言い放つ職人に、リューは微笑みを返した。

「リオン。武器の銘は？」

「《アルヴス・ルミナ》。アストレア様から名を頂戴しました」

その名の意味は『妖精の星光《ひかり》』。

リューと【ファミリア】を象徴する新たな武器の名に、アリーゼは「いい名前ね！」と破顔した。

「アスフィ達が集めた物資を融通してもらって、私達の防具も新調してもらったし！　これぞ決戦って感じがするわ！」

リューの武器の他にも、アリーゼ達の防具類も新たに生まれ変わっていた。

アリーゼの衣装は燃え盛る炎を彷彿とさせる紅蓮《ぐれん》の戦闘着《バトル・ドレス》。下から白のブーツに、腿《もも》まで伸びた同色のロングソックス、異常効果を妨げる冒険者用装身具《アクセサリ》を散りばめたミニスカート。上半身は紅の上着《ジャケット》とマントを羽織っており、『赤騎士』なんて言葉をも連想させた。

武器は、彼女を支え続けている愛剣《クリムゾン・オーダー》。

紅の秩序の名を冠する片手剣は、鍛冶師達の整備を受け、新品同然に白銀の光を散らしていた。

「ダンジョンの『大最悪《モンスター》』討伐隊……精鋭に任命された。相応の働きをしてみせます」

総指揮官であるフィンが打ち出した、地上と地下への部隊の『二面展開』。

地上側は闇派閥《イヴィルス》全軍による総攻撃と対峙《たいじ》する迎撃隊、地下側は邪神がダンジョンで召喚せし『大最悪《モンスター》』を討つ討伐隊。その中で【アストレア・ファミリア】は少数精鋭の後者に抜擢《ばってき》されていた。

地上の総力戦に負けず劣らず激戦が予想される【アストレア・ファミリア】は、フィンの指示で数ある派閥の中でも装備を充実させてもらっている。前衛壁役《ウォール》のアスタを始め他の団員も武具を新調されているが、特にアリーゼは団長として、そしてリューは絶対悪《エレボス》の興味を買ってしまっているという点で、装備品が徹底強化されていた。全てアストレアの神意である。

そんなリューが纏うのは、白と紺を基調にした戦闘衣《バトル・クロス》。

清廉の正義と風の輝きが同居したようで、まさに秩序の正装と呼ぶに相応しかった。防具は肘や膝《ひざ》のそれを除けば僅かで、機動性と対魔法防御を重視した設計だ。

自分のもの、そしてリューの決戦装束を眺め、アリーゼが思わず誇らしげな顔を浮かべていると――下から突き上げられるように、鍛冶場の床が低く呻いた。

「ダンジョンからの震動……いよいよね」

「はい……召喚された『大最悪《モンスター》』が階層を破壊し、地上に迫ろうとしている」

勇者《フィン》の読み通り――開戦は夜明け。

笑みを消したアリーゼとリューが、武装の最後の点検を終えると、ライラと輝夜《カグヤ》が見計らったように工房へ姿を現す。

「アリーゼ、リオン。出撃のお時間だぜ」

「支度《したく》は終わったな？　ならば地獄を下り、化物を討ちにいくぞ」

小人族《パルゥム》の少女は飄《ひょうひょう》々と笑い、着物姿のヒューマンは戦意を漲《みなぎ》らせる。

アリーゼはリューと頷《うなず》き合い、告げた。

「ええ、行きましょう！」

――頼んだぞ！　武器を壊すなよぉ！　ブチかましてやれ!!

鍛冶師達の荒々しい激励に送り出されながら、【アストレア・ファミリア】は中央広場《セントラルパーク》へと発つのだった。


迫る開戦の時に、戦う者達はにわかに騒がしくなっていた。

ギルド本部でも冒険者達が続々と準備を終えていく。この一戦の後のことは何も考えない。

使い慣れた愛用の剣、槍《やり》、斧《おの》、杖、鍛冶師達が整備した鎧、限られた中で分配された道具《アイテム》を携帯して、続々と自身の配置へと向かっていく。

熟練《ベテラン》の冒険者達は拳《こぶし》をぶつけ合い、あるいは腕を絡ませ合う。戦場の願掛けだ。

震えを必死に殺す若い冒険者には、老兵《ロートル》達が笑みを浮かべ、尻《しり》を叩《はた》く。

生き残ったら酒を奢《おご》ってやる。ひよっこども。

そんな約束を残して。

「オッタルやアストレアんとこに続いて、フィンも最強装備……やっぱり旗頭はこうじゃないとあかんなぁ」

本部のロビーから冒険者達が出払っていく中、新たな武装を装着したフィンを眺めながら、ロキはニヤニヤと笑った。

最高品質の戦闘衣《バトル・クロス》の上に、まるで鮮血の封印を施すように真紅の長布を右肩から腰にかけて巻いている。左肩から腕にかけて装着するのは防御を固めた肩鎧と強固な手甲。余った長布を背中でマントのように揺らすその姿は、同族《パルゥム》からすると『一族の女神《フィアナ》』のようにも見えたかもしれない。

カチャカチャと金具を鳴らして具合を確かめていたフィンは、そこでちょうど物見から帰ってきた団員から羊皮紙を受け取る。二言三言交わして団員が再び駆け出していくのを他所に、受け取った羊皮紙――敵陣の布陣を、黙って眺める。

「頼むぞっ、フィン！　都市が今、用意できるありったけをお前達の武装につぎ込んだのだ！

「必ずオラリオを守れ!!」

　無言を貫く小人族《パルゥム》に、唾を飛ばすのはロイマンだ。

　前線で戦う冒険者と負けず劣らず心臓を暴走させているエルフのギルド長は、腹の贅肉を揺らしながらキィキィと口うるさい姑《しゅうとめ》のように叫び散らす。

　一瞥もくれないフィンが「力を尽くすよ」と短く返事をしていると、何度目とも知れない震動が、ギルド本部を突き上げた。

「偵察隊より続報！　目標の『大最悪《モンスター》』、20階層に到達！　部隊の被害、甚大！」

　ほぼ同時に駆け込んできたのは、普段は受付嬢を務めるギルド職員だった。

　見目麗しい表情を青ざめさせている彼女は、ダンジョンからもたらされた一報を伝える。

「『これ以上の観測は不可能！　帰還を許されたし！』とのこと！　偵察隊、完全撤退します！」

　悲鳴に近い報告は、場の空気を張り詰めさせるのには十分だった。

　周囲にまだ残っている冒険者達が動きを止め、ロイマンが青ざめる一方、冷静に事態を受け止めるのは、神《ロキ》と、第一級冒険者達のみである。

「迷宮側の観測と地上への報告は移動時間がある分、ズレが生じる。目標の現在地は19階層といったところか。予想より速い……」

「ああ。だが私も、【アストレア・ファミリア】の準備も完了した」

　髭に手をやりながら思案するガレスに、リヴェリアが頷きを返す。

大長杖《スタッフ》を最後に確かめ、横に目を向けると、

「いつでも出撃を………フィン？」

小人族《パルゥム》の総指揮官は口を閉ざし、じっと羊皮紙を睨《にら》み続けていた。

その様子に、束の間の静けさが『ギルド本部』に訪れる。

それは度重なる精査と推測の時間。

最後にフィンは、親指の腹を舐《な》めた。

「…………ダンジョン側、討伐隊の編成を変更する」

たっぷり五秒の時をかけ、指示内容を更新する。

「リヴェリアと【アストレア・ファミリア】に加え、ガレス、そしてアイズ、君達も討伐隊に入ってくれ」

「なんだと？」

土壇場での編成変更に、リヴェリアは驚きを隠さなかった。

彼女の隣で意見したのはガレスだ。

「待て、フィン。『大最悪《モンスター》』は【アストレア・ファミリア】の機動力で攪乱《かくらん》し、リヴェリアの火力で一気に仕留める作戦であろう。地上からはザルドとアルフィアが攻め入ってくる。戦力を割く余裕などないぞ？」

真っ当な指摘だった。

同時にそれは、オラリオ側が『大最悪《モンスター》』よりもザルドとアルフィアを脅威として捉《とら》えている意味に等しい。戦力が偏ったとしても二人の『覇者』を何としても迎え撃つ、というのが当初のフィンが敷いた『布陣』だった。

「僕もそう考えていた。だが、物見から届いた闇派閥《イヴィルス》の陣形……市壁に集まる敵の動きに、『違和感』がある」

それを踏まえた上で、フィンはロビーの長台《カウンター》の上に地図を広げ、自陣と敵陣、白と黒の駒を配置する。

「僕が想定していた十七通りの布陣、そのどれにも当てはまらない。開戦前の陣と言われればその通りだが……どうにも臭う」

地上の偵察部隊が届けた情報が反映され、闇派閥《イヴィルス》を示す黒駒があらかじめ予想していた地点《ポイント》から次々と別の場所へと移動していく。あのフィンの予測と乖離《かいり》していく敵陣に、ガレス達も思わず難しい声を出した。

敵の女王《クィーン》を最後に東側に移動したフィンは、その碧眼《へきがん》を針のように細める。

「……敵は『大最悪《モンスター》』以外にも、ダンジョンに戦力を回してるっちゅうことか？」

「それもあるが、最も危惧しているのは――」

主神が呈した懸念に、フィンは開きかけていた口を閉ざした。

沈黙を経て、頭《かぶり》を振る。

「……いや、何でもない。ただ、『大抗争』の時と同じように親指が疼《かん》いた。無視したくない」

「そりゃあ、確かに無視できんなぁ～。フィンの『勘』は、神々《うちら》のそれを超える時もある」

「お、おいっ、待たんか！　そんな不確定な情報で編成を変更するなど……！」

明確な理由がないにもかかわらず、ロキはあっさり納得した。

こんな状況でさえ楽しんでいる神に反して、身を乗り出すのはロイマンで、汗を流しながら慌てふためいていると、

「平気……」

背後から、静かな靴音が響く。

身の丈に不釣り合いな銀剣を背に差した金髪金眼の少女、アイズは、淡々と告げた。

「すぐに、モンスターを倒して……地上に、戻ってくればいい」

見下ろす格好で少女に視線が集まる。

耐えきれず肩を揺らしたのは、ドワーフの大戦士だった。

「ふっ、ははは！　確かにその通りだ！　たとえフィンの懸念が杞憂《きゆう》に終わったとしても、『大最悪《モンスター》』を迅速に打ち倒し、大急ぎで引き返せばいいだけのこと！」

「フィンの洞察にも、虫の報せにも、我々は何度も救われてきた。ならば今回も、私達はお前を信じよう」

ドワーフの大笑の声に続き、リヴェリアも微笑を向ける。

「お、お前達っ……！」と顔色を目まぐるしく変えるロイマンを尻目《しりめ》に、フィンは浅く唇を曲げた。

「すまない、リヴェリア、ガレス……それにアイズ。頼んだ」

最後に、こくりと。

金髪金眼の少女は、頷くのだった。


「ヘルメス」

女神の声が響いた。

ロビー前でフィン達が最後の会話を交わしていた同時刻。

ギルド本部の屋上で、迷宮都市を眺望していたヘルメスは、背後を振り向く。

「なんだい、アストレア？　いきなり訪ねてきて。決戦はすぐそこだ。貴方も避難を──」

「聞いて、ヘルメス。私は、エレボスはダンジョンにいると思う」

己の声を遮るアストレアに、ヘルメスは閉口した。

正確には、発する言葉を探すため、時間を要した。

「……『大抗争』の日、あいつはオレ達の前に現れた。これでもかと演出《パフォーマンス》を行って、ダンジョンの異変を気取られないよう自分に注目を集めた」

神々の『一斉送還』を断行し、『絶対悪』の名乗りを挙げる。

都市中の注意を一身に集め、絶望をもたらしたエレボスの行為が、ダンジョン内の異変──『大最悪《モンスター》』の召喚を感付かせないための『隠れ蓑《みの》』だったことは、既に周知の事実だ。

「つまり、『大最悪《モンスター》』を召喚したのは別の邪神《かみ》だと確定している。こんな言い方はおかしいが、ヤツには現場不在証明《アリバイ》があるんだ」

『大最悪《モンスター》』を召喚する方法はただ一つ。

迷宮内での神威の行使のみ。

あの『大抗争』の夜に『大最悪《モンスター》』を喚《よ》び出したとすれば、当時地上にいたエレボスは物理的に不可能となる。皮肉にもエレボスを視認していた都市中の神々と人々が、現場不在証明《アリバイ》の証人だ。

それを踏まえた上で、ヘルメスは断言した。

「そしてダンジョンの出入り口である『バベル』は、今日まで【ロキ・ファミリア】が陣地を構築して、厳重に守ってきた。……エレボスがダンジョンに侵入できる道理はない」

総指揮官《フィン》の素早い指示で、中央広場《セントラルパーク》には本陣が敷かれていた。

エレボスがもし優男《エレン》に変装したとしても通り抜けることのできない厳重な守りと監視の目。

事実、連日『嫌がらせ』を続けてきた闇派閥《イヴィルス》も、都市中央地帯に近付くことはできていない。

「わかりきっている筈《はず》じゃないか、アストレア？」

ヘルメスは努めて論理的に、アストレアの直感を否定した。

しかし。

「それでも、いい、彼はダンジョンに向かったと思う」

女神は視線を逸らさず、顔色一つ変えず、言い切った。

「敵の首魁《しゅかい》として。『絶対悪』として」

「……」

「ヘルメス。貴方がエレボスの神友《とも》だと言うならば、貴方もまた何かを感じているのではないの？」

逆にアストレアは尋ね返す。

論理《ロジック》で武装するヘルメスの方こそ、納得していないのではないかと。

理屈に合わないと理解しておきながら、その胸の内がアストレアと同種の『危惧』を抱いていることを、星空を彷彿させる深い藍色の瞳は看破していた。

二柱の間に風が吹く。

冷たく頬《ほお》を撫でられるヘルメスは、深々と息を吐き出した。

「……それで？　もしオレや貴方の直感が正しかったとして、どうして今、そんな話をしたんだい？」

降参するように口を開くヘルメスは、すぐに双眼を鋭くした。

その眼差しで女神を突き刺しながら、神意を問う。

「オレに何をさせたいんだ、アストレア？」

アストレアは静かに、決然と、男神の目を見返した。


下界の住人は神時代《しんじだい》以降──神々が降臨してから間もなく、『冥府』の存在を信じた。

それまで人が生み出した伝承や空想の産物は、超常の存在たる神が『ある』と明言した時点で確たる輪郭を持ち、架空などという言葉から脱却したのだ。

多くの人々は恐れた。

死した自分達が向かうのは天の海か、あるいは地の底か。

深淵《しんえん》の先に広がる原初の幽冥《ゆうめい》とは、どれほど暗く、どれだけおどろおどろしく、いかなる痛苦《つうく》が待っているのか。そんな風に怯《おび》えた。

そして、そんな凄惨《せいさん》たる冥府《モノ》がこの下界に顕現するとすれば、今が『その時』ではないかと、戦うことのできない迷宮都市《オラリオ》の民は思った。

『死の七日間』、七日目。

決戦迫る迷宮都市は、邪神とその使徒達によって、『地獄の蓋』に手がかけられている。

「ダンジョンからの震動は依然続いている……が」

「静かね。これから戦いが始まるなんて、信じられないくらい」

周囲を見回しながら、輝夜《カグヤ》とアリーゼは呟いた。

夜明け前の中央広場《セントラルパーク》は、アリーゼが言うように嘘《うそ》のように静まり返っていた。

だが、それを『嵐《あらし》の前の静けさ』と口にする者はいない。

今も絶えず、竜が唸《うな》るがごとき鳴動が地下より伝わってくる。

波が爆《は》ぜる直前の大海原を前にする面持ちで、冒険者達は緊張を纏っていた。

「ライラ……その『盾』、どうしたんだ？　背に無理矢理くくりつけて、亀みたいになってるぞ？」

「誰が亀だ、バカヤロー。こりゃ『秘密兵器』だ、『秘密兵器』」

その中には、努めて過度の緊張感を遠ざけようとする者達もいた。

首を傾《かし》げる獣人のネーゼと、歯を剝《む》いたライラだ。

亀という形容は言い得て妙だった。ライラの背中にくくりつけられた円形の『盾』は、今の状態でも彼女の頭を軽く覆ってしまいそうなほどに大きく、ドワーフの防具と言った方がしっくり来る。

ましてや、前衛壁役《ウォール》を務めることなど皆無の小人族《パルゥム》には、縁遠い武装だった。

「地上に残していくつもりだったが……フィンが持ってけだとよ。理由も根拠もわかんねーが、つまり、そういうことなんだろ」

「……？」

「……なんでもねーよ」

やはり首を傾げるネーゼに、ライラは小さく笑みをこぼし、顔を横に振る。

「とにかく、崖っぷちでコイツを完成させた【万能者《ペルセウス》】様々ってことだ」

唇をつり上げ、視界の奥に見える、煤《すす》けた水色《アクアブルー》の髪の後頭部に一瞥を飛ばした。

「アンドロメダ……大丈夫なのですか？　戦いが始まる前から倒れそうですが……」

「全て、貴方のお仲間のせいです……」

そんな煤けた後頭部の持ち主、アスフィに、対面するリューはうろたえながら尋ねた。

「全然寝てないし、休めていない……何ですか、77時間連続労働って……！」

「す、すいません……私が謝るのは理不尽な気がしますが……申し訳ありません」

「もう、やだぁ……！　私がやられたら、全部【狡鼠《スライル》】の責任ですからね……！」

余裕の三徹かつ、火急の魔道具《マジックアイテム》やら『盾』やらを不眠不休で作り上げたアスフィはうら若き乙女と思えないほど目の下に隈《くま》を溜め込んでいた。

生気を奪われるような表情に気圧《けお》されるリューは、謝罪を口にするより他にない。

「……それよりも、リオン。新しく作った木刀とは別の、その『剣《つるぎ》』は……」

溜息《ためいき》を挟みつつ、アスフィは目を下に向けた。

リューの左右の腰には、作られたばかりの《アルヴス・ルミナ》と、アスフィに既視感をもたらすもう一振りの剣が差されていた。

「ええ……アーディの武器です」

その銘は《セイクリッド・オース》。

巡る正義とともに少女が遺した、聖なる誓いの剣《つるぎ》。

姉であるシャクティの許可は既にもらった。柄頭にそっと触れるリューは、顔を上げ、アスフィに向けて宣誓する。

「この最後の戦い、彼女とともに戦う」

「そうですか……」

そのエルフの美しい覚悟を、素直に嬉《うれ》しく思うアスフィは、笑みを送った。

「ならば、どうか死なないでください。私は貴方との縁を、腐れ縁に変えたいと思っています」

「望むところだ。……アンドロメダ、貴方も無事で」

リューもまた、この戦いの中で友情を交わし合った知己に笑い返す。

「リヴェリア、準備が終わった。もういつでも出れる」

やがて。

全ての支度を終えたことを確認したガレスが、促す。

すぐ側でアイズに見上げられる中、静かに時を待っていたリヴェリアは、閉じていた瞼を開けた。

「よし――」

夜が明ける。

最後の決戦にして、長き戦いが今、始まる。

英雄の都《みやこ》を護らんと、都市に散らばる冒険者達は武器を握りしめた。

この地に冥府を召喚せんと、都市を取り囲む闇派閥《イヴィルス》は口端を裂いた。

「頃合《ころあ》いだ」

市壁上部。

唇を舌で潤したヴァレッタが、白亜の巨塔に向けて、剣の切っ先を向ける。

「殺《や》るぞ、てめえ等ァ！　今日、オラリオを終わらせる!!」

『オオオオオオオオオオオオオオオオオオオオオオオオオオオオ!!』

曇天を揺るがす闇派閥《イヴィルス》の雄叫びが、オラリオに牙《きば》を剝く。

「鬨《とき》の声を上げろ！」

対するはギルド本部屋上。

黄金の槍を掲げ、勇者の号令が轟き渡る。

「迎え撃て、オラリオ‼」

『おおおおおおおおおおおおおおおおおおおおお‼』

迷宮都市が戦場に変わり、数多の影が駆け出していく。

そして都市中央にて、リヴェリアもまた声を放った。

「討伐隊、出るぞ！」

「続けぇ、ひよっこ共ぉ‼」

リヴェリアとともにガレスが、その後にアイズが中央広場《セントラルパーク》を発ち、『バベル』へと突入する。

最後に続くのは、【アストレア・ファミリア】。

門を越え、地下へと降り、迷宮の入り口に向かって疾走する。

「――行こう、アーディ！」

二振りの刀剣を抜き放ち、リューは闇の口を開ける『大穴』へと、飛び降りるのだった。

一章
March and Break

ASTREA RECORDS
evil fetal movement
Author by Fujino Omori Illustration Kakage
Character draft Suzuhito Yasuda

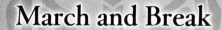

ダンジョンに侵入する際、空気が『変わる』瞬間を冒険者達は肌で感じる。

地上と地下の境《さかい》、あきらかな線引きをなされた異界への入門。

ここは太陽と月の加護が満ちた自分達の世界とは異なるのだと、冷えた肺腑《はいふ》の底で理解するのだ。

そして今、リュー達が感じ取るそれは、より顕著であった。

『ウオオオオオオオオオオオオオオオオオオ!!』

迷宮1階層。

かつてない『熱』を帯びるダンジョンが、幾重もの叫喚に満ちる。

「モンスターどもが興奮している！　いや、奴等《やつら》も混乱しているな！」

「そりゃそうだ！　アホみてえに足もとが揺れて、バカみてえな花火が鳴り続けてやがる！迷宮もお祭り騒ぎになるってもんだろ！」

入り組んだ迷路内を駆け抜けながら、輝夜《カグヤ》が周囲に視線を走らせ、ライラが皮肉げに笑みを歪《ゆが》める。低級モンスターと呼ばれる『ゴブリン』や『コボルト』が我を失ったように叫び散らす様は、地下世界の終わりを目の当《ま》たりにしているようですらあった。

「ダンジョンの中だと、衝撃が全然違う……！　本当に全部の階層を破壊して、地上までやって来るぞ、これ！」

獣人のネーゼの言葉通り、その揺れは地上にいた時と比べものにならない。

巨人の両手に包まれ、賽子《サイコロ》をそうするように、緩慢に上下動《シェイク》されている感覚とでも言えばいいだろうか。恐ろしい脅威が遥《はる》か下の階層より迫りつつあるのを、冒険者達は理解せざるをえなかった。

『グォオオオオオオオオオオオオオオ!!』

「前方にモンスターの群れ！　数は……とにかくいっぱい!!」

「恐慌状態《パニック》になって暴《あば》れ回っています！　近付く者全《すべ》てに攻撃してくる！」

「アリーゼちゃん、どうするの！」

片手剣と小盾《バックラー》を装備したヒューマンのノインが敵影を察知し、妖精《エルフ》の魔導士セルティが敵状を報せ、治療師《ヒーラー》のマリューが指示を仰《あお》ぐ。

高速の行軍を続ける【アストレア・ファミリア】の中で、躊躇《ちゅうちょ》せず声を上げるのは団長の少女だ。

「無視無視無視《むしむしむし》っ、無視よ!!　私達の目標は召喚されたっていう『大最悪《モンスター》』だけ！」

紅の髪をなびかせるアリーゼが、細剣《クリムゾン・オーダー》を鞘《さや》から勢いよく抜剣し、振り鳴らす。彼女は誰《だれ》よりも速く先行し、敵勢の先頭にいたモンスターをいっぺんに三匹斬り伏せた。

『『『グギャア⁉』』』

「速度は緩めず強行突破！　邪魔するなら蹴《け》散らして！　進軍進撃進攻《ゴー・ゴー・ゴー》!!」

「「了解！」」

まさしく紅の注文《オーダー》に、リュー達【アストレア・ファミリア】は応《こた》えた。

津波と化した大群の突撃を受け止めるドワーフの大盾、すかさず繰り出されるヒューマンとエルフの刀剣、小人族《パルゥム》の飛去来刃《ブーメラン》、獣人の双剣。

押し寄せるモンスターの津波と真っ向から衝突し、瞬く間に縦一線に引き裂いていく。

「私も行く」

【アストレア・ファミリア】に続くのは、誰よりも小柄な剣士だった。

その長髪から金のきらめきを散らし、リューや輝夜《カグヤ》の足もとを縫って、【剣姫】アイズ・ヴァレンシュタインが不壊属性《デュランダル》の特殊武装《スペリオルズ》――《デスペレート》を大上段に振りかぶる。

「――斬る」

袈裟《けさ》一閃に繰り出される壮烈な斬撃。

まさに海が割れるがごとく、その一閃のみで前方のモンスター達が灰となって爆散した。

幼き殺戮者《モンスター・スレイヤー》は止まらない。続く斬撃を独楽《こま》のように回って繰り出したかと思えば跳躍して剣の舞を踊り、立《た》ち塞《ふさ》がる怪物の壁をバターのように溶かしていく。

「強《つっよ》っっ……!?」

「アタシと変わらねえ立《タ》ッ端《パ》であの動き、冗談だろ！　しかもあのガキ、これから手足伸びんだろ!?　いいなー、いいなー!!」

「うるさい、やかましい。無駄な嫉妬《しっと》はよせ、小人族《パルゥム》」

『上層』の低級モンスター相手とはいえ、あまりの瞬殺振りにノインが思わず口を押さえ、理不尽な種族格差にライラが憤り、輝夜《カグヤ》が冷静にツッコミを入れる。

極東出身のヒューマンはそこから、一人の剣客として瞳《ひとみ》を鋭く細めた。

「しかし、あの苛烈《かれつ》な剣捌《けんさば》き、剣豪というより『修羅』のそれだ。まだ十にも満たない齢《よわい》で、あれほどの領域に至るか。……あれが【ロキ・ファミリア】の【剣姫】」

驚嘆する輝夜《カグヤ》の視線の先で、金髪金眼の剣士は依然蹂躙《じゅうりん》を続けた。

間もなく、そのすぐ横を、同じく金の髪のエルフが駆け抜ける。

「はぁぁぁ！」

『グァ⁉』

新たな武器《アルヴス・ルミナ》、そしアーディの剣《セイクリッド・オース》を早くも使いこなしつつあるリューの双舞が、アイズと同じようにモンスターの灰を舞い上げた。

そんな一部始終を、金の円《つぶ》らな瞳が凝視する。

「………………じーー」

「……なんですか、【剣姫】？」

だっだっだっ、と並走しながらこちらを見上げてくるアイズに、リューはやりにくそうな顔を浮かべる。

「……どこかで、会ったこと、ある？」

ぴくっ、と痙攣《けいれん》するエルフの細長い耳。

（ある。普通にある。暗がりで、覆面をし、顔を見せなかったとはいえ、普通に貴方と真剣勝負を行った）

眉間に力を込めて表情を固定するリューは、内心果てしなく気まずかった。

脳裏に過るのは、つい五日前の出来事である。

——先に謝っておく。これは醜い自暴自棄だ。愚かなエルフが行う、ただの八つ当たりだ。

——よく、わからない。だから、倒すよ。

——抜かせ。

そんなやり取りをして、問答無用で互いに斬り合った。敗北と喪失に打ちひしがれ、『正義』を見失っていたところに、アイズの失礼な物言いや誤解も重なってガチ勝負をしてしまったのである。

もし知られたら、さしものアリーゼ達もドン引きするくらいの激烈さで。

（自暴自棄になっていたとはいえ、幼女相手に全力で斬りかかる妖精《エルフ》……アリーゼ達に知られたくない！　更にすぐ側に王族《リヴェリアさま》もいる！）

つまらない見栄、何より面子《メンツ》的にリューは激しく焦《あせ》った。前者のアリーゼ達に知られればイジられることは間違いない上に呆《あき》れ果てられるかもしれないし、後者のリヴェリアに関しては敬愛するハイエルフに醜態を晒《さら》したくない一心である。

当時は覆面をつけていたおかげもあって、並走する隣の幼女は未《いま》だ気付いていないようだが、リューの心の内は動揺の嵐《あらし》が巻き起こっていた。

「その瞳《め》と、声……なにか、思い出しそうな……」

「そ、それはっ、あれです！　私は貴方と、売り切れ間近のジャガ丸くんを取りあったことがあるっ！」

リューは必死に誤魔化《ごまか》した。

幼女相手にそれはそれでどうなんだと思われかねない偽情報を告げると、アイズはじぃっと探るかのように見つめてきた。

リューのこめかみに一筋の汗が伝う。

「…………ん、なっとく」

そしてあっさり騙《だま》された。

だだだっ、と次の獲物を求めて前へ駆け出す少女に、リューは転倒しそうになった。

「……天然で助かった」

「ぼさっとしているな、青二才！　モンスターどもが押し寄せてくるぞ！」

「す、すいません!!」

安堵《あんど》も束《つか》の間、輝夜《カグヤ》に叱責されたリューは本気で謝り、戦線に加わり直すのだった。

「でも、『大最悪《モンスター》』を討伐するって言っても、どこで仕留めるんだ？　敵は階層主並みのデカブツなんだろ！」

『ゴブリン』や『コボルト』の他にも『ウォーシャドウ』、『キラーアント』、『オーク』――もはや層域区分は関係ない。下部階層から次々と進出してきていると思われるモンスターを切り払いながら、ネーゼが声を上げる。今も地面を揺らす衝撃に眉《まゆ》をひそめる獣人の少女に、アリーゼも同種の懸念を重ねた。

「巨体相手だと戦える場所も限られてくる！　周りから別の雑兵《モンスター》が湧《わ》いてくるのも、果てしなく面倒くさいわ！」

「お主《ぬし》等の言う通り、通常の迷路内では限りなく戦いにくい。超大型級と戦うには開けた広間《ルーム》が望ましいからの」

彼女達の疑問に答えるのはガレス、そしてリヴェリアだった。

「ならば巨大な空間で、かつ別のモンスターが産まれ落ちない階層《ポイント》を戦場に選ぶしかない」

「ということは……」

「ああ。決戦の場所は『迷宮の楽園《アンダーリゾート》』――18階層だ」

まさかという顔をする輝夜《カグヤ》に、リヴェリアは頷《うなず》きを返した。

「『迷宮の楽園《アンダーリゾート》』で決戦だなんて！　しかも超大型級を相手に！　異例づくめで信じられないわ！」

18階層は安全階層《セーフティポイント》。モンスターが産まれ落ちない領域だ。

上下の階層からモンスターが現れることはあっても、超大型級のモンスターの討伐戦が行われるような場所ではない。少なくとも一介の冒険者が知る限りでは、そんな異常事態《イレギュラー》は存在したことがない。

自分達が気に入っている階層ということもあってアリーゼが喚《わめ》いていると、すぐ横を走るライラが鼻を鳴らした。

「フィンは最初から狙《ねら》ってたって話だろ。『大最悪《モンスター》』が召喚されたと勘付いた時点で、速攻で討伐の作戦《プラン》を組み上げたんだ」

「……！　それでは？」

「ああ、敵が18階層に来るまでの時間を逆算して、準備のためにギリギリまで粘って、アタシ達を送り出しやがったんだよ、あの勇者様は」

瞠目《どうもく》するリューに、ライラが己《おのれ》の確信を告げる。

話を聞いている【ロキ・ファミリア】は何も言わなかったが、否定もまたしない。

「もはや勇者《ゆうしゃ》ではなく悪魔のような男だ！　この未曾有《みぞう》の状況の中で、いったい何十手先まで読んでいる！」

輝夜《カグヤ》は堪《たま》らず声を上げた。それは理解の埒外《らちがい》にいる存在への畏怖であり、驚嘆でもある。

全て彼が敷いた設計図の上で動かされていることに、【アストレア・ファミリア】の面々はそれぞれ衝撃の表情を浮かべた。

「でも、今回の戦いは『挟撃』。純粋な戦力なら迷宮《こっち》より、地上の闇派閥《イヴィルス》の方が間違いなく上！」

【勇者《ブレイバー》】といえど、リヴェリア様達を欠いた状態で、敵の総軍を迎え撃つのは……！」

だが、そんなフィンの作戦も僅か数時間前に計画されたものだ。

突貫であることには間違いない。アリーゼとリューが拭えない不安を口にしていると、

「大丈夫」

「えっ？」

すぐ前方を走るアイズが、口を開いた。

「フィンは、すごい……だから、大丈夫」

淡々と告げられる言葉は少女にとっての事実で、信頼だった。

「みんなは、負けない」

リューとアリーゼが驚いていると、リヴェリアやガレスが一笑を漏《も》らす。

「アイズの言う通り、危惧など抱くだけ無駄だ。目の前の事柄のみに集中しろ」

「地上には【フレイヤ・ファミリア】が丸々残っておるしな。対立している時は厄介だが、共闘する際、これほど頼もしい者達もおるまい」

ドワーフの大戦士はそう言って、片手に持つ大戦斧《だいせんぷ》を肩に担《かつ》ぎ直し、ダンジョンの天井《てんじょう》を見上げた。

「フィン達が儂等《わしら》を信じておるように——儂等もまた、あやつ等を信じるしかない」

『オオオオオオオオオオオオオオオオオオオオオオオオオオ!!』

凶悪な鯨波《げいは》が打ち上がる。

灰の雲に覆《おお》われた空を震わせながら、闇の者共は突撃を開始した。

「敵、市壁から降下！　方角は東に西に南っ……ぜ、全方位から押し寄せてくるっす!!」

『ギルド本部』屋上。

都市北西部の拠点で、ラウルは悲鳴にも似た大声を上げる。

周囲から押し寄せる轟《とどろ》きとともに進撃してくる闇派閥《イヴィルス》の大軍は、まさに『四面楚歌《しめんそか》』を物語る光景だった。

「魔法、魔剣、準備！　発射の判断は各拠点に任せる！　十分に引き付け、第一射を放て！」

対する総指揮官《フィン》は動じない。

慌てるラウルを他所に、指示を矢継ぎ早に飛ばす。

伝令係の冒険者は声で、あるいは点滅する魔石灯の信号で、各拠点にフィンの指示を伝えた。

『――おおおおおおおおおおお!!』

奇跡的にも、『砲声』の時機《タイミング》は折り重なった。

炎、氷、雷、様々な魔法弾が空中に弧を描き──炸裂《さくれつ》と衝撃。

都市各地で闇派閥《イヴィルス》との戦端が開かれる。

「オラリオを全方位から脅かすとは……！　闇派閥《イヴィルス》め、まだこれほどの兵力を！」

巨大市壁に囲まれたオラリオは、その市壁《かべ》を押さえられてしまえば、まさに『籠《かご》の中の鳥』となる。地の利を押さえた形の完璧《かんぺき》な闇派閥《イヴィルス》側の包囲網に、屋上より開戦の光景を眺めていたロイマンは唸《うな》り声を上げた。

「正真正銘、これが奴等の全軍というわけか……！」

ギルドの長《おさ》のその言葉を、鋭い眼差《まなざ》しで否定するのは、フィン。

「いや、まだだ」


「始まったなぁ」

ヴァレッタは、呟いた。

「始まっちまったなぁ」

早くも魔法の砲撃が荒れ狂う都市内を眼下に、巨大市壁に残っている女指揮官は、笑った。

「だが、普通の始まり方じゃあ、つまらねえよなぁ～？」

彼女から見て遥《はる》か視界の奥、フィンがいるであろうギルド本部を見据え、口端を凶笑の形に変える。

次いで大音声を解き放った。

「最初からブチ込んでやる！　喜べよ、フィン！　そして冒険者どもォ!!」

弾かれる指。

高らかに鳴る合図《おと》の後、続くのは——爆発《ばくはつ》音だった。


「なっ、なんだ⁉　何が起きたぁ⁉」

ダンジョンから響いてくる震動とは別の、強烈な揺れと爆音に、ロイマンが腰を抜かしたように尻《しり》もちをつく。

顔を左右に振る彼を他所に、空に立ち昇る黒煙を視認したのは、ラウル。

「……ば、爆撃!!　市壁っ、いや都市門《としもん》が攻撃されて、破られました！」

「なにぃ⁉　どこの門が突破された⁉」

目を剝くロイマンの前で、少年は青ざめる。

「ぜ、全部っ……」

「……はっ？」

直後、焦燥を爆発させるように、その報告を絶叫に変える。

「全ての門が全壊！　やっ、破られた門から——大量のモンスターが雪崩《なだ》れ込んできます!!」

耳を聾《ろう》するのは人の悲鳴。

空に轟くは怪物の咆哮《ほうこう》。

北、北西、西、南西、南、南東、東、北東。

オラリオに現存する合計八つの都市門より、大量のモンスターが進撃を開始した。


『ギギャギギャギャァァァァァァ!!』

崩れ落ちた家屋であったものを踏み荒らしながら、モンスター達が兵団のごとく、オラリオへと侵入していく。

万の軍勢がかき鳴らす足音と、恐ろしい叫喚を聞いて、オラリオの民衆は街が蹂躙されていることを理解する。

避難した各拠点の中で、誰もが絶望を抱いた。

『アアアァァァァァァ!』

「ヒャハハハハハッ!!　いい光景じゃねえか！　クソいけ好かねぇオラリオを、モンスターどもが闊歩《かっぽ》してやがるぜ！」

一方で歓呼するのはヴァレッタと闇派閥《イヴィルス》達。

まさに迷宮都市の崩壊を象徴するがごとくの光景に、悪の眷族は昂《たかぶ》り、気圧される冒険者達に向かってモンスターともども進軍する。

震え上がる都市を見据え、ヴァレッタは吠《ほ》えた。

「泣け、壊れろ、死ね！　そして最後は私が勝つ!!」

「な、なんということだ……全ての門が突破？　下界の砦たるオラリオに、モンスターがっ？」

都市中にのさばる怪物の行列を認め、ロイマンは血の気を失った。

「こんなこと、ありえてはならん！　偉大なる先人が築き上げてきたオラリオに、モンスターなど!!」

管理機関《ギルド》の長として、視界に広がる悪夢にわなわなと震え、錯乱状態に陥《おちい》りかける。

が、

「い、い、い、予定調和だ。僕がヴァレッタの立場でも同じ事をする」

「な……なにィ!?」

フィンは平然とそれを受け流した。

「都市近辺に生息するありったけの大群《モンスター》を誘導し、戦場に呼び込む。オラリオの中に一度解き放てば制御する必要はない。あのモンスターの群れは破壊と混乱が目的のヴァレッタ達にとって、都合のいい『暴徒』だ。都市の包囲網は、このための布石でもある」

下級冒険者以上の純粋な戦闘員、という点では闇派閥《イヴィルス》はオラリオに質も数も劣る。

それを埋め合わせるための策であり、『定石《セオリー》』であると、フィンは淡々と説明した。

耳を疑って硬直するのは、傍にいるラウルと、そしてロイマンだ。

特にエルフのギルド長はすぐに顔を真《ま》っ赤《か》にして、叫び散らした。

「フィ、フィンッ、貴様ぁ！　最初からわかっていながら、門を放置していたのか⁉　なぜ対策をしなかった⁉」

「馬鹿《ばか》を言うな、ロイマン。この盤面で全ての門など守れるものか。戦力を分散させた時点で主要施設及び、『バベル』を落とされる」

唾を飛ばしかねない勢いで食ってかかるロイマンに、フィンは一瞥もくれず、戦局を正確に見極める冷徹な指揮官の目で断言する。

「どれだけ破壊されても、市壁《かべ》も、門も、街も蘇《よみがえ》らせることができる。それこそ先人がオラリオの礎《いしずえ》を築き上げてきたように」

「……………！」

「優先順位を履《は》き違《ちが》えるな。死守すべきは『バベル』。そして、この大局を制することだ」

理路整然、取捨選択。

フィンの徹底した方針に、ロイマンは一度口ごもる。

「そ、それでもだ！　今でさえ都市の損害が激しいというのに、これ以上の被害が出ればどれだけの費用がかかることかっ――」

『オオオオオオオオオオオオオオオオ！』

「──のわぁ⁉」

なおも役人の性《さが》を発揮して食い下がっていたが、折り重なる怪物の吠声に飛び上がる。

「ロイマン、敵が来る。もう本部《なか》に戻れ」

「ぐうぅ……⁉　いいか、フィン！　勝て！　必ず勝て‼　絶対だぞぉぉぉーーーー‼」

視線を戦場に固定したまま告げるフィンに、ロイマンが言い残すのは捨て台詞にも似た叱咤だった。

オラリオの冒険者に全てを託す、都市の総意であり、かけ値ない激励。

「勝つとも。そのために冒険者《ぼくたち》はここにいる」

ロイマンが去った屋上で、呟く。

鋭く細まる碧眼《へきがん》の先、魔法や矢、息吹《ブレス》を応酬する前哨戦《ぜんしょうせん》が終わりを告げた。

闇派閥《イヴィルス》とモンスターの津波が、各拠点に配備された冒険者達の目と鼻の先へ迫りくる。

「来るか……」

都市真北。

要塞と化した【ロキ・ファミリア】本拠《ホーム》で、ドワーフのダイン、アマゾネスのバーラとともに、ノアールが静かに得物を抜き放つ。

「来い……！」

都市南方。

破壊しつくされた繁華街にそびえる大賭博場《カジノ》で、多くの戦闘娼婦《バーベラ》と肩を並べながら、虎人《ワータイガー》のファルガーがぐっと前傾姿勢を取る。

「――轢《ひ》き殺してやる」

そして、都市東方。

銀槍《ぎんそう》を握りしめる猫人《キャットピープル》のアレンが、誰よりも殺意を秘め、地を蹴った。

押し寄せる人と怪物の軍勢に向かって、一番槍が切り込んだ、まさにその瞬間。

勇者は、それを告げた。


「行くぞ。開戦だ」


おおおおおおおおおおおおおおおおおおおおおおおおっっ!! と。

聞こえる筈《はず》のないフィンの声に同調するかのように、冒険者達の咆哮が打ち上がる。

雄叫びは一つの巨大なうねりとなり、相対する悪の喊声《かんせい》と、衝突を果たした。

凄絶な怪物の断末魔、あるいは剣戟《けんげき》の音が、壁を隔てた先から届いてくる。

光を落とされた大賭博場《カジノ》の大広間《ホール》で身を寄せ合う民衆は、思わず体を竦《すく》ませた。

「は、始まった……！」

「すぐ近くで、戦ってる……！」

海鳴りにも似た重く激しい音色も相まって、ホール内は大海の嵐に揺さぶられる船内にも似ている。

押し寄せる津波は闇派閥《イヴィルス》、暴風は怪物《モンスター》、それに抗う船夫と取舵《とりかじ》は冒険者達。悲鳴を噛み殺す人々は迷宮都市《オラリオ》という船が沈まぬよう、不安と恐怖と戦うことしかできない。

「うぁぁぁぁ……！　怖いよぉぉ……‼」

子供の中には泣き出す者も多くいた。大人達が必死に泣き止《や》ませようとするが、それも難しい。幼子達《おさなご》が上げる声こそ、民衆の本心を代弁するものだったからだ。

しかし、そこで一人の女性が、そっと少女の頭を撫《な》でた。

「大丈夫……大丈夫よ。冒険者様が、私達を守ってくれるから」

彼女は一人娘を失ったヒューマンだった。

一度はアリーゼ達に石を投げ、悲憤と涙をぶつけた、娘《リア》の母親だった。

「……ほんとう？」

「ええ……だってあの人達は、どんなに傷付いても、立ち上がってきたから」

正義を信じる力強い声と、眼差しに、少女は動きを止めた。

ややあって、しゃくりあげる喉《のど》と戦い、涙の粒を目尻に溜《た》めながら、頷きを返す。娘《リア》の母親はもう一度笑うのだった。

それを見た一人の男——アーディに赦《ゆる》され、リューを救った元暴漢のヒューマンも笑みを作り、次には頭上を振り仰ぐ。

「頑張れ……頑張ってくれ！　オレ達だって、負けねえからよ！　信じてるぜ‼」

男の声に突き動かされるように、ホールにいた者達はぐっと胸を震わせ、そして手を組んで祈りを捧げる。

その祈りに、あたかも応えるように。

冒険者達は雄叫びを連ねた。

「ウオオオオオオオオオオオオオオッ‼」

大賭博場《カジノ》、円形闘技場《アンフィテアトルム》、ギルド本部、【ガネーシャ・ファミリア】本拠《ホーム》、それぞれの拠点が民衆を守るため奮戦する。

周囲の通りを埋めつくすモンスターには屋上から矢や魔法を浴びせかけ、建物の屋根を伝って襲いかかってくる闇派閥《イヴィルス》の兵士には盾と剣をもって応戦する。敵味方関係なく、斬られては貫かれ屋根の上から落下すれば、顎《あぎと》を開くモンスター達の餌食《えじき》となった。

血と闘争、怪物と戦乱。

もしかしなくとも、それは『大穴』に『蓋』が築かれる前の『古代』に類する光景。

「いィィィイアッ！」

そして、【ロキ・ファミリア】本拠《ホーム》『黄昏の館』。

五つの拠点の一つ、その門前で、ノアールの一刀が閃《ひらめ》く。

老兵《ロートル》が繰り出す冴《さ》え冴えとした斬撃は、飛びかかってきたモンスターを五匹まとめて両断してのけた。

「兵もいればモンスターもいる。街に被害が出ようとお構いなしに魔法を放ってくる……やりたい放題だな、連中！」

「化物どもは地上のモンスターだ！　大して強くないよ！」

同じく老兵《ロートル》であるドワーフのダイン、アマゾネスのバーラが声を上げる。

それぞれ手斧と徒手空拳で敵を蹴散らす先達の活躍に、【ロキ・ファミリア】の団員達は勢いづいた。最前線で敵と当たり、拠点を守ろうとする彼等の勇姿に応えようと、それぞれが己のできることに尽力する。

「アリシア！　支援が遅いよ！　歯がブルっちまって呪文《おうた》も歌えないかい⁉」

「ラウルやアキのように物見に戻ったらどうだぁ！」

「は、はい！　い、いいえっ！　後衛に志願したのは私です！　弓兵の真似事くらいこなせなければ……我等が一族に、そして迷宮《ダンジョン》に向かわれたリヴェリア様に顔向けできない！」

その中にはエルフの少女もいた。

飛び散る血潮と凶悪な殺意に晒されない後衛、館の胸壁に陣取っているとはいえ、『本物の戦争』の空気に呑《の》み込《こ》まれそうな下位団員を、バーラとダインがからかい交じりに大声で罵る。Lv．2になったばかりのエルフの少女は震えを殺し、使命と矜持《きょうじ》で己を奮い立たせ、蒼氷《そうひょう》の散弾をばらまいていく。

照準は一級の魔導士と比べれば未熟、けれど敵を威嚇《いかく》する弾幕としては及第点。

笑みを浮かべるノアールは、降《ふ》り注《そそ》ぐ氷の雨に身を滑り込ませながら、怯《ひる》んだ兵士を流れるように斬り伏せた。

「しかし、数だけはいる。自爆兵も健在……」

一瞬生じた戦場の空隙の中で素早く回復薬《ポーション》をあおるノアールは、視線を走らせる。

館の周りに築かれた防壁は、今やモンスターの大群に包囲されている。遊撃隊のごとく壁の外へ飛び出して切り倒す熟練の老兵《ロートル》以外、他団員は『黄昏の館』から矢や魔法を射かけることしかできない。いわゆる『亀』の状況を強いられるほど激戦の様相を呈している。

更に、味方側《ロキ・ファミリア》が放った魔法に誘爆して、敵後方で弾け飛ぶ闇派閥《イヴィルス》の兵士達。

ノアール達の指揮に従って、後衛部隊は遠距離から『自爆兵』を仕留めるよう徹底しているが、ここからより乱戦の度合いが加速していけば的確な対応をする余裕もなくなっていくに違いない。

敵は冒険者を道連れにし、守備に穴を空けることができれば、それでいいのだ。

誰が口にしたのか、『死兵《しへい》』とはよく言ったものだ。ノアールは小声で愚痴を吐く。

玉砕覚悟で向かってくる闇派閥《イヴィルス》のそれは、老兵達《ロートル》をして二度も三度も経験したことのないほど苛烈な攻勢である。

「『砦』を守りながら戦うのは骨が折れるな。まったく、フィンめ。厄介事をよくも……」

北西に見える『ギルド本部』を一瞥するノアールは、小憎たらしそうに笑った。

彼の脳裏に過《よぎ》るのは、数時間前の記憶だった。

「──ノアール。僕はギルド本部の防衛を兼ねながら、総指揮を執る。『黄昏の館』の守備は任せた」

『ギルド本部』に呼び出され、作戦共有を済ませた後──敵による都市門の一斉破壊とそれに伴うモンスターの侵攻を知らされた後──ノアールはフィンにそう告げられた。

「ノアール頼んだでー！　本拠《ホーム》の借金《ローン》はとっくに返済済みやけどウチとリヴェリアママ達の愛の城に傷一つ付けたらアカン！」

「あとはロキのお守りもね」

隣でぎゃーぎゃーと喚くロキにフィンが一笑を漏らす中、ノアールは唇をひん曲げた。

「面倒だらけではないか、たわけめ。地形からいって都市の北と東の攻勢が激しくなるのは、俺《おれ》でもわかるぞ」

オラリオが位置するのは大陸最西端。

海の玄関口である『大汽水湖《だいきすいこ》メレン』が西から南西にかけて広がる地形上、必然的にモンスターの大進撃が予想されるのは大陸側の北から東だ。闇派閥《イヴィルス》がどれだけ調教師《テイマー》を動員したところで、大量のモンスターなど御しきれるものではない。まともな『兵力』として機能させるため傷付けられず、こちらの予想の裏を突いて、任意の地点まで誘導させるというのは至難の業《わざ》と言えるだろう。

『黄昏の館』が建つのは都市門も近いオラリオ真北。

凄《すさ》まじい侵攻に晒される『北の拠点』を任されるノアールからしてみれば、悪態の一つでもぶつけたくなるというものであった。

「だから北の『砦』を君達に任せるんだ。なぁに、ダインとバーラが一緒なら、『年の功』で切り抜けられるさ」

そんなノアールに、小人族《パルゥム》の『後輩』はいけしゃあしゃあと言ったのである。

「都市に来たばかりの若輩者《ぼくたち》を散々、それはもう鍛えてくれたのは君達だろう？　だから頼んだよ、先輩」

フィンの笑みを思い出していたノアールは、横から襲いかかってきたモンスターを難なく返り討ちにしながら、鼻を鳴らす。

「こんな時だけ『先輩』呼ばわりしおって……。冒険者として駆け出しだった頃、もっとコキ使っておくべきだったな」

「ダンジョンに入っちまえば右も左もわからない子供だったからねぇ、リヴェリアもガレスも！」

「実力だけは既にあったから、手を貸さなくてもホイホイと自力で切り抜けてしまったがなぁ！　よく衝突したもんだ！」

ノアールの呟きに、隣に並ぶバーラとダインが呵々大笑の声を上げる。

それに頷くノアールは、遠くを見るように目を細めた。

「それが今や、都市の命運を担う『英雄候補』か……。奴等の双肩にかかる責任は何よりも、重い」

一瞬の感慨。

だが、それを『悪』と怪物は待たない。

こちらへ押し寄せる闇派閥《イヴィルス》とモンスターを睨《にら》みつけ、ノアールは東方の刀を模した片刃の剣《不朽の誓剣《せいけん》》を構えた。

「仕方あるまい。期待に応えてやるとするかぁ！」

『グオオオオオオオオオオオオオオオオ⁉』

耳を聾《ろう》する絶叫が、瀑布のごとく重なり合う。

大群《モンスター》が絶命する声音は闇派閥《イヴィルス》も、冒険者をも戦慄《せんりつ》させた。

敵味方問わず畏怖と恐怖を与えるのは、『最速』の名をほしいままにする一人の猫人《キャットピープル》。

「くたばりやがれ」

「ぎゃああああああああああああ⁉」

槍の疾走が、アレン・フローメルの進撃が、逃げ惑う闇派閥《イヴィルス》の兵をまとめて切り裂き、薙《な》ぎ払う。

陣形も隊列も無視し、一人縦横無尽に駆け回る攻撃は『猫の自由奔放』と言うには凶暴過ぎた。敵の前衛も後衛も関係なく、まさに【女神の戦車《ヴァナ・フレイア》】に恥じない突撃が敵の反撃も逃走も轢き潰《つぶ》す。魔法を準備した魔導士はついぞ放つ機会がなく、自爆兵の自爆など彼がとうに駆け抜けた後で爆《は》ぜ、一見間抜けな紅《あか》い花々を連鎖させる。

「「「う、うおおおおおおおおおおおおおおおおっ‼」」」

自爆の暇さえ与えない高速の蹂躙に、唖然《あぜん》としていた冒険者達はたちまち沸いた。

場所は都市東の拠点、円形闘技場《アンフィテアトルム》。

都市北方と並んで最も敵が集まることが予測されていた激戦地。そして今は、都市の中で最も敵を屠り続けている『強靭な勇士の独壇場《エインヘリャル》』でもあった。

民衆を収容した『砦』を守るため、他派閥の冒険者の他にも【フレイヤ・ファミリア】の多くがここに配備されている。絶え間ない炎や雷の魔法射撃は槍衾《やりぶすま》を彷彿させ、繰り出される剣と斧の破壊力は敵を寄せ付けない城壁のごとくだ。アレンを始めとした都市最大派閥の目覚ましい活躍に、歓声が絶えず巻き起こっている。

　それは都市北西のギルド本部にも届き、総指揮を務める勇者が人知れず「さすがだ」と小さな笑みとともに呟くほど。

【フレイヤ・ファミリア】が防衛する都市東方は現状、間違いなくオラリオ側にとって士気の源《みなもと》であった。

「ア、アレン様！　防衛圏から出過ぎでは⁉　砦の守備が……！」

「それくらいてめえ等がやれ。俺は敵を轢き潰すだけだ」

　敵を根こそぎ蹴散らすと、遥か後方、築かれた防塞《バリケード》付近にいる【フレイヤ・ファミリア】の団員が、声を張り上げて進言してくる。

　アレンの真骨頂は単独での高速戦。味方も巻き込みかねない戦車が守備に回るなど下策も下策だろう。もとより味方の指揮はここにはいない、いないへディンの仕事だ。

　超速かつ圧倒的な遊撃として、戦線の綻びを埋め合わせるのがアレンの役目である。

「第一級冒険者《おれたち》がいねえくらいでガタガタ騒ぐな。何をビビってやがる。この期に及んで、まだ失いたくねえものでもあるのか」

「！」

「あの勇者も抜かしただろうが。──負けたままで終わるんじゃねえ」

　それでも、檄《げき》ですらない乱暴な蔑みを飛ばすことくらいはできる。

彼の鋭い眼差しに団員の獣人は背筋を震わし、「はい！」と声を上げた。

他の団員ともども敵の後続に応戦せんとする戦士を他所に、アレンは素早く辺りを見回し、戦況分析を行う。

その中で、数瞬、『一軒の酒場』が建つ西のメインストリートの方角を見やった。

「……そうだ、失うものなんざ何もねえ。それでも、まだ奪おうって言うなら──轢き殺すだけだ」

間もなく、それも幻だったかのように駆け出し、戦車は蹂躙を再開した。


「どこもかしこも普通に応戦してやがる……。モンスターをブチ込まれることは予測済みか、フィンの野郎」

軽い靴音を鳴らし、屋根の上に着地する。

毛皮《ファー》付きのコートをはためかせるヴァレッタは、巨大市壁から都市内に降り、南西の交易所の一角に臨時の拠点を置いた。周辺区画の中でも最も背の高い商館の屋上で、広大な戦場と化したオラリオを一望することができる。

「この程度の揺さぶりじゃあ微動だにしねえ。ハッ、マジでいけ好かねぇクソ勇者だぜ」

唇で弧を描きながら悪態をついていると、闇派閥《イヴィルス》の下士官が二名、ヴァレッタのもとへ現れる。

「報告します！　各部隊、冒険者達と戦闘開始！　それに伴い、オラリオの布陣も判明！」

「どうやら、主要施設に守備隊を配置している模様！　都合五ヵ所の『砦』以外に、敵の集団は確認できません！」

その報告に、ヴァレッタは片方の眉を怪訝《けげん》の形に曲げた。

「あぁン？　どういうことだ？」

「民衆の姿が見えないことから、恐らくは各施設に収容し、守っているものかと……」

「しかし、その守備隊の規模も『最低限』と呼べる程度に過ぎず……第一級冒険者を始め、まだ戦力を温存しているものかと思われます」

【ガネーシャ・ファミリア】の【象神の杖《アンクーシャ》】や、【ヘルメス・ファミリア】の【万能者《ペルセウス》】、更に【女神の戦車《ヴァナ・フレイア》】を除いた【フレイヤ・ファミリア】の第一級冒険者達。

闇派閥《イヴィルス》が警戒する敵主戦力の多くが発見できないと、二人の下士官は戸惑いを見せつつ報告する。

「そして、こちらを上回る大量の斥候が放たれています。恐らく、ザルド様達の所在を探っているものかと……」

そこまで聞いたヴァレッタは、たった一秒、思考の時間を要した。

ほどなくして――笑声がぶちまけられる。

「……くっ、はははははははははっ！　そーいうことかぁ、フィン！　あのクズ野郎！　最高だぜ!!」

「ヴァ、ヴァレッタ様……？　どういうことですか？」

「フィンの野郎、民衆を切り捨てやがった！　いいや、『餌《えさ》』にしやがったんだ！」

困惑する下士官に対し、ヴァレッタは都市に視線を走らせた。

「北、北西、南西、南、そして東！　五ヵ所の『砦』に民衆《ザコども》、そして護衛の冒険者を振り分けることで、私達の戦力分散を狙ってやがる！」

北は『黄昏の館』、北西は『ギルド本部』、南西は『アイアム・ガネーシャ』、南は大賭博場《カジノ》、東は『円形闘技場《アンフィテアトルム》』。

現状、オラリオ勢力はこの都合五ヵ所に冒険者を集めている。その上で、その五ヵ所に全ての戦力が動員されているわけではないというのなら、考えられるのは『伏兵』だけだ。

【女神の戦車《ヴァナ・フレイア》】以外の第一級冒険者を始め、敵総指揮官《フィン》は明らかに『主戦力』と言える部隊の切りどころを窺《うかが》っている。それが意味することはつまり、

「温存している戦力で、こっちの『切り札』を何としてでも潰すためになぁ！」

「まさか……ザルド様達を⁉」

「ああ。いくらでも『砦《ルーク》』をくれてやるから、『王《キング》』と『女王《クイーン》』を寄越せと言ってやがる‼

あのスカした勇者《ゆうしゃ》め！」

紅い舌で唇を舐《な》めるヴァレッタは、都市中央に存在するソレを睨《にら》みつける。

「残りの戦力は、あの氷壁の内側！　あれは『結界』なんかじゃねえ。私達の目を遮《さえぎ》るただ

の『遮蔽物《しゃへいぶつ》』だ！」

――ああ。中央広場《セントラルパーク》を囲むように、分厚い氷の壁が張り巡らされている。

――魔導士達が維持する魔術的な結界ではなく、あくまで物理的な『氷塊』……本城《バベル》を守る『城壁《かべ》』といったところか。

開戦前、中央広場《セントラルパーク》を囲むように突如として出現した、高く厚い氷の結界。オリヴァスから報告を受けた、歪《いびつ》な仙人掌《サボテン》の大輪《はな》を彷彿とさせる氷壁だ。

あれは『バベル』を守るための防壁ではなく、『主戦力』の中央集中を気取らせないための隠れ蓑《みの》であると、ヴァレッタはそう結論した。

「た、たしかに、固まる民衆の匂《にお》いにつられ、大群《モンスター》も各『砦《とりで》』に向かっている……いや、誘導させられている？」

「まさか、全て計算した上で……？　ど、どういたしますか、ヴァレッタ様っ？」

各『砦』は都市門に近く――むしろ最初から都市門に比較的近い施設を選んだのだろう――オラリオに足を踏み入れたモンスターは例外なく民衆という『餌』に引き寄せられている。これでは中央広場《セントラルパーク》を攻め落とす戦力に数えることができない。

オラリオの『陣形』――闇派閥《イヴィルス》の動きを読み切っている勇者の『意図』――を理解した下士官は息を呑み、ヴァレッタの方を窺った。

女は、静かだった。

今まで荒々しく上げていた声は鳴りをひそめ、笑みまで消し、まるで盤面を俯瞰《ふかん》する指し手《プレイヤー》の顔となって『長考』に移る。

(敵が戦力を中央に固めている以上、モンスター以外の雑兵《ぞうひょう》を目標《バベル》に向かわせたところで返り討ちだ。全軍を中央に集めたとしても、絶妙な位置で利《き》いてやがる『砦《とりで》』に背を晒すことになる。打って出られて、中央ごと兵を包囲されれば目も当てられねえ)

始まるのは『思考合戦』。

姿など見える筈もない、遥か彼方にいるだろうフィンを、ヴァレッタは闇の中に幻視する。

暗闇《くらやみ》の中に浮かぶ卓《テーブル》を挟み、互いに次なる駒を片手に持つ。

(かと言って先に『砦《とりで》』を落とそうとすればフィンの思う壺《つぼ》。これはそういう布陣だ。でなけりゃ『餌』にならねえ——)

(——もし『砦』の陥落にザルド達を動かすなら、こちらの斥候がいち早く捕捉する。それだけの数を動員した)

一方。

ヴァレッタと同じ幻影を脳裏に認めるフィンは、無言をもって彼女の読みを肯定した。

(そして位置を特定したなら、こちらからザルド達を討ちにいく。ザルド、アルフィアの撃破こそがオラリオの絶対勝利条件)

フィンが欲するのは『王《キング》』と『女王《クイーン》』の陥落のみ。

『覇者』が君臨し続けている限り、あらゆる前提が覆る。

いかなる状況も想定する小人族《パルゥム》の勇者が秘めるのは、どんな犠牲を払ってでもザルド達と刺し違える覚悟である。

（手をこまねくのなら構わない。長期戦は望むところ。戦闘が長引くほど『不安要素』が顕在化するのはあちら側だ）

ヴァレッタが危惧している通り、『砦《とりで》』攻略に時間を割くことをフィンは歓迎する。

危険に晒されるのを承知で彼は民衆を利用した。大群《モンスター》にとって各拠点に集まった人の群れなどまさに『餌』でしかない。無論、断固として民衆は守護するつもりである。しかし、もし間違いが起きて民衆が犠牲になったのなら、それに見合う多大な戦果《リターン》をもぎ取るつもりでもいる。

その姿勢がヴァレッタをして『クズ』と呼ぶフィンの采配《さいはい》。

非道と罵られかねない冷酷な一面にして、この『序盤戦』を握る鍵《かぎ》であると、神々でさえ認める『最適手』の一つ。

まさに『都市盤上《ばんじょう》』。

迷宮都市そのものを盤《ボード》に変え、二人の指揮官が高度な思考の応酬を繰り広げる。

長考の時間を抜け、闇の中から意識を引き上げるフィンは、視界の奥の遥か彼方にいるだろう女に問いかけた。

「陣形は開示した。ここからは読み合いだ。さぁ、どう出る？　どう来る？　ヴァレッター――」

「――決まってんだろう！　フィン、てめぇの思惑に乗ってやる!!」

女が返すのは、猛々《たけだけ》しい凶笑。

「ザルドを呼べ！　あの野郎を中央広場《セントラルパーク》に放り込む！　あの氷壁ごと『バベル』をブッ壊してやるぜ！」

「ザ、ザルド様をお一人ですか⁉」

「いくらLv.7とはいえ、敵陣の中へ単独で向かわせるのは……！」

「負けるわけねぇだろ～！　最強の眷族《ゼウス》がよぉ！　それに敵の主戦力と刺し違えてくれりゃあ、それで十分だ！」

火のごとき指示の声に、下士官達は取り乱す。

そんな彼等の惰弱を、ヴァレッタは鼻で笑う。

「モンスターも合わせりゃ数は圧倒的にこっちが上！　五ヵ所の『砦』に拠点を分けている分、中央が機能しなくなれば各個撃破も楽勝だろうが！　なにせ援軍を出すことも、逃げることもできねえんだからなぁ！」

「そ、それは……！」

「兵どもには『砦』攻めを続けさせろ！　他の予備隊に、アレクトとアパテーも切る！　冒険者に妙な真似をさせるんじゃねえ！　最強《ゼウス》が蹂躙する様を見せつけてやる！」

「か、かしこまりました！」

凶暴でありながらどこまでも理知的なヴァレッタに、下士官達は従った。

伝令のために駆け出す彼等を見向きもせず、女は片手に持った長剣の峰で肩を叩《たた》く。

「力づくで粉砕してやる！　小細工なんて必要ねえ！　私達が持っているのは、それだけデタラメな『駒』だ！」

ヴァレッタは自軍の駒を過信しない。出し惜しみもしない。

何より、敵が仕掛ける小賢しい駆け引きに目もくれない。

正攻法こそが今のオラリオを苦しめる一手。

それを確信しているヴァレッタは、高々と声を轟かせた。

「てめえが嫌がることを真正面からやってやる！　待ってろ、クソ勇者ぁ！　『餌』の民衆と一緒に殺戮《さつりく》してやるぜ！」


「だ、団長ぉ⁉　敵陣の動きが変わりました！」

闇派閥《イヴィルス》の陣形が首をもたげる蛇のごとく変化する。

各方面、後方に控えていた闇派閥《イヴィルス》の余剰戦力が『砦』攻略に投入されたのだ。

「やはり正面突破か、ヴァレッタ……！」

自らの目でもそれを視認するフィンは、片目を強く瞑《つむ》った。

「ラウル、中央広場《セントラルパーク》に伝令しろ！　敵の『本命』が来る！　作戦に変更なし！　このまま続行する！」

「りょ、了解っす！」

ラウルが信号器を操作する。魔石灯が複数色の光を点灯させると、それと呼応するように巨塔《バベル》の三十階付近が点滅を繰り返した。

距離が離れた部隊と取り交わす光の通信だ。前もって決められた点滅順《パターン》によって作戦続行の指示が伝えられ、巨塔《バベル》以外の『砦』でも暗号の光が飛び交う。『ギルド本部』の屋上でさえも、伝令の冒険者達による足音と怒鳴り声で慌ただしくなる。

「敵の選択を惑わすことは、やはりできないか……。不利は変わらず。戦局を覆すことはかなわない」

布陣の随所に『餌』をちらつかせ、敵の作戦方針を少しでもブレさせれば儲けもの。

そう思っていたフィンだったが、やはりヴァレッタもこちらの手の内を読んでいる。

闇派閥《イヴィルス》の兵士とモンスターのみで各『砦』の攻城に集中させ、力を一切《いっさい》分散させることなく、たった一つの『最強』をもって中央制圧に乗り出そうとしている。

「すまない、オッタル。やはり君に託すしかなさそうだ」

その声は風に乗り、蒼《あお》く凍えた氷壁の内側へと向かうのだった。

二章

覇者再来

ASTREA RECORDS
evil fetal movement
Author by Fujino Omori Illustration Kakage
Character draft Suzuhito Yasuda

そこは、都市の南端だった。

巨大市壁が近い門前の広場。戦う声は遠く、激しい剣戟《けんげき》も静かに炉《ろ》が燃える鍛冶場の鎚《つち》の音《ね》のように小さい。名も知らないボロボロの【ファミリア】の団旗が瓦礫《がれき》の槍《やり》に捕まり、乾いた風によって音を立ててはためいている。

「…………」

灰の空の下、壊れた街並みは、多くの望みが砕けては廃《すた》れた夢の墓標にも見える。

その光景を前に、ザルドは一人、たたずんでいた。

「何をなさっているのですか？」

その肩に、声がかけられる。

いつの間に現れたのか、時間を盗んだかのように背後に立っていたのは、鮮血のごとき髪の男だった。

闇派閥《イヴィルス》の幹部、『顔無し』とも呼ばれるヴィトーである。

「眺めている。己《おのれ》の行動の結果を」

そんな彼の存在に最初から気付いていたように、ザルドは淡々と告げる。

「人は忘れる。昨日食したものはおろか、故郷の景色でさえ。だから忘れぬように、この日に焼き付けている」

「今から滅びゆく都市に、そんな価値がありますか？　ゼウスの眷族たる貴方も、感傷なんてものに浸るので？」

最強の二大派閥《ゼウスとヘラ》の生き残り、ザルドとアルフィア。

『覇者』とは彼等のことであり、彼等とは英雄の都《オラリオ》千年の象徴にして頂《いただき》である。

千年間この地に君臨し続けてきた大神《ゼウス》の眷族に対し、ヴィトーは不遜《ふそん》とも取れる問いかけを隠しもしない。何が可笑《おか》しいのか、くつくつと笑みさえ漏《も》らす。

そんな邪神《エレボス》の唯一の眷族に対し、ザルドは振り向きもしない。

「俺《おれ》は価値とは見出すものではなく、生むものだと思っている。お前が感傷と呼ぶものが、俺にとっては駄賃。それだけのことだ」

それは『覇者』である男にとってのただの事実で、単なる再確認でもあった。

かつて冒険者として、この迷宮都市で日々を過ごした彼の脳裏に何が想起されるのか、誰《だれ》も理解することはかなわない。もう一人の『覇者』であるアルフィアはおろか、全知の神々でさえも。

「何に対する駄賃なのか、興味が湧《わ》きますねぇ」

「美神《フレイヤ》の糞《くそ》ガキといい、この都市には聞きたがりが多過ぎるな。今ならアルフィアのことを少しくらい、理解してやれそうだ」

それでも臆さず茶々を入れるヴィトーに、ザルドは煩《わずら》わしい虫を見るように瞳《ひとみ》を細めた。

そこで初めて顔を横に向け、一瞥《いちべつ》を飛ばす。

「お前は……『顔無し』だったか。こんなところにいていいのか？」

「何も問題はありません。だって、貴方達が勝ちさえすれば、それはもう我々の勝利」

ヴィトーは確信をもって答える。

むしろその表情は、世界の真理を語る哲学者のそれであった。

「この戦いにおいて、局地的な敗北に何の意味があるのでしょう？　少しくらい私が遅刻しても構わないでしょう」

「では、何しに来た？」

「話を聞きたかったのですよ、ずっと。人類史上、間違いなく『英雄』と讃《たた》えられる、ゼウスとヘラの貴方達から」

やがて、ヴィトーの声がゆっくりと、確かな熱を孕《はら》んでいく。

「私は『英雄』を敬《うやま》っています。この欠陥じみた箱庭で、理不尽にも屈さず、不条理に抗い、世界に反逆し続ける者達！　その姿は何よりも気高く、崇高！　神々なんてものより遥《はる》かに崇拝されるべき存在！　私の憧憬《しょうけい》に違いありません！」

饒舌《じょうぜつ》になっていく言葉の裏には『英雄』への称賛と、『神々』への唾棄が含まれていた。

糸のように細い目を開き、堪《たま》らず両腕を広げる。

まさに物語の住人を前にするように、ヴィトーは熱して溶けた飴《あめ》のように甘く、それでいて裏切られた子供のように淀《よど》んだ眼差《まなざ》しを、目の前のザルドに向けた。

「そんな輝かしき『英雄』が、どうして『悪』に堕ちたのか……それをぜひ、聞きたかったのです」

「なるほど、お前は既に壊れている類《たぐい》の人間か。己の『矛盾』に自分でも気付かない」

片目を向けたままのザルドは、顔色一つ変えない。

『矛盾』という言葉にヴィトーが一瞬怪訝《けげん》な表情を浮かべる中、言葉を続ける。

「お前の英雄信仰はただの『嘲笑』に過ぎないが、それには触《ふ》れるまい。ただ、聞き返すようで悪いが──」

投げかけられたのは、心の臓を抉る問いかけ。

「お前がそうなった原因は、『色』が見えていないせいか？」

「っっっ⁉」

ヴィトーの両眼が、驚倒によって限界まで見開かれた。

「視覚……いや、違うな。聴覚、嗅覚、味覚も駄目。まともに機能しているのは触覚くらいか」

「……な、何故《なぜ》っ……⁉」

「『悪食《あくじき》』を極め過ぎてな。五感が敏感になり過ぎた。性質《いろあい》を見て、違和《におい》を嗅《か》ぎ取れば、獲物の『状態《あじ》』は見当がついてしまう」

その言葉に嘘《うそ》も誇張もない。

ただ【暴喰《ぼうしょく》】と呼ばれる所以《ゆえん》が、そこには聳《そび》えていた。

「目の前に肉を出された時、どんな味か想像はつくものだろう？　香り、焼き加減、喰《く》らった時の歯応え……それと同じだ」

　道化を気取っていたヴィトーの仮面が、汗と戦慄《せんりつ》で上塗りされていく。

　嘲りも憐《あわ》れみもなく、あっさりと核心を抉《えぐ》り出すザルドに、顔のない筈《はず》の男の唇が引きつる。

「お前の世界への憎悪は、その『欠陥』故か。完全に壊れきっていないのが始末に悪い。——人間の振りをすることに、もう疲れ果てたか？」

「っつ……！　化物……!!」

　咄嗟《とっさ》の反撃にも満たない畏怖への蔑称に、やはり『覇者』は揺るがなかった。

「知らなかったのか？　『英雄』などと呼ばれるものは『怪物』と紙一重だ。だからこそ、俺は今、悪《ここ》にいる」

　ザルドは動じない。

　その怒りも、恐怖も、言葉も、これまで飽き飽きするほど浴びてきたもの故に。

　行き過ぎた力とは、『人』と『怪物』の境界を取り払う。

「さっきの質問だが、答えてやろう。『悪』に堕ちることこそ、必要だったというだけのことだ」

　二人の間で交わされる会話は、そこで終わりだった。

　束《つか》の間、風の音だけがその場を支配する。

　愕然《がくぜん》と立ちつくすヴィトーに対し、ザルドは興味を失ったように視線を外す。

「ザルド様！　ヴァレッタ様よりご命令です！」

南西の方角から闇派閥《イヴィルス》の下士官が駆け付けてきたのは、その時だった。

「中央広場《セントラルパーク》へ進撃し、待ち構える冒険者ごと『バベル』を陥落せしめよとのこと！」

「来たか……。いいだろう、オラリオとの別れは済んだ」

言って、ザルドは大兜《おおかぶと》を被った。

並の冒険者が纏《まと》えば自重によって潰《つぶ》される、超重量の全身型鎧《フルプレート》を軋ませ、視界の奥にそびえる白亜の巨塔を見据える。

「後は俺の手で、全《すべ》ての『失望』を叩《たた》き潰すのみ」

竜の顎《あぎと》から削り出したかのような黒塊の剣とともに、歩み出す。

遠くから響く争いの声は、『覇者』を讃《たた》える賛歌にも、絶望に暮れる哀歌にも聞こえた。

鎧《よろい》に取り付けられた紅の外套《マント》がはためき、遠ざかっていく。

その様を、呆然《ぼうぜん》と眺めていたヴィトーは、壊れたように笑った。

「ふっ…………はははははっ…………勝てる筈がない。あんな化物に…………私達も、冒険者達でさえも…………」

震える拳《こぶし》を押し殺すように握りしめ、絶対の事実を、力なく呟く。

「オラリオは、今日……終わる」

親指が震えた。

絶叫を上げるがごとく。

フィンの碧眼が見張られるのと、都市を揺るがす特大の破砕音の発生、そして信号器の通信を受け取ったラウルが叫んだのは、同時だった。

「ザ、ザルド発見!! 斥候及び予備隊が衝突中！」

「――!! 位置は！」

「南のメインストリート！ 真《ま》っ直《す》ぐ北上してきます！」

『ギルド本部』屋上に走り抜ける衝撃が動揺に変わることを待たず、凄《すさ》まじい一撃が轟音《ごうおん》となって、再び都市に鳴り渡る。

「――温《ぬる》い」

「ぐぁああああああああああああああ!?」

ありとあらゆるものを薙《な》ぎ払う、砲閃のごとき剣撃。

南のメインストリートに飛び散るのは阿鼻叫喚の叫びだった。

『覇者』の存在に震え上がる斥候達が、せめて一矢報いようとする上級冒険者達が、一振りのもとに粉砕される。

武器と防具が飴細工のように砕け、巨人の行進のごとく石畳は爆《は》ぜた。その歩みは止められる者は一人として存在しない。

かつての英雄が都市中央を目指し、止めることのできない前進を繰り返していく。

「【暴喰《ぼうしょく》】が南のメインストリートに⁉」

南のメインストリートに隣接する歓楽街。

その中に存在する大賭博場《カジノ》はにわかに浮足立った。

「ああ！　それに敵の攻勢が強くなった！　モンスターも暴《あば》れて手がつけられない！　このままじゃあ……！」

「くそ、目標が目と鼻の先にいるっていうのに……！　あいつの闊歩《かっぽ》も止めることができないのか！」

闇派閥《イヴィルス》とモンスターの攻勢に遭い、包囲されているファルガーと【ヘルメス・ファミリア】の冒険者達は苦渋の声を漏らす。

「馬鹿《ばか》め。援軍になど行かせるものか。貴様等はそこで亀にでもなってろ！」

せせら笑うのはオリヴァス。

大賭博場地帯《カジノエリア》を一望できる大劇場《シアター》の屋上で腕を水平に払い、兵士達に命令を下す。

「同志達よ！　『砦《とりで》』を落とせ！　奴等《やつら》に嘆く暇も与えるな！」

歓声ともつかぬ『悪』の叫喚は、南から各方面に伝播《でんぱ》した。

「もう中枢部隊《われわれ》の出番とは……存外に早かったですね」

饗宴《きょうえん》とばかりに鳴り響く闇派閥《イヴィルス》の喚声を耳にしながら、【アパテー・ファミリア】の神官、獣人のバスラムは恰幅《かっぷく》のいい体を揺らし、円形闘技場《アンフィテアトルム》を眺める。

場所は東のメインストリート沿いの建物、その屋根の上。本陣より伝令を受け取った彼と他の眷族、そしてLv.5の『精霊兵』達が集結しつつあった。

「本来ならば視線の先の都市東《コロシアム》ではなく、【勇者《ブレイバー》】が据わる都市北西を襲撃《ギルドほんぶ》したいところですが……」

前哨戦《ぜんしょうせん》に突入して既にオラリオ側の陣容は知れている。敵に止《と》めを指す『中枢部隊』として温存されていたバスラム達【アパテー・ファミリア】と、【アレクト・ファミリア】の総力を上げれば、時間はかかっても『ギルド本部』は落とせるだろう。【勇者《ブレイバー》】の指揮さえ奪えばオラリオ陣営は総崩れとなる。

それをしないのは、ヴァレッタの悪い癖《くせ》が出ているとも思う。彼女は宿敵《フィン》のことを良くも悪くも特別視し過ぎている。大方、軍師としての敗北を与えるためにあえて『ギルド本部』を放置している節もあるだろう。

本来ならば命令を無視してでも、都市北西に転進してもいいのだが、

「……まさか防御を固めておきながら、攻勢に乗り出しつつあるとは。これは放っておくことができない」

円形闘技場《アンフィテアトルム》に布陣した【フレイヤ・ファミリア】が、最初に出撃した闇派閥《イヴィルス》兵の第一波とモンスターを全て殲滅しようとしていた。今にも円形闘技場《アンフィテアトルム》という持ち場を離れ、他の『砦』に参戦しようかという勢いだ。これにはバスラムも苦笑いである。

【フレイヤ・ファミリア】の他に【ヘファイストス・ファミリア】の鍛冶師達による『魔剣』の砲撃が凄《すさ》まじく、友軍は円形闘技場《アンフィテアトルム》周辺に築かれた阻塞《バリケード》も打ち崩せない。特に高速で駆けるアレンの遊撃は手が付けられず、まさに戦場を荒らし回る『戦車』の名をほしいままにしていた。

この円形闘技場《アンフィテアトルム》を守る勢力に打って出られでもしたら、戦場の均衡は崩れる。確実に。オリヴァス率いる南の部隊は壊滅の憂き目に遭い、援軍によって北の『砦』の負担が減れば【ロキ・ファミリア】まで攻勢に出るかもしれない。王《ザルド》を主攻に置いたヴァレッタの作戦を邪魔されないためにも、バスラム達がこの円形闘技場《アンフィテアトルム》を押さえなければならなかった。

「二大派閥《ゼウスとヘラ》の力がなければ、総力戦は未《いま》だ五分五分……いえ、冒険者の底力を顧みれば我々が不利。歯がゆいことです」

黒と紫の祭司服に身を包みながら、言葉だけは嘆く初老の獣人は、笑みを浮かべた。

オラリオ側の士気の源《みなもと》はここ、都市東部の円形闘技場《アンフィテアトルム》であることは間違いないのだ。

ここも勇者と同じく、陥落すれば取り返しの痛撃《ダメージ》が迷宮都市に刻まれる。

「ならばヴァレッタの指示通り、粛々と正攻法と参りましょう。我等が不正《アパテー》の教理とともに」

「「「ゥゥヴァゥアァァァァァァァァァァァァァァ!!」」」

シャン！　と黄金の錫杖《しゃくじょう》を鳴らした瞬間、『光の共鳴音』が生じる。

瞬間、十二の『精霊兵』は雄叫びを上げ、円形闘技場《アンフィテアトルム》の北から東にかけて攻撃を開始した。


「ねぇヴェナ、ここにヘグニはいないのでしょう？」

「ヘディンと一緒にあの氷壁《かべ》の内側に隠れていると聞いたわ、ディナお姉様！」

「ならやっぱり都市中央《あっち》へ行って、殺してあげたい《だきしめてあげたい》けれど――」

バスラム達と並んで円形闘技場《アンフィテアトルム》攻めに向かわされた【アレクト・ファミリア】の姉《ディナ》と妹《ヴェナ》はとある屋上の上、両手を握り合って靴音《タップ》を鳴らす。

今にも命令に背《そむ》きそうな形ばかりの団長――気に食わない者は敵だろうと味方だろうと容赦なく殺害する『妖異《ようい》』ども――に【アレクト・ファミリア】の眷族達が冷や汗を流す中、ディース姉妹は毒々しい花弁が開くように、笑った。

「「――また脆弱で屑な《かわいそうな》民衆が悲鳴《なきさけんで》をブチまけて、くたばってしまえば《ねむってしまえば》、ヘグニもヘディンも狂ってくれる《よろこんでくれる》かもしれないわ！」」

壊れた姉妹の関心と執着は、愛しき怨敵のみに向けられている。

倒錯した愛憎と愉悦を孕みたいがためだけに、異端の妖精《エルフ》達は手を取りあったまま、きゃいきゃいと飛び跳ねる。そして、その詠唱と魔法名をもって『砦』攻めに加わった。

「【喰らえ、始門《しもん》。あらゆる希望を絶望に塗り替え】――【ディアルヴ・オチュア】！」

放たれる闇色の火球。

終末を告げる隕石群にも見える数多の炎礫《つぶて》が、円形闘技場《アンフィテアトルム》とその周域に降りそそいだ。

砕かれる闘技場の外壁、飛び散る悲鳴、焼かれる冒険者達、何とか一部の砲撃を打ち消し民を守る鍛冶師達の一斉応射。オラリオの終始優勢だった東の砦の戦況が一気に覆され、形勢が傾く。

「【ゼオ・グルヴェイグ】！」

瞬く間に広がる甚大な被害を、【フレイヤ・ファミリア】の治療師《ヒーラー》部隊、満たす煤者達《アンドフリームニル》が治癒の輝きをもって直《ただ》ちに埋め直す。東西南北、各方面に展開された広域回復魔法が、破壊された阻塞《バリケード》や構造物を除き、全てを癒《いや》してのける。

復活の加護を得た強靭《きょうじん》な勇姿達は、燃やされ、貫かれ、裂かれ、破壊され、血を吐きながら、何度でも立ち上がり、地獄のごとき闘争に身を投じた。

「ちッ！　羽虫の読み通り、こっちに来やがったか！」

円形闘技場《アンフィテアトルム》北側で蹂躙を働いていたアレンは、不止《アレクト》と不正《アパテー》の出現を察し、急停止した。

『精霊兵』とディース姉妹の無差別砲撃により悪くなる旗色に、舌を弾く。

「それに……南か」

不止《アレクト》と不正《アパテー》の苛烈《かれつ》な襲撃。しかしそれ以上の暴虐の音と衝撃を振りまく都市南方を、一度だけ瞥見《べっけん》する。

あわよくばザルドとの再戦を望んでいたアレンは、裂くように頬《ほお》を歪《ゆが》める。苛立《いらだ》たしげに長槍《ちょうそう》という銀の笛をかき鳴らし、飛びかかってきたモンスターをコマ切れにした。

「ア、アレン様！　いかがいたしますか！」

現状、東の戦場にただ一人しかいない第一級冒険者に、【フレイヤ・ファミリア】団員が指示を仰《あお》ぐ。

その声を他所に、猫人《キャットピープル》が見つめるのは都市中央。

氷壁に覆《おお》われた『バベル』と、中央広場《セントラルパーク》。

「……どうもしねえ。あの勇者の作戦通りにいく！」

未練を振り払うように、あるいは約定を果たすように、アレンは吠えた。

他の団員達を置き去りにし、円形闘技場《アンフィテアトルム》北東部に集まる『精霊兵』達に突貫する。

「つべこべ言う前に目の前の敵を潰せ！　こいつ等を片付けなけりゃ、身動きも取れやしねえ！」

前哨戦が刻一刻とその期限を僅かにしていく。

『覇者』の到来を契機に一変した『都市盤面』。

都市全体が騒然となり、敵味方入り乱れる五つの戦場が激化の一途を辿《たど》る最中《さなか》、当《とう》の『最強』は悠然と歩み、剛剣《ごうけん》の調べをもって侵略を重ねる。

「がはぁ……!?」

始まりの『大抗争』の夜と同じ。

無二が築く道に足を踏み入れた途端、黒塊の新たな餌食《えじき》が生まれる。

前に立《た》ち塞《ふさ》がる者を、ザルドは文字通り『撫でる』のみ。

ただそれだけの動作で、冒険者達が壊裂《かいれつ》しては弾け飛んでいく。

誰も止められない無敵の行軍にして、まさしく破道《はどう》である。

「温い。温過ぎる。喰らう気にすらなれん。……だが」

その時、大兜の奥、鋼色の双眼が僅かに細まる。

（全力の抵抗ではない。足止めですらない。……誘っているか）

顔を上げ、視線が向かう先は『バベル』の足もと、中央広場《セントラルパーク》。

ヴァレッタと同じく、あの氷壁の内側に隠れ、自分を待ち受ける存在がいると、ザルドは確信した。

百か？

それとも千？

どれだけの多くの冒険者が待ち構えているかはわからない。

だがそれも、委細関係ない。

「俺に『馳走』を用意しているか。ありがたい。手間が省ける」

大兜の中で、表情を変えることなく、ザルドは顔も知れぬ獲物どものことを思った。

どれだけの冒険者を隠していようが、全て狩りつくすのみ。

鎧を内側から軋ませ、膨らませた胸郭から大音声を解き放つ。


「――オラリオ！　俺達が居《い》ぬ間に凋落《ちょうらく》した英雄の都《みやこ》よ‼」


都市の隅々にまで届く轟声は、冒険者も、闇派閥《イヴィルス》も、誰もが手を止めるほどだった。

モンスターでさえ怯《おび》えるように空を仰ぐ中、ザルドは続ける。

「もてなすというのなら命を賭《と》せ！　力、知恵、意志、貴様等の全てを尽くせ‼」

全身全霊の要求に、冒険者の額から汗が流れ落ちる。

「でなければ真実、俺の餓《う》えは受け止めきれまい！　脆弱《ぜいじゃく》とは、暴食を上回る忌むべき大罪だ！」

誰よりも強大な悪鬼の弁に、フィンやアレンは睨《にら》みつけるように都市南を見た。

「俺をこれ以上、落胆させるな！　『失望』の味は何よりも苦く、度《ど》し難《がた》い!!」

男の言葉を今、否定できる者はこの都市にいない。

この地に舞い戻った最強は、冒険者が敗北を喫したあの日の夜、それほどの暴虐を働いた。

「苦《にが》く焼き焦《こ》げたこの喉《のど》、『蓋』を開いて地獄を貪《むさぼ》ったところでまだ癒せぬだろうよ!!」

彼を止められる者はいない。

その歩みを妨げる存在は現れない。

膨れ上がる覇気に、『バベル』が、五つの『砦』が怯える。

やがて、とうとう男は、幾重にもそびえる氷壁の目前に辿り着いた。

「故に——俺を満たしてみろ、獲物ども。極上の名をもってこの血を沸かせ、肉を躍らせろ」

雄叫《おたけ》ぶのを止め、最後の宣告をもたらす。

手にしていた黒塊を振りかぶり、間もなく、戦場の門へと叩《たた》きつけた。

「さぁ、喰らい合うぞ」

氷壁の一角が爆ぜる。

轟音が鳴る。

蒼《あお》の破片が散っては舞い上がる。

冷気を纏う粉塵が立ち込める中、ザルドはゆっくりと歩を進めた。

視界を遮《さえぎ》る深い霧を押しのけていく。

薄らいでいく白と青の幕《カーテン》。白亜の巨塔の輪郭が徐々に浮かび上がる。

間もなく、視界が開けた瞬間。

「――――――――――――――」

ザルドは、その目を見開いた。

そこに、彼が夢見た軍勢はいなかった。

待ち受ける千の精鋭など影も形も存在しなかった。

「誰もいない……？　いや――」

男を待ち受けていたのは荒野のごとく広大な戦場《ガーデン》。

そして。


「…………一人、だと？」


その中央にたたずむ、『猪人《ボアズ》』の姿。

霧の残滓《ざんし》が完全に消え、あらわとなった唯《ただ》一人の存在に、ザルドの驚愕《きょうがく》が続く。

目の前の男だけを待っていたオッタルは、満ちる戦意とともに、口を開く。

「誰にも邪魔はさせん」

【猛者《おうじゃ》】は『覇者』と対峙《たいじ》し、それを宣言する。

「この手で、貴様を倒す」


「ザルド、中央広場《セントラルパーク》到達！　【猛者《おうじゃ》】と接敵しました!!」

『バベル』から送られた信号を視認し、ラウルが声を上げる。

「よし、結界発動！　中央広場を封域!!」

フィンが指示を下す。それまで緊迫感に包まれていた『ギルド本部』屋上が一転し、まるで釣り針にかかった獲物を引き上げるように勢いを得る。

「同時に『合図』、打ち上げろ!!」

飛びつくようにラウルが駆け寄るのは、机に並べられた短銃の一つ。

巨大な銃口を持つそれを頭上に向け、青色の信号弾を打ち上げた。

瞬く間に発生するのは『広大な輝きの力場』である。

「――!!　何が起きやがった!?」

「と、都市中央に『結界』が発現!!　氷壁ごと中央広場《セントラルパーク》が覆われました！」

立て続けに起こる異変を闇派閥《イヴィルス》側も観測し、にわかに浮足立つ。

顔色を変えるヴァレッタに、下士官の男は動揺とともに叫んだ。

見れば、中央広場《セントラルパーク》付近の建物にひそんでいた魔導士達が屋根や屋上に姿を現し、一斉に杖《つえ》を掲げていた。あらかじめ詠唱を終えて魔法を『待機状態』にしていたのか、赤、青、黄、白と、属性が異なる多重色彩の強力な『結界』が、半円状の円蓋《ドーム》となって中央広場《セントラルパーク》を包み込む。

「結界だと……⁉　ザルドを中央広場《セントラルパーク》に閉じ込めたってのか！　何のつもりだっ――」

突然の事態に悪報の気配を感じ取るヴァレッタだったが、畳みかけるように、彼女の言葉を遮断する轟音が鳴り響いた。

「「「オオオオオオオオオオオオオオオオオオオオオオオオオオオオオッッ‼」」」

都市中から巻き起こった『雄叫び』である。

い、い、い、

「今度はなんだァ⁉」

苛立ち交じりに吠える女の声に、もう一人の下士官が血相を変え、駆け込んでくる。

「報告します！　打ち上げられた信号《あいず》とともにっ、敵の『別部隊』が出現しました‼」

もたらされた一報に、ヴァレッタは両の目を剝いた。

「『合図』だ！　身をひそめるのは終わりだ、攻撃を開始しろ‼」

南西区画、交易所近辺。

【ガネーシャ・ファミリア】の本拠《ホーム》を囲むように建っている屋敷の一つ、その扉を勢いよく蹴破《けやぶ》り、派手な音を立てながら、シャクティが先陣を切る。

続くのは【ガネーシャ・ファミリア】の精鋭達である。

「は、背後の建物からっ――うああああああああああああああああああっ⁉」

『砦』の陥落に意識をそそいでいた闇派閥《イヴィルス》の軍勢は、無防備の背中を突かれ、たちまち阿鼻叫喚の悲鳴を上げた。

「敵は『砦』を落とそうと躍起になっています！　がら空きの背に思う存分、食らいつきなさい‼」

南区画、繁華街。

民衆を収容した『砦』とは別の大賭博場《カジノ》から一斉に冒険者が飛び出し、南西のシャクティ達と同じように敵勢へと襲いかかる。

「アスフィ、来たか！　――お前等、守るのは終わりだ！　打って出るぞ！」

「「「おおおおおおおおおおおおお‼」」」

敵部隊の後方より生まれる突撃の旋律に、ファルガーが笑みを浮かべ、大剣を振り上げた。

鬱憤《うっぷん》を溜《た》めていた守備隊の冒険者達もまた衝動の言いなりとなる。

アスフィが指揮する別動隊の動きと見事に連動し、前後から闇派閥《イヴィルス》とモンスターの群れを挟み込んだ。

「挟撃だと……⁉　今の今まで、『砦』付近の建物にひそんでいたというのか⁉」

自軍の兵士が次々と倒れゆく眼下の光景に、奇襲を免れた建物の屋上で指揮を執っていたオリヴァスは愕然となる。

「我々が砦に群がることを計算した上での……『罠《わな》』⁉」

威勢に満ちる冒険者達の咆哮が、オリヴァスの呻吟《しんぎん》を肯定した。

――嵌められた。

視界に映る景色と耳に飛び込んでくる情報の数々に、都市南西、商館の屋根の上で立ちつくすヴァレッタは、その五文字を認めなければならなかった。

理解が状況に追いついていなくとも、その結論を先に受け止めなければならなかった。

「ヴァレッタ様ぁ！　砦を攻撃していた味方の部隊、五ヵ所全てに、ひそんでいた冒険者達が現れ襲いかかっています！」

「援軍⁉　いや……『伏兵』⁉　最初から仕込んでいた⁉　ど、道理に合わない‼　数が多過ぎる！　残りの冒険者達は中央広場《セントラルパーク》にいる筈では……⁉」

下士官達の動転に、指揮官の女は、衝撃が抜けきらない唇を揺らす。

「…………まさか、中央広場《セントラルパーク》は『空《から》』だってのか？」

女の顔が戦慄、そして怒りに塗《ぬ》り潰される。

「あの氷壁は、目くらまし！　中に軍勢がいると私達に思わせるための『騙欺《ブラフ》』‼」

「なっ……⁉　そんな、まさかっ、ザルド様を放置⁉　それでは、中央広場《セントラルパーク》であの方と対峙しているのは……⁉」

「オッタルだ!!　あの猪《いのしし》野郎しかいねえ!!　最初からこの『形』に持っていくために、私達を誘導して……！」

敵が欲するのは『王《キング》』と『女王《クイーン》』。

ザルド、アルフィア撃破のため、都市中央へ総力をつぎ込む陣形。

ヴァレッタと闇派閥《イヴィルス》はそう誤解させられた。

まるで魔法を扱う勇者の指先によって、そのように思考を導かれた。

真の『餌』は民衆などではない。

広大なオラリオを一つの盤《ボード》に置き換えた、この『都市盤面』そのものだ。

男神《ゼウス》と女神《ヘラ》という『最強』への過信を逆手に取られ、ヴァレッタはまんまと、フィンが望む『布陣』に足を踏み入れてしまったのである。

「──フィンの糞野郎ぉぉぉぉぉぉぉぉぉぉぉぉぉぉぉぉぉ!!」

手の平の上で踊らされたという事実に気が付いた瞬間、額に青筋を走らせ、ヴァレッタは激昂《げきこう》の叫喚を上げた。

「全部隊、畳みかけろ!!　この好機を逃すな！」

打ち上がる女の憤激を無視し、フィンは号令を放つ。

屈強な冒険者達はそれに、大攻勢をもって応《こた》えた。

「通りにのさばるモンスターは無視だ！　代わりに、屋根に上っている闇派閥《イヴィルス》を仕留めろ！」

建物の屋根に次々と飛び移り、悲鳴を上げる敵兵を槍で薙ぎ払いながら、シャクティは他団員に指示を飛ばす。

「敵は完全にモンスターを御しているわけではない！　通りに蹴《け》り落としてしまえば、奴等とて怪物の餌食となる！」

フィンに南西区画の指揮を任されたシャクティは、敵の関係性を正確に見抜いていた。

優に百を超えるモンスターの大群。それが他の『砦』も含めれば五ヵ所。いくら闇派閥《イヴィルス》側の調教師《テイマー》が有能であったとしても、全てのモンスターを統率できるわけがない。調教師《テイマー》の腕の問題ではなく、数の問題だ。

【ガネーシャ・ファミリア】は主神の神意によって調教師《テイマー》が多く所属している。シャクティ自身調教師《テイマー》としてオラリオで一、二を争うほどの腕前であるからこそ、敵勢の歪《いびつ》な関係を誰よりも早く見抜いていた。

扱い一つ間違えれば、モンスターは容易《たやす》く闇派閥《イヴィルス》にとっての不安要素に様変わりする。

「今の状況は『怪物進呈《パス・パレード》』と同じ！　敵の中に調教師《テイマー》は数えるほどしかいません！　同士討ちを狙《ねら》いなさい！」

大賭博場地帯《カジノエリア》でアスフィもまた的確な指示を飛ばす。

モンスターの波に指向性を持たせているのは、調教用《テイム》の鞭《むち》を持った少ない調教師《テイマー》のみ。

体格と力に優れた個体を操《あやつ》って、その行動に他の雑兵《モンスター》が釣られるように倣《なら》う。種がわかれば単純で、とても雑な誘導だ。調教師《テイマー》か強個体のモンスターを落としてしまえば、敵の同士討ちの危険性《リスク》は格段にはね上がる。

「「「うおおおおおおおおおおおおおおおお!!」」」

冒険者達の動きは迅速で、何より荒々しかった。

奇襲を完全なものにするために、モンスターや獣人の鼻に気取られぬよう、消臭の道具《アイテム》まで使って潜伏を徹底した。友や仲間が上げる悲鳴に、腕に歯を立てて血を啜《すす》りながら耐え続けていた彼等《ら》彼女等《ら》の戦意《ボルテージ》は最高潮に達している。解放の瞬間を待ちわびていた冒険者は今、溜め込《こ》んだ力と雄叫びを憎き闇派閥《イヴィルス》へとぶつけるのだ。

「ひぃいっ……!?」

「て、敵の勢いが、止められないっ！」

モンスターどもを怯ませるように、あるいは敵兵の混乱を助長するようにわざと音を立て、声を上げ、叫び続け、追い立てられる獲物は貴様等だと突き付ける。

『大抗争』の借りをここで返さんと、熟練《ベテラン》の冒険者を中心に次々と標的を撃破していく。

「闇派閥《イヴィルス》の駆逐を最優先です！　雪辱は、ここで果たす!!」

団長《リディス》や友《アーディ》を喪った私怨に呑《の》まれぬよう戒めながら――黒い憎悪を赤き戦意に変換しながら、

アスフィは冒険者達の鯨波とともに敵を斬り伏せた。

そして敵勢の中でも最も悲惨だったのは、都市東部。

「――【永争《えいそう》せよ、不滅の雷兵】」

奇襲の開幕を告げるのは伏兵達の鯨波でなく、氷鉄《ひょうてつ》よりなお凍《い》てついた『詠唱』だった。

円形闘技場《アンフィテアトルム》から見て北東部、魔石製品工場の屋上にたった一人姿《すがた》を現したヘディンは、完全に気配を遮断していた魔力を全解放し、限界まで引き絞られた瞋恚《しんい》の弦《つる》を解き放った。

「【カウルス・ヒルド】‼」

放たれるのは矢ではなく、幾千もの『雷光』。

円形闘技場《アンフィテアトルム》という城攻めに夢中になっていた闇派閥《イヴィルス》勢力の背に、仮借なき猛射が降《ふ》り注《そそ》ぐ。

「ぎゃああああああああああああああああ⁉」

『オオオオオオオオオオオオオオオオオオオオオオオオ⁉』

南西部・南部のように『兵士』に狙いを絞る、などという概念は必要なかった。

暴君のごとき雷波は宙と大地、人も怪物も等しく一掃する。

円形闘技場《アンフィテアトルム》攻めの中心となっていた北から東にかけての闇派閥《イヴィルス》兵とモンスターはことごとく焼き尽くされ、自爆兵の『自決装置』に誘爆しては凄まじい爆華を連鎖させる。

「グギィ⁉」

「ヅオオオオオオォァアアアアアアアアア!?」

不正《アパテー》の『精霊兵』も例外ではない。

理性の欠如から狂ったように正面への破壊活動に躍起になっていた十二の兵のうち、八体が背を撃たれ感電。妖精の射手は電光石火、上位の脅威を排除せんとばかりに更なる雷兵を送り込む。外法の自然治癒能力に再生、あるいは獣さながらの本能の動きで荒れ狂う爆撃を凌《しの》ぐ『精霊兵』達は、狂っていようがLv.5の底力を見せつけ、即殺など拒んだが――

「【宴《うたげ》終わるその時まで、殺戮せよ】――――【ダインスレイヴ】!」

黒妖精《ダーク・エルフ》が禍《まが》つ流星《ほし》のごとく戦場を縦断し、超速をもって剣撃を閃《ひらめ》かせた。

「ガアアアァァァァァァァァ!?」

「なんとぉ!?」

『精霊兵』の一体が、渾身《こんしん》の斬撃をもって首ごと斜め一閃に両断される。

自己治癒能力を持ってしても復活は不可能。Lv.5が沈黙する光景を視界に捉《とら》えたバスラムが、状況も忘れ驚倒の声を上げてしまった。

白《ヘディン》と黒《ヘグニ》の連携、滅多に見せることのない『白黒《はっこく》の騎士』の双撃が、完璧《かんぺき》な奇襲を決める。

「「「「バスラム！」」」」

なおも強襲は終わらず、四つ重なる小人族《パルゥム》の声と武器。

友軍など欠片《かけら》も配慮しない雷の弾幕をヘグニと同じくくぐり抜け、進路上の魔物を全て蹴散らし、バスラムの眼前に躍り出るガリバー兄弟が槍鎚斧剣を同時に繰り出す。

「っっ‼」

「バ、バスラム様っ、何を——ぐげぇ⁉」

司祭の太い右腕が膂力《りょりょく》にかまけて側近を引き寄せ、盾代わりに。

槍と剣に串刺しにされ、鎚と斧に粉砕される肉の盾もろとも吹き飛ばされるバスラムは、薬指と中指を失った右手に舌打ちをしながら、シャンッ！と。

左手が持つ金の錫杖を鳴らし、感電を免れた四体の『精霊兵』を自分のもとへ召喚して、追撃してくる四匹の小鬼どもを迎撃させる。

「「来たのね！　ヘグニ、ヘディン‼」」

歓喜の声を上げるのはディース姉妹。

円形闘技場《アンフィテアトルム》南側の攻めを放棄し、北東部へと速攻。こちらを睨《ね》めつける白妖精《ホワイト・エルフ》と黒妖精《ダーク・エルフ》の殺意の眼差しにぞくぞくと背筋を震わせながら、『並行詠唱』から挨拶《あいさつ》代わりの炎砲を放つ。

迎え撃つ特大の雷衝、相殺と同時に斬り込む漆黒の戦王。

直ちに炎と雷の相殺音と、長剣と安楽剣《スティレット》の殺劇の演奏がかき鳴らされる。

ここまでたった十七秒間。

幹部を除く、闇派閥《イヴィルス》中枢部隊のほぼ壊滅。

雷撃によって焼き滅ぼされた敵兵と魔物が死屍累々《ししるいるい》の光景を広げ、妖精の姉妹が同族相手に宴を開き、邪教の司祭が精霊の兵士を率いて四戦士に祝福を与えんと死の祝詞《のりと》を紡《つむ》ぐ。

第一級冒険者達の苛烈なる急襲が、東の戦線を混沌へと叩き落とし、都市最大の激戦を呈するのだった。

「ゆっ、友軍の被害、加速度的に増大中!!　身動きが取れない部隊が続出し、混乱状態に陥《おちい》っています!　特に東は収集がつきません!!」

「モンスターの習性も逆手に取られています!　総軍の数では我々が勝るとはいえ、このままでは……!」

下士官達の声々が、煩わしさを伴ってヴァレッタの耳を何度も叩く。

今、目の前にもたらされる状況が、行き当たりばったりの奇襲によるものではないことは明確だった。五つの『砦』、全てにおいて各個挟撃を実現している時点で計算しつくされている計画《プラン》だ。

「ふざけんなっ、ふざけるなよっ、こんな馬鹿げた作戦で……!」

フィンに手玉に取られたと、受け入れがたくも認めるしかないヴァレッタは、かつてないほどの苛立ちに満ちた。

「大部隊をつぎ込むしか殺《や》る方法のねえ最強《ザルド》をあえて無視して、他の雑魚どもを掃討するだぁ……?　あの大神《ゼウス》の眷族と決闘《サシ》だと!?　笑わせんな!　それで一本取ったつもりかぁ!」

眦《まなじり》を裂き、その単純で明快な真理を吐き捨てる。

「オッタルが負ければ全てご破算だろうがぁ、ばぁぁか!!」

フィンがとった一手とは、ヴァレッタが絶対に行わない奇手。

決して妙手とも言えないそれに、女は激怒と失望を渾然とした。

「めでてえ楽観と、くだらねえ『友情ごっこ』！　そんなものがてめえの策か、フィン!!」

「違うな、ヴァレッタ。単純な効率と確率の問題だ」

届くことのない憤激の叫びなど聞かずとも、宿敵の胸中を見透かすフィンは独白をこぼす。

「壊滅を覚悟した上での大部隊の特攻と、都市最強による一騎打ち。損害《リスク》と見返り《リターン》とを秤《はかり》にかけた上で、ザルド撃破の可能性が最も高いものを選んだ」

フィンは断言する。

「すなわち、後者だ。それが、オッタルだ」

他派閥でありながら、その男の脅威と『軌跡』を目の当《ま》たり《あ》にしてきた小人族《パルゥム》は、思いを過去へと馳せた。

「ヴァレッタ、君は知らない。【猛者《おうじゃ》】の歴史を。彼が浴びてきた、敗北と屈辱の『泥』を」

十五年以上も前、『暗黒期』に入る以前より、その男は負け続けてきた。

多くの者が恐れる力を有しておきながら、それ以上の『化物たる存在』によって叩き伏せられ、斬り伏せられ、屈辱極《きわ》まる『情け』を与えられてきた。

男の前に立ちはだかる絶壁はあまりにも残酷で、無慈悲だった。

「そして僕は知っている。男神《ゼウス》と女神《ヘラ》に負け続け、それでも立ち上がり、挑み続けた一人の男の執念と闘志を！」

常人ならば心が砕け散る『絶望』の頂《いただき》。

峻厳《しゅんげん》たる絶峰を登りきれたとして、天を駆け抜ける『雷霆《らいてい》』に届くわけがない。もし手が届いたとしても、その雷光によって焼き滅ぼされるのみ。誰もがそれを蛮勇などではなく無意味という名の不条理であることを知っている。

しかし、それでも男はその不条理に挑み続けた。

己の無力を許さんがために。

唯一の女神の栄光を取り戻すべく。

その『猛者《おうじゃ》』だけが、不屈の闘志と、弱さへの唾棄を糧に、『最強』に打ち勝つ強さを求め続けたのだ。

「オッタルが持つ『牙《きば》』こそザルドに届きうる！　彼が勝てなければ、一体誰がかつての最強を制することができる！」

それが勇者の計略。

それが猛者《おうじゃ》の執念。

数々の情景を碧眼に映すフィンは、氷壁と結界に覆われた戦場を見つめる。

「そうだろう、オッタル――」


「――フィンも、俺も、いつもお前達の背中だけを見上げていた」

覇者と猛者が対峙する中央広場《セントラルパーク》。

全身を武装で包んだオッタルは、静かに拳を握りしめる。

「絶望の頂《いただき》と、煮え滾《たぎ》る怒り。いつか必ず、次こそは……その背に辿り着き、追い抜かんと誓い続けた」

それは憧憬などではない。

ましてや羨望でも、憎悪の対象ですらない。

男神《ゼウス》と女神《ヘラ》とは、彼等にとって、いつまでも立ちはだかる『壁』なのだ。

「それが、『今』だ。それが、『今日』だ」

こちらを凝視する鎧の男を見返し、オッタルは告げた。

「お前の背を超え、お前を倒し、俺がお前を喰らいつくす」

その宣言に。

大兜の中で、唯一露出しているザルドの口もとが、弧を描いた。

「……抜かしたな、糞ガキ」

浮かべた笑みは一瞬。

次には高らかに吠える。

「たった一人で！　俺と対峙し！　都市の運命を背負いながら！　それでもなお俺を『平らげる』と！　そうほざいたな‼」

喜びに満ちてなお、漲《みなぎ》るのは闘志だ。

黒の大鎧でも抑えきれない戦意と威圧感が、オッタルの肌を震わせる。

「面白《おもしろ》い！　やってみせろ！　弱き肉を剝《は》ぎ捨て、強者の肉を喰らわんとする獣《ケモノ》！　俺が味わうに足る極上の馳走！」

振り鳴らされる黒塊のごとき大剣を前に、オッタルも二振りの長剣を引き抜く。

大気を引き裂いたザルドの剣はそのまま、天へ宣誓するように、頭上に掲げられた。

「お前の『執念』と俺の『失望』、どちらが勝つか！　天上の神々にも見せつけてくれる！」

そして、天の直前。

白亜の巨塔『バベル』最上階。

「ええ、見届けるわ」

たった一柱《ひとはしら》のみに許された観覧席で、美神は今より始まる死闘を眼下に置く。

「最強の洗礼を。世界の命運を賭《と》した戦いを。――そして、高みへの登頂を」

銀の瞳を細め、フレイヤは二人の戦士が向き合う戦場に、言葉を落とす。

「冒険なさい、オッタル。この『試練』を乗り越えなさい」


下された女神の神託が合図。

互いに剣を構える男達は、雄叫びとともに地を蹴る。

「うおおおおおおおおおおおおおおおおおおおおっ‼」

解放される純粋な膂力。

隆々たる筋骨から放たれた二つの剣撃が、天へと届く衝撃を伴い、迷宮都市に轟き渡った。


凄まじい大剣の衝突音が連続する。

竜が吐き出す火球の炸裂と聞き間違うほどの震動と轟音。それは地面から伝わる迷宮の震動、『大最悪《モンスター》』の気配を忘れさせるほど苛烈で、重々しく、何よりも強かった。

「始まった……！　かつてと今の『最強』同士の戦いが！」

歓楽街にそびえ立つ大賭博場地帯《カジノエリア》で、アスフィは身震いする。

「一撃ごとの衝突が都市を揺るがす……！　信じられん！」

【ガネーシャ・ファミリア】の本拠で、シャクティが息を呑む。

「負けたら殺すぞ、オッタル!!」

そして円形闘技場《アンフィテアトルム》では、今も敵を蹴散らしながら吐き捨てるアレンの姿があった。

都市を揺るがす激戦の衝撃に、冒険者達は驚愕することはあれ、物怖じすることはない。あの最強の眷族《ゼウス》と渡り合っている【猛者《おうじゃ》】に鼓舞され、負けていられるかとばかりに闇派閥《イヴィルス》へと牙を剝く。

都市全体の戦況は五分。

一部の局地戦を切り取れば、オラリオ優勢に傾きつつさえある。

「チッ、本当にやり合ってやがる。『大抗争』の時のような一方的な蹂躙《ワンサイド・ゲーム》じゃねえ。あの猪、能力《ステイタス》を限界まで引き上げやがったか……」

戦場の様子を見渡すヴァレッタは、忌々しそうに舌打ちをした。

勇者の策略に憤激していたのも束の間、【殺帝《アラクニア》】の名を冠する女は殺意という名の冷酷さをもって怒りを鎮めていた。ザルドと戦闘を続けるオッタルを認め、フィンの作戦に一定の理解を示したと言ってもいい。

（まぁ、いい。ふざけた真似をされて頭に血が上っちまったが、ザルドが負ける筈がねえ。それよりも――）

戦場の隅々まで見渡していたヴァレッタは、背後を振り返る。

「おい！　第一級冒険者の数を報せろ！　今、オラリオで暴れてる連中、全部だ！」

「は、はいっ！　しばしお待ちをっ――」

オラリオ側の予想以上の反攻に狼狽《ろうばい》していた下士官達が、慌ててヴァレッタの命令に応えようとすると、

「【勇者《ブレイバー》】と【猛者《おうじゃ》】を除けば【女神の戦車《ヴァナ・フレイア》】、【炎金の四戦士《ブリンガル》】、そして【黒妖の魔剣《ダインスレイヴ》】【白妖の魔杖《ヒルドスレイヴ》】が確認できます」

紅い髪を揺らし、ヴィトーが姿を現した。

「顔無し……てめえ、どこへ行ってやがった。今更ノコノコ現れやがって」

「申し訳ありません。……【暴喰《ぼうしょく》】が気になってしまい、少し戦場を眺めていました。どうかお許しを」

ヴァレッタが横目で睨みを利《き》かすと、ヴィトーは不自然な沈黙を挟んだ後、素直に謝罪する。

いつになく殊勝な態度に眉《まゆ》をひそめていると、顔無しと呼ばれる男は情報の続きを語った。

「【女神の戦車《ヴァナ・フレイア》】は拠点の防衛、【黒妖の魔剣《ダインスレイヴ》】と【白妖の魔杖《ヒルドスレイヴ》】、【炎金の四戦士《ブリンガル》】は、不正派《アパテーは》及び不止派《アレクトは》と交戦しているようです」

【フレイヤ・ファミリア】は円形闘技場《アンフィテアトルム》を中心に、都市の東部の守備に専念している。

オッタルとザルドが激突する中央広場《セントラルパーク》を除けば、依然《いぜん》オラリオの東が最も激しい戦闘を繰り広げていると言っていい。

「【九魔姫《ナイン・ヘル》】と【重傑《エルガルム》】の姿は……見えませんね。ついでに言えば、【アストレア・ファミリア】の姿も」

商館の屋根の上からあらためて周囲を見回したヴィトーは、残る第一級冒険者と『正義の派閥』にも言及した。

後者の派閥は戦力の観点から言えばLv．3止まりとはいえ、絶望に呻いていた都市を蘇《よみがえ》らせた希望の星明りだ。

決して無視できる存在ではないと、ヴィトーは言葉の端々から臭わせる。

（この状況で手札を温存する訳がねえ。フィンの野郎、まさか……）

彼の報告を聞いたヴァレッタは、両の目を針のように細めた。

万が一の仮定を精査し、『あの勇者ならばやりかねない』という結論に達する。

「……おい、顔無し。いや、ヴィトー。クノッソスを使ってダンジョンへ行ってこい」

これ以上なく真剣な顔でヴィトーの名を呼び直し、命じる。

彼女の口から出た『クノッソス』という単語に、黙して影に徹していた下士官達が強い動揺をあらわにする。

「クノッソスに？　いや、それよりもダンジョン？　またどうして？」

「この布陣、ザルド一人を押さえ込むことしか考えてねえ。もう一人の『化物』に、てんで警戒を払ってねえんだよ」

一驚するヴィトーに説明するヴァレッタは、次には忌々しいとばかりに歯ぎしりをした。

「間違いねえ。フィンの奴、アストレアの連中と一緒に、あのハイエルフとドワーフをダンジョンへ向かわせてやがる！」

「……この状況下で、『大最悪《モンスター》』討伐の戦力としては過剰過ぎる。まさか、『第二の出入り口』の存在を見抜いて？」

「それはありえねえ。少なくとも疑念を抱いていたとしても、確信には至っている筈がねえ。じゃなきゃ、あの腐れ勇者は必ず行動を起こしてる筈だ」

ヴィトーが片目を開いて愕然とする中、『闇派閥《イヴィルス》の超重要拠点』の看破だけは否定する。

しかし、だからこそ件《くだん》の勇者は『規格外』であると、ヴァレッタは声を荒らげた。

「信じらんねえぜ、フィンの野郎！　筋道がねえくせに、あるだけの情報でこっちの手の内を読みやがった！　――イカれてやがる!!　どんな度胸と神経をしてやがるんだ、あいつは！」

リヴェリア達がダンジョンに突入する前、フィンがぎりぎりになって布陣を変更したことをヴァレッタ達は知らない。

そんな無謀な真似ができるわけがないと、今でも信じられない思いで悪態をぶちまける。

しばし沈黙を纏っていたヴィトーは、ヴァレッタの胸中――このままでは作戦が破綻するという危惧――を理解し、頷《うなず》きを返した。

「我々の『本命』はあくまで地下側《あちら》……わかりました、兵を率いて向かいましょう。しかし、私が離れてよろしいので？」

「ああ、使える野郎はてめえくらいしかいねえ。オリヴァスじゃ役者不足だ。それに、地上側《こっち》にはまだ『札《ふだ》』があるからな」

懐《ふところ》に隠している切札《カード》を脳内で弄《いじ》りながら、ヴァレッタは指示を出す。

「わかっちゃいると思うが、身内狩りのせいで『上層』の門は全部塞がってやがる」

『大抗争』の夜、神々の『一斉送還』のために闇派閥《イヴィルス》は味方からも生贄《いけにえ》を捧げた。

エレボスの神意により一部の邪神が送還されたのである。

無論、生贄に選ばれた邪神は眷族とともに激しく抵抗し、その争いによって闇派閥《イヴィルス》の『棲家《アジト》』には大きな被害が出ていた。

正確には、追い詰められた邪神達が最後の嫌がらせとばかりに門を破壊した、が正しい。

「となると……」

「ああ。『中層』に行け。――18階層だ」

ヴァレッタは口角を上げる。

女の笑みが告げるのは、『前哨戦の終わり』である。

「戦争が始まるなら、そこだ」

凄まじい震動が冒険者達の身を襲う。

脳裏に過るのは、開かれた巨竜の顎に自ら飛びこもうとしている錯覚。

【アストレア・ファミリア】の少女達がうっすらと汗を帯びる中、リューは無意識のうちに、剣の柄を握りしめていた。

「近い……‼」

場所は17階層。

下から突き上げる衝撃が、進めば進むほど増していく。

迫りつつある会敵の気配に緊張と戦意を等分しながら、行く手を阻む『ミノタウロス』の群れを一刀両断する。

「18階層……もう、つく」

「階層の衝撃が洒落《しゃれ》にならん！　目標の化物も『迷宮の楽園《アンダーリゾート》』に辿り着くか！」

アイズが剣を、ガレスが斧を振り回しながら道を切り開く。

欠片も進行速度を緩めない精鋭隊は階層の最奥、『嘆きの壁』が広がる大広間へと到達した。

「これならば、宴に遅れる心配は要らなそうだな」

「ああ。ぴったり過ぎて逆に怖いくらいだぜ、フィン！　マジでイカしてるぜ！」

鋭い眼差しのまま輝夜《カグヤ》が唇を舌で湿らせ、ライラが喝采《かっさい》を叫んだ。

本来、階層主《ゴライアス》が出現する大空間は寒々と感じるほど沈黙していた。

それはまるで強大な『迷宮の孤王《モンスターレックス》』ですら、下から迫りつつある『大最悪《モンスター》』に怯えているかのようだった。

「敵が現れる前に陣を敷くぞ。18階層に到達次第、高所を押さえろ。戦闘開始とともに魔法の斉射で一気に削る！」

「わかったわ！　任せて！」

リヴェリアの指示に、アリーゼが一番槍を名乗るように加速した。

部隊の先頭に躍り出る彼女の背に【アストレア・ファミリア】が続く。

「……っ？　火の粉？　どこから……？」

その時。

リューは、視界に舞う緋色《ひいろ》の欠片に気付いた。

彼女の戸惑いを他所に、アリーゼが疾走の速度を上げる。

「見えた、次層への連絡路！　行くわ！」

大広間の終点に空いた洞窟へと飛び込む。

暗闇《くらやみ》に包まれる下り坂を駆け、視界の奥に灯る出口の明かりを目指し、紅蓮が漂う光の先へと抜けた。

そして。

肌を打つのは、うだるような熱気。

耳に囁《ささや》くのは、獣ごとき猛火の唸《うな》り声。

視界に広がるのは、燃え盛る地獄。


「なっ――」

リューは絶句した。

輝夜《カグヤ》とライラ、アイズが言葉を失った。

【アストレア・ファミリア】は立ちつくした。

リヴェリアとガレスさえ目を剝く中、アリーゼは、呆然と呟いた。

「…………なに、これ」

楽園という言葉を失った灼熱《しゃくねつ》の階層は、『冥府』と言うに相応《ふさわ》しかった。

三章
終末の楽園

ASTREA RECORDS
evil fetal movement
Author by Fujino Omori Illustration Kakage
Character draft Suzuhito Yasuda

水晶が溶けている。

森が姿を消している。

大地が割れ、燃えている。

美しかった湖畔《こはん》は今や煮えたぎる窯《かま》と化しており、熱気を孕《はら》んだ水蒸気を吐き出していた。

巨大な菊《マム》のごとく天井《てんじょう》に咲き誇っていた水晶の光源は、溶け落ちる飴《あめ》のように滴っては青色の雹《ひょう》を降らす。

緋《ひ》と紅蓮《ぐれん》に染まる終末の景色。

冒険者達の視界に広がるのは、様変わりした『迷宮の楽園《アンダーリゾート》』の姿だった。

「…………これが、18階層？」

息を呑《の》むリューの声が、立ちつくす【アストレア・ファミリア】の中で響く。

「あの美しかった……みんなが好きだと言った、迷宮の楽園……？」

もし自分が死んだらここに骨を埋めてくれ。

二週間前、緑と水晶に包まれる森の中で交わしたそんな言葉が、リューの脳裏に過《よぎ》る。

少女達が愛した風景の面影は、今この場所には存在しない。

「森が燃えてる……緑も、青《そら》も消えた……」

「……こんな光景、拝んだことがないぜ……」

リューと同じく、ここが18階層だと信じられないエルフのセルティとライラが呟《つぶや》きと一緒に汗を落とす。そのすぐ後ろでは、アイズが小さな腕で額を拭っていた。

「熱い……息が、苦しい……」

「……まさに、『地獄』だな」

輝夜《カグヤ》もまた呻《うめ》くように声をこぼすと、リヴェリアが慄然とした表情で呟いた。

「これは、まさか……いや、これでは、まるで……！」

「ああ、まさしく『竜の壺《つぼ》』……！　深層域と同じ状態になっておる！」

リヴェリアの危惧を肯定するように、ガレスが叫んだ。

地中から灼熱《しゃくねつ》によって炙《あぶ》られているかのごとく、階層全体の地面は岩漿《マグマ》にも似た輝きと高熱を発している。第一級冒険者達は頻《しき》りに顔を巡らしながら、周囲を注視した。

「『竜の壺』……？　ガレスのおじ様、それは一体──」

アリーゼが尋ねようとした、その時だった。

視線の先の地面が爆ぜ、炎を噴いたのは。

「うあぁっ⁉　な、なにコレ⁉」

「地面が爆発《ばくはつ》した⁉」

噴火のごとき光景が三つ連なる。凄《すさ》まじい地響きを伴う爆炎の柱に、アマゾネスのイスカとヒューマンのリャーナが悲鳴を上げた。

「階層にいたモンスターの群れが、焼かれてる……！　しかも、こっちに来るぞ⁉」

「火達磨《ひだるま》のモンスターとはな……！　仕方あるまい、迎え撃つぞ！」

怪物が産まれ落ちない安全階層《セーフティポイント》とはいえ、元々は大自然が広がる18階層に安息を求め移住するモンスターは数多い。地面から噴き出した炎に呑まれ、紅の鎧《よろい》を纏《まと》った『バグベアー』や『マッド・ビートル』が半狂乱になって冒険者達に襲いかかった。

頬《ほお》を引きつらせる獣人のネーゼのすぐ真横、飛び出した輝夜《カグヤ》は、燃える敵にも怯《ひる》まず刀を閃《ひらめ》かせた。

「モンスターの相手も面倒くせえけど……！」

「爆炎の方が脅威だ！　凄まじい熱量……直撃すれば上級冒険者でも消し飛ぶ！」

燃え盛るモンスターの群れを相手取りながら、ライラとリューは左右に飛びのいた。

途切れることなく噴出する火炎から距離を取り、思わず目を眇《すが》める。

肌をじりじりと焼く桁違《けたちが》いの緋炎。超熱の熱波を浴びるリュー達は、この爆炎こそが18階層を変貌させた原因だと理解させられてしまう。

この火炎が何度も階層を脅かし、迷宮の楽園を紅蓮の地獄に変えたのだ。

「なぜ地面が炎を噴く!?　いったい何が起こってっ──」

「直下の階層から砲撃を受けている」

「なっ……!?」

己《おのれ》の言葉を遮《さえぎ》ったガレスの発言に、輝夜《カグヤ》は動きを止めてしまった。

「間違いなく、目標の『大最悪《モンスター》』だ。下の層域から進出するため、岩盤を破壊しているのだろう」

「火球を吐き出して、床をブチ抜こうってのか⁉　冗談だろう！」

険しい目で穴だらけとなっている地面を見つめるリヴェリア相手に、ネーゼが【アストレア・ファミリア】の心の声を代弁する。

まだ若い第二級冒険者達を脇目《わきめ》に、第一級冒険者達は己が持つ『知識』を語った。

「未《いま》だ男神《ゼウス》と女神《ヘラ》のみしか踏破していない層域、『竜の壺』。儂等《わしら》もまだ『ギルド』から提供された情報でしか知らんが、平然と『階層無視』の攻撃が行われると聞く」

「52階層から始まる『地獄』の領域……それと同じことを敵はやっているのだろう」

未だ【ロキ・ファミリア】ですら到達できていない領域について説明するガレスとリヴェリアに、リュー達は息を呑んだ。

「じゃあ何か、これは52階層相当の地獄絵図だってのか⁉　ふざけんなよ、もう規模《スケール》が違い過ぎて何が何だかわからねえ！」

自分達の常識を覆すダンジョンの深淵《しんえん》に、ライラが身震いする。

その側で、階層をじっくりと見回していたアリーゼは、鷹揚《おうよう》に頷《うなず》いた。

「少なくとも敵の火力は、50階層より下のモンスター並みってことね！　【紅の正花《スカーレット・ハーネル》】の二つ名を持つ私でも、これは流石に燃やし尽くされそうだわ‼」

「なぜ貴方が自慢げなのですか、アリーゼ！」

胸に片手を置いてドヤ顔を晒《さら》す少女に、リューは思わずツッコんだ。

がくりと膝《ひざ》を折るのはライラ達。不思議そうに小首を傾《かし》げるのはアイズ。戦々恐々とした空気が弛緩《しかん》してしまったことはいいことなのか悪いことなのか、リューは頭を痛めながら首を横に振った。

「それよりも、リヴェリア様がおっしゃった通り陣形を！」

「ああ、『大最悪《モンスター》』はまだ姿を現していない！　今のうちに準備を――」

楽園を地獄の窯へと変えている最悪は、まだここに辿《たど》り着いていない。

すぐさま戦闘態勢を整えんと、リヴェリアが指示を下そうとした、その時。


「余計なことはするな」


声が響いた。

その声に全《すべ》てが吸い込まれ、瞠目《どうもく》する冒険者達は、まるで音が奪われてしまったかのように沈黙する。

震え上がる無数の火の粉が道を開ける先、現れるのは漆黒のドレス。

紅蓮の戦場でありながら寒々とした静寂をもたらす『魔女』は、その灰の髪を揺らした。

「この景色の延長こそが神時代《しんじだい》の終焉《しゅうえん》」

朗々と歌うように。

「五月蠅《うるさ》く、醜く、暴悪な、全ての終末に相応《ふさわ》しい儀式」

玲瓏《れいろう》たる鐘の音《ね》のように。

「だからこそ、雑音はみな静寂へと還れ。抗うことに意義など持たせるな」

祝詞にはなりえない滅亡の予言を、もう一人の『覇者』は冒険者達に突き付ける。

「【静寂】の、アルフィア……」

「う、うそっ……どうやってダンジョンへ⁉」

己の目を疑うリューが、動揺に困惑を重ねる治療師《ヒーラー》のマリューが、戦慄《せんりつ》を声に変える。

「『バベル』の警備っ、いや本陣の目を盗んでここまで来たというのか⁉」

「私が答える義理はない。……が、お前達は驚いていないな、道化の眷族」

輝夜《カグヤ》の叫び声に、アルフィアは泰然とした姿勢を崩さない。

そのほっそりとした顎《あご》を僅《わず》かに斜めへ引くように、閉じた瞼《まぶた》に包まれている瞳《ひとみ》をリヴェリア達に向けた。

「フィンが示唆していた……。『大最悪《モンスター》』以外の、何よりも厄介な敵の出現を」

「そもそもフィンの『勘』に導かれていなかったのなら、儂等はこの場にいないからのぅ」

「そうか。どちらにせよ、どうでもいい。終焉が現れるまで、もう間もなく」

睨《にら》み返すリヴェリアとガレスからも、アルフィアはすぐに関心をなくす。

告げるのは静かな死刑宣告だ。

「喚《わめ》かず、動かず、哭《な》かず、沈黙の僕《ぼく》となることを約束しろ。であれば、手を下さずにいてやる」

「「「っ……⁉」」」

「破壊も、慟哭《どうこく》も免れる。悲憤も、喪失も味わわずに済む」

女は本気で言っていた。

その静寂の言葉に【アストレア・ファミリア】が動じる。

リューと輝夜《カグヤ》、ライラ以外、初めて目の前にするＬｖ．７の存在に、その覇気に、正《ただ》しく少女達は気圧されていた。

その姿はまるで破滅を従える冥界の使者のようだ。

真実、女は全ての存在を黙らせる最強の眷族である。

十年前より生きる冒険者達は言うだろう。

彼女こそ才禍たる沈黙の魔女《グランド・サイレントウィッチ》だと。

神々は茶化して言うだろう。

アレこそが最大最後《ラスボス》の壁であると。

強大にして、崇高であり、何人にも犯せない静寂の威厳を宿す。

動けないリュー達を前に、魔女は指で楽譜を撫でるように、鎮魂歌《レクイエム》を読み上げる。

「神塔《バベル》とともに時代が潰《つい》えるその時まで、黙って見届けると誓えるのならば――――」

「――――ムリね!!」

が。

空気を読まない赤髪の少女が、全ての流れをブッタ切った。

「時代がどうとかっていうのはよくわからないけど、都市の滅亡を指をくわえて待つなんてムリムリムリ!!　絶対ムリよ!!」

唇を小さく開いたまま動きを止めるアルフィアに構わず、顎が外れんばかりに開口するライラ達の視線も無視し、アリーゼは速射砲のごとく言葉を撃ち出す。

「そんな酷《ひど》いことを許しはしないんだから！　そもそもこんな大一番で『ハイ待つわ』なんて言うわけないいじゃない！」

珍しいほどに目を丸くするリヴェリアとガレス、そしてぱちぱちと瞬《まばた》きを繰り返すアイズの視線もその身に浴びながら、赤髪の少女はその薄い胸を張りに張った。

「私達の『正義』は全っ然っ物分かりがよくないの！　どう？　参ったかしら！　フフーン!!」

両目を瞑《つむ》って晒《さら》されたドヤ顔を最後に、沈黙が生まれる。

燃える炎の音だけがどこか虚《むな》しく響いていく。

そんな静まり返っていた時間を最初に破ったのは、輝夜《カグヤ》だった。

「…………くっ。ははははっ」

「空気読めよ、バカ……」

堪《こら》えきれず笑い出す彼女の隣で、ライラが心底げんなりして、項垂《うなだ》れる。

「……いや、もういいや。お前は一生、空気を読むな、大バカ」

そして次には顔を上げ、笑みを唇に刻む。

その通りだと、リューは思った。

彼女の振る舞いが自分達に勇気をくれる。

赤い長髪を揺らす、あの後ろ姿がある限り、星の眷族は奮い立ち、過酷に立ち向かうのだ。

リューは静寂の呪縛を振り払い、友《アーディ》の剣《つるぎ》を握る。

「ふはははははっ！　最強相手《ヘラ》にもありのままか、小娘！　いいぞ、それくらいでなければあの女は倒せまい！」

「私達も参考にしよう。ヤツの言う不快な雑音とやらを奏で続け、静寂に打ち勝ってやる」

「ん……止めるよ。フィン達も頑張ってる。だから、今度は負けない」

呵々大笑《かかたいしょう》の声を上げるガレスが、微笑するリヴェリアが、両手で剣を持つアイズが、【勇者《ブレイバー》】とは異なる鼓舞とも言えない鼓舞──しかし確かな高揚を受け、立ちはだかる魔女を見据える。

アリーゼの威勢によって焦燥も恐怖も押しのける【アストレア・ファミリア】の少女達もまた、武器を構えた。

「──ふっ」

火の粉と熱気が女の顔を隠した一瞬。

アルフィアは目を瞑ったまま、確かに一笑を落とした。

「聞き飽きた冒険者共の蛮勇の歌……やはりオラリオは、オラリオか」

そして瞬きの間に笑みは消える。

代わりに周囲に満ちるのは、圧倒的な威圧感。

「いいだろう。ならば途絶えろ。闘争の雄叫《おたけ》びも、生命の音も、等しく終演を辿《たど》れ」

──それこそが、今の私が贈る唯一の慈悲だ。

その言葉とともに、女の体から尋常ではない魔力の波動が吹き荒れる。

「来るぞ!!」

後衛、リヴェリアが魔法円《マジックサークル》を展開すると同時、前衛のアリーゼは片手剣《クリムゾン・オーダー》を振り鳴らす。

「行くわよ、みんな！　頑張って、ふんばって、ちょっと世界を守ってみせましょう！」

「ええ、アリーゼ！」

少女の雄叫びに応《こた》え、リューと冒険者達は、『覇者』たる灰髪の魔女へと飛びかかった。

「うおおおおおおおおおおおおおっ!!」

開幕の初撃。

戦いの始まりを告げるのは、ドワーフの大戦士による渾身《こんしん》の大戦斧《おの》だった。

「【福音《ゴスペル》】」

それに対する女の返答は、やはり一声《ワン・ワード》。

「ぐぅうううううううう!?」

ガレスの巨体を吹き飛ばす『音の衝撃』。

理不尽とも言える超短文詠唱の砲撃に、しかし冒険者達は動じず、それを見越していたように動いていた。

「ふッ!!」

「【目覚めよ《テンペスト》】!」

『囮《おとり》』となって先陣を切ったガレスと入れ替わり、リューとアイズが地を這《は》う豹《ひょう》のごとく斬りかかる。魔女の左右側面、下段より迫りくる二閃の斬撃。並の怪物《モンスター》ならば一瞬で両断される、二種の旋風。

「そこにはまだ『残響』が生じているぞ?」

だが、目の前の存在は、並程度などではない。

真性の『怪物《かいぶつ》』である。

鋭い斬撃が己を切り裂く前に、次の一声《ワン・ワード》を発する。

「【炸響《ルギオ》】」

再び壊音《かいおん》。

「なっ――――⁉」

「うううううううぅぅ⁉」

地雷原に足を踏み入れたがごとく、リューとアイズが吹き飛ばされた。咄嗟《とっさ》に二振りの剣を交差した妖精《ようせい》は足で地面を削り、体重の軽い幼女は球《ボール》のように転がっていく。

ガレスが吹き飛ばされた地点、アイズとリューがまさに踏み込んだ場所で、残っていた魔力の残滓《ざんし》が揺らめいたかと思うと、突如『起爆』したのだ。

「――爆散鍵《スペルキー》‼　『音の名残《まりょく》』が、爆ぜた⁉」

大鎚で殴られたような衝撃を味わいながら、リューは自分達を襲った現象を悟る。

『魔法』を故意に炸裂させることのできる呪文、爆散鍵《スペルキー》を唱え、ガレスとは時間差で音の爆撃をお見舞いしたのだ。恐ろしいのは、一度着弾したにもかかわらず、空間に舞い散った魔素を利用して炸裂《さくれつ》させたことだ。

通常の爆散鍵《スペルキー》とは、自動追尾《ホーミング》の魔力弾や閃光《ビーム》などを任意の時機《タイミング》で爆散させるものである。

一度威力を解放した後、更にもう一度発生する『二段構えの砲撃』に、リューは戦慄《せんりつ》をあらわにした。

「えっ、えっ⁉　ちょっと今、何が起こったの⁉　気付いたらガレスのおじ様とリオンと【剣姫】が吹っ飛んでたわ！」

「『音』の魔法だ！　フィンから説明があっただろう！」

一歩離れた後方で、初めてアルフィアの魔法を目の当《ま》たり《あ》にしたアリーゼが忙《せわ》しなく顔を横に振り、ライラが前を睨《にら》みつけたまま怒鳴り散らす。

「威力は【九魔姫《ナイン・ヘル》】の砲撃並み、しかも超短文詠唱！　おまけに不可視ときている！」

「ついでのついでに、余波だけで平衡感覚《へいこうかんかく》をブチ壊してくるぞ！　顔面中の穴から出血させてな！　目の毛細血管《けっかん》までイカれるぜ！」

「えっ、なにソレ、嫌よ！　怖いし、デタラメじゃない！　鼻血くらいならいくらでも流してあげるけど、ガレスのおじ様を軽く吹っ飛ばしちゃう威力なんて、体がバキバキのベキベキになっちゃうわ！」

輝夜《カグヤ》も加わってギャーギャーワーワーとやかましい【アストレア・ファミリア】を他所に、アルフィアは一人、冷静に呟いた。

「……が、原型を留めているな、冒険者ども。魔道具《マジックアイテム》か」

輝夜《カグヤ》とライラが解説した通り、アルフィアの『魔法』は本来、一撃必殺。

にもかかわらず、彼女の視線の先で、リューとアイズ、そしてガレスはゆっくりと立ち上がるところだった。

そんな彼女達の耳に取り付けられているのは、小さな竪琴《たてごと》を模した紫色の『耳飾り』。

「おうとも、【万能者《ペルセウス》】謹製の耳飾り《アクセサリ》よ……！　お前の正体を知り、フィンがあの娘《むすめ》っ子に作らせておいたものだ！」

「それがここにいる我々、人数分……！　即死など無様な姿は晒さない！」

もとの冒険者用装身具《アクセサリ》の名は『サイレンス・リラ』。

本来は『セイレーン』や『マーメイド』の歌声による『魅了《チャーム》』を防ぐため【万能者《ペルセウス》】が開発したものだったが、フィンから指示を受けたアスフィが更に改良し対音特化させたのが、この耳飾り《アクセサリ》の正体である。

固有振動数《ヴァイブレーション》の同調拒絶《キャンセル》はもとより、音量そのものを減退させる加護を全身に張り巡らす。音に付属するのならば衝撃波や異常効果《アンチ・ステイタス》さえも減少《カット》させる、言わばアルフィア用の『決戦防具』と言ってもいい。あえて名付けるならば、『魔女への呪具《アルフィア・ベラドール》』と言ったところか。

ガレスとリューの言葉通り、リヴェリアや【アストレア・ファミリア】も含め、彼女達は同じ耳飾り《アクセサリ》を装備していた。アイズもまた『まだまだ戦えるぞ』と言わんばかりにブンブンと剣を素振りする。

「喧騒はすぐに収まらないというわけか……煩《わずら》わしい。だが、懐かしくもある」

対するアルフィアは、何の感慨も感じさせず、過去を振り返った。

「我々に打ち負かされる度に、お前達は対策を講じたものだったな、エルフとドワーフ。剣《つるぎ》ならば障壁を、魔法ならば精霊の護布《ごふ》を。そして今、私の『音』にはそんな小細工を」

「「っっ……!!」」

「かつての雑音は無駄ではなかったというわけか。救われたな、お前達自身の過去に」

それは【ロキ・ファミリア】や【フレイヤ・ファミリア】が、ゼウス・ヘラの両派閥に対して繰り広げてきた闘争の歴史だ。幾度となく敗北してきたからこそ、リヴェリア達は今回の『決戦防具』を速やかに用意することができたと言える。

十五年前まで遡《さかのぼ》る出来事を『雑音』と切り捨てる魔女を、リヴェリアとガレスは睨み返す。

「ならば、その遺産がどこまで耐えられるか、試してやろう」

アルフィアは、こともなげに告げた。

一瞬後、『音の蹂躙《じゅうりん》』が幕を開ける。

「うッッ――――!?」

「くそったれ!! 無茶苦茶だぜ!」

「いくら近付いてもっ、吹き飛ばされる!」

始まった『魔法』の射撃にリューが、ライラが、そしてドワーフであり前衛壁役《ウォール》のアスタが悲鳴を上げる。

全ての防御性能を『対音《たいおん》』に振ってなお貫通してくる、多大なる威力にして桁《けた》違いの魔力。

耳飾り《アクセサリ》の加護の上から衝撃に殴られ、体が吹き飛び、地面と水晶が間断なく爆ぜる。

中長の距離《レンジ》では圧倒的にリュー達が不利。

リヴェリアを含めた討伐隊の魔導士達と対比しても、威力及び速射性能ともにアルフィア一人の方が上回る。正面からの『魔法』の撃ち合いは無謀に等しい。

「構わん！　数で押す！　人海戦術で、奴《やつ》に息をつかせるな！　魔法を乱発させろ‼」

一か所にとどまらず、『並行詠唱』とともに走るリヴェリアは最後衛から『攻撃』を命じた。

彼女の指示を受け、前衛が素早く動き出す。

「リオン、輝夜《カグヤ》！　合わせて！」

「私も、行く‼」

アリーゼが正面、輝夜《カグヤ》とリューが後方と左側面。

右側面からアイズまで加わるが――当たらない。

「掠《かす》りもしないのなら、得物など振るうな」

「「「ッッ⁉」」」

旋風のごとく舞い乱れる三振りの剣と一刀を、アルフィアは目を瞑りながら、未来予知のごとく回避していく。半身を後ろにずらす、首を僅かに傾ける、あるいは指で鍔《つば》を撫でる。たったそれだけでことごとく斬撃が空《くう》を切る。

その光景に、少女達の思考速度は圧縮され、衝撃に呑み込《こ》まれた。

(当たらない、当てられない!!)

アリーゼの瞳が驚愕《きょうがく》に染まる。

(四人がかりだぞ!?)

輝夜《カグヤ》の顔が焦燥に歪《ゆが》む。

(魔導士の、いや後衛の動きではない!)

リューの額から汗が散る。

(私達と同じ、前衛っっ――!!)

アイズの心臓が、未知の旋律に打ち震える。

「貸してみろ」

Lv.3の包囲網でなお掠り傷一つ付かない『魔女』は、往《い》なす作業に飽きたように、片腕を閃かせた。

「ぁ……!　私の剣《けん》っ、返して!」

神速の勢いで掠め取るのは、片手剣《デスペレート》。

強奪された己の武器に、まさに玩具《おもちゃ》を取り上げられた子供のようにアイズが手を伸ばすが、目の色を変えたリューとアリーゼ、そして輝夜《カグヤ》が咄嗟《とっさ》にそれを阻んだ。

「剣《つるぎ》とはこのように振るう」

次の瞬間、放たれたのは、雷霆《らいてい》と見紛う『轟斬《ごうざん》』だった。

アイズの体を捕え、引っ張り、回避行動に移っていたにもかかわらず、間に合わない。

網膜を焼く一閃の斬撃に四人の少女が両断される──その間際《まぎわ》。

大盾を持って突っ込んだ大戦士が、己の体を割り込ませた。

「うおおおおおおおおおおおおおぉぉぉぉぉぉぉぉぉ⁉」

アイズ、そしてリュー達を庇《かば》うも、時を繰り返すようにガレスが吹き飛ばされる。

ドワーフとエルフ、ヒューマン、都合五人が破砕した大盾とともに地面へ転がった。

「リオン！　アリーゼ、輝夜《カグヤ》⁉」

「庇った【重傑《エルガルム》】ごと、まとめて吹っ飛ばされやがった……！　いやっ、それより今のは……⁉」

獣人のネーゼが上げる悲鳴の横で、ライラが戦々恐々とした眼差《まなざ》しをアルフィアにそそぐ。

彼女の『まさか』を肯定するのは、顔を歪めるリヴェリアだった。

「ザルドの斬撃……‼」

その言葉に、【アストレア・ファミリア】の面々は耳を疑った。

「ふざけるなっ、【暴喰《ぼうしょく》】の剣だと……！　ヤツは魔導士ではなかったのか⁉」

震える腕で地面から起き上がり、ぐてー、と布団《ふとん》のように己の腹へ被《かぶ》さっている少女《アイズ》を乱暴にはね除けながら、輝夜《カグヤ》が怒鳴る。

それに答えてやるのは、アルフィア本人。

「一度見た動きは模倣《もほう》できる性質《たち》でな。膂力《りょりょく》までは真似できんが、『太刀筋』程度ならば、この細腕でも再現できる」

聞き間違いかと、若い少女達は耳朶《じだ》に近い首筋を痙攣《けいれん》させた。特に前衛に属するヒューマンのノイン、ドワーフのアスタは悪夢を前にしたかのように息を呑む。

冒険者達の呼吸を奪う『才能《のうりょく》』を平然と語る魔女に集まるのは、不条理への罵倒だ。

「『才禍《さいか》の怪物』……！」

「化物め!!」

「あの女を普通の物差しで測るな！【ヘラ・ファミリア】の中でも異端だった、正真正銘の規格外だ！」

リューと輝夜《カグヤ》が憤然と視線の先の女を評する中、立ち上がるガレスは警告した。

「魔導士にして前衛！『魔法剣士』とも異なる完全なる『個《こ》』！　才能とかいう理不尽な武器《ぶき》で敵を蹴《け》散らす、暴力の化身よ！」

「賞賛なのか罵倒なのか、はっきりしろ、ドワーフ。どちらにせよ、雑音であることは変わりないが」

第一級冒険者をして、そこまで言わせるアルフィアは、くだらなそうに言葉を返した。

そこから、感触を確かめるように、剣を胸もとの高さまで持ち上げる。

「しかし、やはり剣《つるぎ》は性に合わんな。こんな枝のような腕で振るったところで酷く滑稽《こっけい》だ……

返そう」

惜しむことなく放られた《デスペレート》は、水晶が生える地面にはね返り、甲高《かんだか》い音とともに金髪金眼の少女の足もとへ転がった。

拾い上げ、ぎゅっと両手で握りしめるアイズの横顔に、汗が溜《た》まる。

「心臓が、どくどくいってる……初めて、人を怖く感じる……！」

「安心しろ。私も子供が苦手だ。今のお前のように──化物を前にするかのごとく、私を見上げてくるからな」

アイズの寒慄《かんりつ》に対する返答は、音の津波。

再開される連続の砲撃にアイズ達は地を蹴り、がむしゃらに回避した。

恐ろしいまでの『静寂の激戦《しらべ》』。

刀剣の才も、魔法の才も、天賦《てんぷ》の才さえも意に介さない『才の極致』は、怒涛《どとう》のごとく冒険者達を蹂躙してのける。

それこそがLv.7であり、最凶《ヘラ》なのだと、圧倒的な暴力をもって論証する。

「アリーゼ、みんな！　離れて！」

「詠唱完了、撃ちます！」

敵の間断ない魔攻を遮ろうと、【アストレア・ファミリア】の後衛組、ヒューマンのリャーナとエルフのセルティが杖《つえ》を構える。後方位置で砲音の雨から免れていた魔導士達とともに、リヴェリアもまた魔力の渦を発生させた。

「【ウィン・フィンブルヴェトル】‼」

炎と雷、そして群を抜いた三条の吹雪。

階層主でさえ直撃すれば一溜《ひとたま》りもない一斉射撃に、アルフィアは片腕を突き出し、ここでも超短文詠唱を唱える。

「【魂の平静《アタラクシア》】」

不可視の壁に遮られるがごとく、全ての『魔法』が霧散した。

「そ、そんなっ……⁉」

「弾幕も、砲撃もっ、一定の領域に達した瞬間に無効化される……⁉」

「くっ……！　魔法を行使した直後でさえも障壁を発動させるか……！」

セルティとリャーナが青ざめ、リヴェリアさえも苦渋を滲《にじ》ませた。

アリーゼ達を狙《ねら》う砲撃の瞬間を突いた、完璧《かんぺき》な時機《タイミング》。にもかかわらず、刹那の切り替えで『魔法無効化』の呪文を発動してみせたアルフィアに、魔導士達ですら呻いた。

「学ばないな、貴様は。どれだけ私に魔法を消滅させられれば気が済む？　エルフとは知識の種族ではなかったのか、弱輩？」

「なっ……！　私はお前より年上だ‼」

冒険者の経歴としては相手の方が上だとわかっていても、上から目線で失望の嘆息を浴びせ

てくる『小娘』に、リヴェリアが思わず叫び返すと、

「ならば、より手に負えんだろうが。世間知らずの年増、癇癪《かんしゃく》持ちの婆《ババア》など」

「〜〜〜〜〜〜〜〜〜〜〜〜〜〜〜〜〜〜〜〜〜〜〜〜〜〜〜〜〜〜っ!!」

今度は淡々と、言ってはならぬ侮辱を見舞ってきた。

アイズがびくっ！　と怯《おび》えるほどの般若《はんにゃ》の顔を浮かべながら、リヴェリアは声にならなくとも激しいという矛盾した呻吟《しんぎん》を腹の底から放つ。

「お前が挑発されてどうする、リヴェリア！　まったく、こやつが感情を剝《む》き出しにする相手が、アイナ以外にいるとは……」

頭を痛めながら呼びかけるのはガレス。

更に更に王族《ハイエルフ》の怒りに狼狽《ろうばい》するのは、他の同族達。

「リ、リヴェリア様がご乱心に！」

「い、一体どうすれば……！」

「面白《おもしれ》えくらいおろおろしてんじゃねえ、エルフ二人！　そんな暇はねえぞ!!」

無様なほど右往左往《オロオロ》するエルフのセルティとリューを怒声交じりに叱りつけるライラは、間もなく冷や汗を首から服の中へと伝わせた。

(さっきの王族様《ハイエルフ》の台詞じゃねえが、あの女の挙動はありえねえ！　砲撃をブチかました直後に魔法無効化の障壁《たて》を展開だぁ？)

馬鹿《ばか》げている。

ふざけている。

理不尽である。

いくらLｖ．7と言えど、『魔導士の技術』の域を超えている。

（超短文詠唱っつっても限度があるだろうが！　あんなもん、魔法を同時に発動しているのと、同じだ!!）

それだけは絶対にありえない。

いくらでたらめな『レアスキル』があったとしても、『魔法』の同時行使とは『詠唱を行わければ発動できない』という大前提《ルール》に抵触する。詠唱は二つ同時には唱えられないのだ。

唱えようものなら、詠唱文《スペル・ワード》も混線し、そもそも発動に至れない。

「絶対《ぜってぇ》に『絡繰り』がある……！　あいつの矛《ほこ》と盾には、何かが！」

ライラが睨みつける先、『矛たる砲撃』と『盾たる魔法無効化』の二つを駆使する静寂の魔女は、『未知』を『既知』にすることのできない後進どもへ失望するように──一声《ワン・ワード》。

「【福音《ゴスペル》】」

装塡《そうてん》されるは特大の魔力。

音が純粋な破壊圧となって地面ごと全てを吹き飛ばす。

「広域っ──!!」

「避けられねえ!!」

「ぐぅぅぅ～～～～～～～～～～～～～～～～～～～～!?」

アリーゼが、ライラが、リューが、そして【アストレア・ファミリア】が破壊の渦に呑み込まれる。

階層全体が震動し、水晶が砕け散る爆砕音が連鎖する。

耳を貫く音叉《おんさ》にも似た残響が戦場を満たす中、膨大な砂煙が晴れていくと、少女達の前に立っていたのは二枚の大盾を構えたドワーフだった。

「エ、【重傑《エルガルム》】……私達を、守って……」

「無事か、小娘ども。……お主《ぬし》も、よく仲間を守ったな」

「わ、わたしもドワーフだからっ……！」

よろよろと立ち上がるネーゼに、少なくない損傷《ダメージ》を負ったガレスが目を向ける。

自分の脇《わき》を固めるように盾を構えた同族、アスタにも、素直な称賛を向けた。

「盾の予備《スペア》はあるか？　今ので砕け散ってしまった」

「は、はいっ！　どうぞ！」

「助かる。だが、まずいな。この調子だとあっという間に装備を使いつくすぞ……！」

まともな面積が残っていない盾を捨て、ヒューマンのノインから新たな円盾を受け取るガレスだったが、階層主戦よりよっぽど装備の消費が激しい状況に危惧を抱く。

防音の耳飾り《アクセサリ》があるとはいえ、敵の『魔法』を全て殺しきれるわけではない。証拠に肩で息をしているアスタの全身型鎧《フルプレート》も、つま先から頭を覆《おお》う兜《かぶと》まで罅《ひび》だらけとなっている。

「攻守ともに隙など存在しない……！　時間もないというのに！　このままでは……！」

リヴェリアが蹂躙されるばかりの戦況に焦燥を抱いた、まさにその時だった。

最大級の『砲撃と衝撃』が、遥《はる》か下から階層を襲ったのは。

「下からの砲撃⁉　でかいっ――」

何とか転倒せず持ちこたえた輝夜《カグヤ》の言葉の続きは、次弾の砲撃によって呑み込まれた。

ドォォオン‼　と。

逆行する大瀑布のごとく、燃え盛る業火が、階層の地面から天井へと突き立つ。

「地面が、丸ごと……！」

「馬鹿野郎っ……！　火山の噴火じゃねえんだぞ！」

凄《すさ》まじい熱波に顔を腕で覆うアイズと、悪態を吐き散らすライラの眼差しの先、18階層の巨大な中央樹が焼け滅び、消失していた。

「階層の真ん中に、『大穴《あな》』が……！」

直径、約二〇M《メドル》。

砲撃の貫通、階層の崩壊、降臨を告げる宣誓《せんせい》のごとき震動。

形成される凄まじい縦穴に、冒険者達は震撼《しんかん》する。

「まずい……！　とうとう──!!」

「──業火を引き連れて、来るか」

顔を歪めるリューの言葉を、凪《な》いだ表情でアルフィアが継ぐ。

そして。


「破壊に苦しむダンジョンの慟哭──そして、誕生祭《バースディ》」


「っっ──!!」

絡《から》み合《あ》う炎の唸《うな》り声と、迷宮の苦鳴を縫って聞こえてきた『神の声』に、リューは弾かれたように振り向いた。

「邪悪の胎動。最悪の顕現。原初の幽冥《ゆうめい》の名のもとに、契約をここに果たす」

天まで昇ろうかという炎の柱を背に、僅かな手勢を率いて、その男神《おとこ》は階層の中央からゆっくりと歩いてくる。

瞳が捉《とら》えた光景に、リューは震える唇を開いた。

「邪神、エレボス……！」

灼熱の世界がもたらす紅の影を身から引き剝《は》がし、神は告げる。

「さぁ、【終焉】を連れてきてやったぞ」

三度《みたび》揺るがす、紅蓮の炎。
大穴より現れる巨大な影とともに、終わりの咆哮《ほうこう》は放たれた。

四章

最悪、来たりて

ASTREA RECORDS
evil fetal movement
Author by Fujino Omori Illustration Kakage
Character draft Suzuhito Yasuda

『オオオオオオオオオオオオオオオオオオオオオオオオオオッッ‼』

階層の隅々まで轟《とどろ》き渡る咆哮《ほうこう》に、冒険者達は咄嗟《とっさ》に耳を塞《ふさ》いだ。

アルフィアでさえ眉《まゆ》をひそめる中、その禍々《まがまが》しい巨軀《きょく》を中空にとどめ、歪《いびつ》な翼から漆黒の粒子をまき散らす。

「な、なんだよアレ……⁉」

「翼を持った蛇……いえ、竜？　あんな巨体で飛べるの⁉」

「おぞましい……！　そしてあまりの醜悪さに反吐が出る！　あんなモンスター、見たことがないぞ！」

ネーゼが、アリーゼが、輝夜《カグヤ》が視線の先の存在に恐怖と嫌悪を集める。

湾曲《わんきょく》した角と裂けた大顎《おおあご》を持つ頭部は、さながら悪魔の仮面を被った竜頭。

巨体でありながら前肢や後肢が細い輪郭《シルエット》は、やせ細った人と蛇の合成獣《キメラ》なんて言葉を想起させる。混乱するも無理からぬアリーゼがかろうじて『竜』と評したように、視線の先の存在が怪物階層《モンスター・ピラミッド》の頂点に君臨する最強の竜種であることは間違いなかった。

「神威《しんい》によって引き寄せられ、37階層より生まれた黒き異形。名を付けるとしたら……そうだな、『神獣の触手《デルピュネ》』といったところか」

冒険者達の戦慄《せんりつ》を他所に、神は拝名《はいめい》とともに『大最悪《モンスター》』の昇臨を謳《うた》う。

「『大穴《あな》』が見えるか、眷族ども？　都合19の階層を貫いた、特大の奈落への入り口だ」

己《おのれ》の権能を翳《かざ》すように、破滅の聖句を読み上げていく。

「冥府の門にして、地下世界の象徴でもある。これを地上にまで開けてやろう。『バベル』は崩れ、神代《かみよ》は終わり、約束されし真話《しんわ》が始まる」

「っっ……！」

「そう──『闇《やみ》と混沌の時代』だ」

リューが睨《にら》みつける中、神時代《しんじだい》の終わりを宣言する邪神は口角を上げた。

「祝え。そして死ね。この『絶対悪《おれ》』が滅びを授けてやる。『正義』の輝きはもう要らない」

その邪悪の神意にまるで同調するように、階層中央に浮かぶ『神獣の触手《デルピュネ》』は凄《すさ》まじき雄叫《おたけ》びを放った。

泰然とする神とは裏腹に、護衛を務めている闇派閥《イヴィルス》の幹部達が焦《あせ》りの悲鳴を上げる。

「エ、エレボス様ぁ！　早くお逃げください⁉」

「これ以上はもう、我等では守りきれっ──」

刹那だった。

黒と紅の光が瞬いたかと思うと、中途半端《ちゅうとはんぱ》に伸ばされた腕と遺言《ことば》を残し、幹部の一人が焼滅する。

「ひ、ひぃいいいいいいいいいいいいいいいい⁉」

すぐ隣で吹き飛んだ同志の姿に、残された闇派閥《イヴィルス》は尻《しり》もちをつく。

「おっと、うかうかしていると俺《おれ》が死ぬか。神を狙《ねら》っているのだから、当然だな」

対照的にエレボスは身動き一つせず、己の背後を一瞥する。

割れた顎から大量の火の粉と熱のこもった息吹を吐き出す『神獣の触手《デルピュネ》』は、忌々しそうに細めた双眼で神を睨みつける。

「さぁ、これで最後だ、お前達。アルフィアのもとまで俺を守れ」

「……！」

「どうか主役を退場させてくれるな。間違っても、間抜けな喜劇には変えるなよ」

下部階層からここまで、何人もの同志を失いながらエレボスを護衛していた闇派閥《イヴィルス》の幹部と兵士達は、不自然に喉《のど》と肩を揺らした後、殉教者の務めを果たした。

瞬く間に猛火の獄弾が雨のごとく降りそそぐ中、時には身を挺《てい》し、灰となって、神の逃走経路を守る。

「ほう。期待していた以上にいいモノを連れてきた。計画を聞いた時は眉唾物《まゆつばもの》だったが……私も見たことのない化物。やはりダンジョンの『未知』は限りないか」

その白い肌を何度も紅の光に照らされるアルフィアは、涼しい顔で『大最悪《モンスター》』を評した。

一方で、汗を滴らせるのは冒険者達である。業火の化身が出現したことによって階層温度がはね上がったこともそうだが、床を何度も撃ち抜いては粉砕する獄弾の衝撃に、焦燥を駆り立てられる。

「くそっ、見境なしか！　しかもこの桁違《けたちが》いの破壊力……穴を開けるどころか、階層そのものが崩れ落ちるぞ！」

「無視できる存在ではない……！　まだアルフィアもいるというのにっ――」

宙を飛ぶ竜をガレスとリヴェリアが見据えていた、その時だった。

火の粉も熱波も押しのける、『風』の荒い息遣いが、すぐ側から吹き寄せたのは。

「………ふーっ、ふーっっ…………‼」

アイズが、両手で握りしめる剣をガチガチと鳴らし、文字通り我を失っていた。

(あれは――)

アレは――。

アレはッ――‼

あたかも仇《かたき》を見るように――まるでその『竜』の姿に『悲願《なにか》』を重ね合わせるように――

相貌からも眼差《まなざ》しからも理性を引き剝《は》がし、純然たる怒りと殺意を剝き出しにする。

何度も明滅する視界。

嵐《あらし》のごとく氾濫《はんらん》する魔力。

そして小さな胸の中で弾けた鼓動が、爆発《ばくはつ》の合図だった。

「────うああああああああああああああああああっ!!」

金色の髪が風とともにうねり、『竜』目がけて暴走する。

「アイズ!? 待てっ！ 行くな────!!」

リヴェリアの声も、一陣の暴風と化した背中には届かない。

少女の進路に立《た》ち塞がるのは、逃げ惑い、燃え踊る、同じく理性を失った怪物《モンスター》達。

──全て殺す。

閃《ひらめ》く銀剣と、闇に染まった金の瞳《ひとみ》が、道を阻むモノ全てに言い渡した。

『オオオオオオオオオオオオオオオオオオオ!?』

旋風と解体、燃え散る炎の破片と鮮血の飛沫《シャワー》。

リュー達の驚愕《きょうがく》の先で、凄まじい魔力を有する剣風がことごとくを斬断する。

「邪魔っ、邪魔っ、邪魔ぁ！ 消えて!!」

斬撃とともに吠《ほ》えながらアイズは直線の矢と化した。

それまでひしめいていたモンスターの壁を消滅させ、『神獣の触手《デルピュネ》』から逃走するエレボス達と対面する。

「なんだ、驚いたぞ。モンスターを葬ってくれるとは。敵である俺を助けて────」

しかし、それも一瞬だった。

一切合切《いっさいがっさい》取り合わない少女は神の言葉すら無視し、すれ違って、飛来してくる火球を風の剣で切り裂く。

割れた炎の半球が左右に散って爆《は》ぜる中、エレボスはこの時初《はじ》めて、一驚の表情を見せた。

「……聞こえていないか。小娘の皮を被った狂戦士《バーサーカー》」

しかし、それさえもやはり一瞬だった。

「が、ちょうどいい。あれほどの『風』の力、特攻だろうと『神獣の触手《デルピュネ》』の足止めにはなる。この隙に移動させてもらおう。そうだな……行くのなら見晴らしのいい場所がいい」

笑みを纏《まと》い直し、辺りを見回す。

神の眼が見つけるのは、崩れゆく階層の中にあって原型を残す、岩と水晶の断崖。

「この『地獄』の景色を見渡せる、特等席が」

神は僅かに残った手勢とともに、進路を転じた。

◆

「アイズ！　くそっ、こんな形であの娘《こ》の感情が爆発するとは……！」

炸裂する火球の他に、風の嘶《いなな》きが加わり、階層をより一層強く揺らす。

単身で巨大な竜に斬りかかる少女の後ろ姿は、いっそ英雄譚の一幕に見えた。そしてその物語が辿《たど》る悲壮な結末を思い浮かべ、リヴェリアは顔を歪《ゆが》めた。

「このままではアイズがやられるぞ！　どれだけ暴走したところで、あの化物相手に独りでは太刀打ちできまい！」

「っっ……！」

ガレスの訴えに、リヴェリアの口唇から葛藤の息が漏《も》れる。

アイズを助けたくとも、討伐隊の前に立ちはだかるのは【静寂】のアルフィア。

Ｌｖ．７の怪物が傍観することなどありえない。

アイズ救出のために戦力を割いてしまえば、アルフィアと対峙《たいじ》する冒険者達は絶望を味わうこととなる。討伐隊全員《フル・メンバー》でも苦戦必至だったのだ、下手な分散は部隊の壊滅に直結する。

討伐隊の指揮を預かるリヴェリアが苦悩に囚われていた、その時。

「――行って!!」

「「!!」」

勢いよく鉄を打つように鳴り響いたアリーゼの声が、リヴェリアとガレスを瞠目させた。

「ガレスのおじ様に、【九魔姫《ナイン・ヘル》】！　【剣姫】を助けに行ってあげて！　アルフィアは私達で何とかする！」

アリーゼの決断は早かった。

そして無謀だった。

数瞬唖然《あぜん》としていたリヴェリアは叫び返す。

「馬鹿《ばか》を言うな、アリーゼ・ローヴェル！　Lv.3に過ぎないお前達が、Lv.7の怪物をどうやって――」

「大丈夫、【勇者《ブレイバー》】の『作戦』ならしっかり覚えてるわ！　どんなに倒されようが、挫《くじ》けず諦《あきら》めず、立ち上がってあげる！」

「っ……！」

「清く美しい私達の『正義』は不滅よ、不滅！　フフーン‼」

勢いに押され、思わず言葉に詰まるハイエルフに、腰に両拳《こぶし》を当てるアリーゼは、場違いなまでに威張ってみせた。

すぐに笑みを消し、真摯《しんし》な眼差しで一人のドワーフに訴える。

「だからお願い、信じて！　ガレスのおじ様！」

黙って少女を見つめていたガレスは、肯定も否定もせず、兜の位置を直した。

次には少女達に背を晒《さら》し、魔女ではなく、竜がいる方角へと体を向ける。

「行くぞ、リヴェリア。どちらにせよ、お主《ぬし》はアイズを放って戦えまい」

「……っ！　すまない、【アストレア・ファミリア】……！」

ガレスにも、アリーゼにも心の内を見透かされる格好となったリヴェリアは、苦渋の決断を下した。

そして最大の過酷に挑む少女達に、せめてもの『置き土産』を残す。

「──【集え、大地の息吹。我が名はアールヴ】！　【ヴェール・ブレス】！」

詠唱を経て発動するのは緑光を帯びる加護。

【アストレア・ファミリア】一人一人を、温かな半透明の魔布《ヴェール》が包み込む。

物理攻撃及び魔法から守る、リヴェリア謹製の『鎧』である。

「防護魔法だ！　効果が持続しているうちはお前達を守る！　頼む、死ぬな！」

「任せたぞ、小娘ども！　帰ったら宴だ！　ドワーフの火酒《ひざけ》をしこたま飲ましてやる！」

リヴェリアとガレスは激励の言葉を投じて、アリーゼ達のもとから発った。

長杖、そして大戦斧を持って、一人で竜と戦う少女のもとへと急ぐ。

「やったわ！　【九魔姫《ナイン・ヘル》】から餞別《せんべつ》をもらったし、ガレスのおじ様と飲む約束もした！　完璧《かんぺき》ね！」

「──完璧じゃねーよ、すっとこどっこい!!」

清々しい笑みを浮かべるアリーゼに、口を挟む暇もなかったライラが怒号を上げる。

泣きたい気分で、いや半分涙目で、勝手なことを抜かしてくれた団長の少女へと唾を散らした。

「ふっっっざけんなよ、アリーゼェ、てめぇ！　こんなどうしようもねぇ負け戦、安請け合いするんじゃねー！　絶対に死ぬじゃねーか、アタシ等!!」

「諦めたらそこで何もかも終わりよ、ライラ！　大丈夫、まだ私達は死んでないわ！　いけるいける!!」

「このアホンダラァァァ……!!」

脳味噌《のうみそ》が爆発するような声を上げ、ライラが両手で頭を抱える。

【アストレア・ファミリア】がもはや空笑いをするしかない中、体に付与された緑光の感覚を確かめていた輝夜《カグヤ》は、一歩前に出た。

「本来ならば、そこの小人族《パルゥム》と並んで私も罵倒する側だが——今回ばかりは団長側につこう」

浮かべるのは、ぞっとするほどに美しい笑み。

「あの女には、借りがある。たとえ生首に成り果てようと、あの喉笛《のどぶえ》を噛《か》み千切ってやる」

「リヴェリア様の懊悩《おうのう》を取り払えるのなら、勇んでこの身を捧げましょう。……何より、誰《だれ》かがあれを討たなくてはならない」

殺気全開の微笑を浮かべる大和撫子の隣に、リューもまた並び、前方にたたずむ女を見据えた。

舞い上がる炎の破片とともに、灰の髪が揺れる。

今もなお自分達の前に立ちはだかる静寂の魔女に、【アストレア・ファミリア】の団員も腹をくくり、武器を構えた。

「茶番は終わったか？」

「ええ、終わったわ。茶番ではなく、決心が」

アルフィアの問いかけに、アリーゼが答える。

「そうか。ならば、屍《しかばね》を晒せ。二度と雑音を生まないよう、その命を摘み取ってやる」

絶対強者は宣言し、たちまち魔力を奏でる。

周囲の空間が悲鳴のごとく軋みを上げ始める中、アリーゼは笑った。

「残念ね！　私達、やかましいことに関しては自信ありまくりなんだから！」

十人の少女達とともに、笑みを叩《たた》きつけた。

「貴方が音を上げるくらい、じゃんじゃんか戦い抜いてあげるわ！」


『神獣の触手《デルピュネ》』の咆哮が轟然と響く。

その大顎が燃え上がる度に階層が震撼する中、竜の眼は煩《わずら》わしい『風』に向けられていた。

「ううううう‼　あああああああああっ！」

相貌から正気を失い、激怒のみを吐き出すアイズが、【エアリエル】を全身に纏わせ斬りかかる。

荒れ狂う気流の鎧は凄まじい跳躍力をアイズに与え、宙を浮かぶ竜のもとへと導く。翼や長い尾に弾かれようと颶風《ぐふう》の剣で衝撃を相殺し、地上に着地しては再度飛びかかった。

この世のものとは思えない、火炎と風の衝突。

途絶えない竜巻のごとき猛攻に、巨大な竜は苛立《いらだ》たしげな叫喚を上げる。

「アイズ、よせ！　戻るんだ！　……くそっ！　声が届いていない！　激情に支配されている！」

「あのデカブツはデカブツで、儂等の攻撃が碌《ろく》に効いておらん！」

リヴェリアが何度も呼びかけるもアイズには届かず、ガレスが斧を投擲《とうてき》しても敵の竜鱗《りゅうりん》に阻まれる。『魔法』も同じだった。リヴェリアの砲撃を見舞っても炎の息吹《ブレス》によって相殺される。出力を上げた広範囲魔法はそもそも暴走しているアイズを巻き込みかねない。

アイズの『風』だけが確実に、そして有効的に『神獣の触手《デルピュネ》』の巨体を傷付け、押さえ込んでいた。

「おまけに……！」

ガレスが睨みつけると、竜の体からボコボコと肉そのものが沸騰《ふっとう》するような音と、黒紫に光り輝く蒸気が発生する。

間もなく、負っていた傷口が完全に塞がった。

「再生能力……！」

砕け散った竜鱗《りゅうりん》まで復活する、その異常な『自己再生』にリヴェリアは呻いた。

「傷を与えた側からあのザマだ！　波状攻撃でも仕掛けん限り、『魔石』まで肉を削ぎ落とせん！」

敵の防御は硬く、苦労して刻んだ傷もたちまち無かったことにされる。

断続的な攻撃では『神獣の触手《デルピュネ》』を追い詰められないことにガレスは歯噛みした。

相手は生命力の塊と言っていい。やはりフィンと打ち合わせした当初の作戦通り、撃破に至るにはどうしても頭数が必要となる。

　無謀な戦いを止めようとしても、暴走するアイズを押さえながら竜の相手をするのは至難の業だ。そもそも、全身に暴風を纏っている少女にまともに近付くことがかなわない。

「あのアイズの斬撃……『スキル』まで全開にしている。あやつが暴走したことで大最悪《モンスター》を食い止めることができるとは、何たる皮肉だ」

「だが、いつまでも長く持たん！　強力過ぎるが故に、あの『魔法』と『スキル』はアイズの体を蝕《むしば》む！」

　神を殺す『神獣の触手《デルピュネ》』の進撃が止まっているのは、ひとえにアイズの暴走のおかげでもあった。

　リヴェリア達しか知らない【剣姫】の『能力の全貌』とは、対モンスター特化。

　殺戮者《モンスター・スレイヤー》の名に偽りのないアイズの斬撃――後のことなど顧みない一発一発が最大出力の風の剣が、『神獣の触手《デルピュネ》』に迎撃と防御を強いている。

　そしてそれは同時に、約束された自滅への道でもある。

「何とか止めなくてはっ――――っ？」

　斧をもって駆け出そうとしていたガレスは、不意に動きを止めた。

「どうした、ガレス！」

　リヴェリアが振り向くと、ドワーフの視線は階層中央地帯で戦うアイズ達とは真逆、階層の東に向けられていた。

本来は緑豊かな大森林が焦土と化している今、炎と蒸気の奥に、ある『影』を捉《とら》える。

「あれは……いや、奴等は……」


「【アガリス・アルヴェシンス】！」

アリーゼの口から魔法名が、そして全身から魔力が噴き出す。

爆薬の炸裂と聞き間違うほどの音とともに、生じるのは紅焔《こうえん》の輝きだった。

両腕、両足、そして剣。

少女の四肢と一振りの武器に、その髪の色と同じ『炎』が付与される。

「炎の付与魔法《エンチャント》……それがお前の切り札か？」

「ええ、そうよ！　清く正しく美しい私にぴったりな、花弁《ほむら》の鎧！　【紅の正花《スカーレット・ハーネル》】の名の謂《いわ》れ！　どう、参った？　フフーン！」

アルフィアの問いに得意げに答えたアリーゼは、すぐに表情を引き締める。

「——というわけで、みんな！　連携、行くわ！　作戦は『蝶《ちょう》のように舞い、蜂のように刺す』！」

「「「了解！」」」

団長の号令に団員達が応《こた》える。

アリーゼを中心に、リュー達は多方面から攻撃を仕掛けた。

「前衛3、中衛5、後衛3。【重傑《エルガルム》】達が抜けた代わりに、支援を厚くしたか」

その光景を、岩と水晶の断崖よりエレボスは見下ろしていた。

数をたった二人まで減らした闇派閥兵《イヴィルス》が疲弊しきっている中、戦況を眺める。

「しかしLv.3の身で、Lv.7のアルフィア相手によくやる。手刀の一つでも直撃すれば、そこで終わりだろうに」

エレボスの分析は正しく、その評価は驚嘆に値した。

Lvが四段階もかけ離れている相手に真正面から戦う。

冒険者ならばそれがどれほど絶望的で、無意味な戦いかがわかるだろう。

Lvの差とは本来、絶対的なのだ。

【ランクアップ】が『器の昇華』とたとえられる通り、Lvが一つ上の相手は文字通り次元が異なる存在となる。

神の眼下に広がる光景は、言うなれば竜相手に挑む小兎《こうさぎ》の群れに等しい。

「互いを補完する連携……圧倒的強者を打ち倒す冒険者達の特権であり、最大の武器か」

そんな戦力差を曲がりなりにも埋め合わせているのは、神をして笑みを漏らしてしまうほどの『団結力』だ。強力な個に対し、【アストレア・ファミリア】は組織の力で張り合っている。

アリーゼが斬り込めば、すかさず魔導士が砲撃を放つ。

支援に徹するライラ達《たち》中衛が狙われれば、リューと輝夜《カグヤ》が絶妙な時機《タイミング》で飛びかかる。

後衛の治療師《ヒーラー》は回復と上昇付与《バフ》を何度もかけ直す。

瞬殺されかねない恐れと戦いながら、それでも仲間を信頼し、互いに援護と補助を織りなす様は冒険者の真骨頂と言えた。耳飾り《アクセサリ》やリヴェリアの防護魔法を含め、入念な下準備と秩序だった強化連携は、幾千の戦いを乗り越えてきた『知恵』に基づくものである。

この戦いは、もはや『階層主戦』と同義と言っていい。

まさに強大な相手にパーティ全体で挑む冒険者達の構図だ。

「アルフィアの『枷《ハンデ》』を差し引いてもよくやっているが……さて、どうなるか」

【アストレア・ファミリア】の健闘を称《たた》えながら、エレボスは目を細める。

そんな神の問いかけに、変わらぬ答えを叩《たた》きつけるように、戦場では魔女が一声《ワン・ワード》の呪文を口ずさむ。

「【福音《ゴスペル》】」

鳴り響くのは不可視にして爆音の衝撃。

「ぐっっ⁉」

「マリュー、回復！」

「任せて〜！　【レア・ヴィンデミア】！」

直撃を逃れたにもかかわらず、音の塊によって薙《な》ぎ飛ばされるリューを認めるや否や、アリーゼの指示が飛ぶ。

【ファミリア】の中でも年長者のマリューは、すかさず治療師《ヒーラー》としての務めを果たした。

回復の光がリューはおろか、傷付いていた前衛のアスタやノインをも包み込む。

「回復薬《ポーション》も万能薬《エリクサー》も、【勇者《ブレイバー》】から山ほど分けてもらったからな！　死なきゃすぐ治してやる！」

中衛の位置で呼びかけるのは獣人のネーゼ。彼女の他にもヒューマンのノインやアマゾネスのイスカが頻繁に味方へ道具《アイテム》を使用していた。その中には精神力回復薬《マジック・ポーション》も含まれており、魔導士達が精神疲弊《マインド・ダウン》を起こす心配もない。

（徹底的な魔法対策……小僧《パルゥム》の入れ知恵か。呆《あき》れるほどに『音』の通りが悪い。あの妖精《ハイエルフ》の防護魔法によって更に堅固になった）

そんな【アストレア・ファミリア】の様子を、アルフィアは静かに観察する。

（そして、間断ない攻撃と絶妙な距離感。常に迎撃を強いて、体力を削ろうとする、私にとって『嫌な間合い』）

思考を働かせるアルフィアは、確信とともに呟いた。

「奴等の狙いは——やはり持久戦か」

ほぼ同じ時機《タイミング》で、斜め背後から放たれた奇襲の一撃を、アルフィアは難なく回避する。

「化物め……！　【剣姫】達の共闘から今まで、どれだけ攻め続けていると思っている！」

その灰の髪を一本すら断ち切らせない魔女に、鋭い一撃を放った輝夜《カグヤ》は罵声を吐いた。

今に至るまで、防戦の時間を強要されつつも輝夜《カグヤ》達は果敢に攻勢に出ていた。にもかかわらず、敵は汗の一つすらかいていない。Lv.7の継戦能力《スタミナ》とは器そのものからして規格外だ。

放たれる音の炸裂に岩盤がめくり上げられ、咄嗟に回避するも、輝夜《カグヤ》は一人吹き飛ばされた。

主戦場からいったん離れる形で、何とか立ち上がり、周囲から飛びかかってきた炎上するモンスターを斬断。

汗と血を払って顔を上げれば、舞い上げられた膨大な煙と火の粉が戦場を縦断していた。

「こちらはこのザマだというのに、あの女は息を切らす素振りも見せない……！　先に我々が力つきては、元も子も──」

攻撃の一つでも直撃すれば命を刈り取られるという極限の重圧《ストレス》の中、輝夜《カグヤ》が思わず呻いていると、

「──既に始まっていましたか。どうやら、しっかりと遅刻してしまったようですね」

「！」

聞こえてきた声が、輝夜《カグヤ》の視線を奪った。

「ですが、宴を楽しむことはまだ叶《かな》いそうですね。いやぁ、実に喜ばしい」

現れるのは血を煮詰めたような赤い髪を揺らす、ヴィトーその人だった。

左右に合計八名もいる手勢を率いて、18階層の戦場に足を踏み入れる。

「貴様は、あの時の……！　何故《なぜ》ここにいる⁉　『バベル』から下ってきたのか⁉」

「そんなこと、どうでもいいでしょう。私達はここにいる。ならば貴方達と存分に踊るまで。違いますか？」

二週間前、他ならないこの18階層で交戦した『顔無し』に輝夜《カグヤ》は声を荒らげるが、ヴィトーは糸のように細い片目を開いて、不敵な微笑を浮かべるのみ。

——ああ、ヴィトー。来たのか。

そんなこちら側の光景を、遠くからエレボスが認めたのを、眷族は目敏く気付いた。

「ご無事で何より、我が主《あるじ》。ですが、どうか焼き払われないよう注意してください」

聞こえることのない遠方からの神の呟きに、しかしヴィトーは以心伝心するように返答する。

「貴方が送還されれば、私の恩恵《ステイタス》も封じられてしまうので。……ええ、ええ、そうなれば彼女達との宴も楽しめない」

視線を戻し、唇をつり上げるヴィトーに、輝夜《カグヤ》は嫌悪を隠さず舌を弾いた。

「……貴様、以前もこの18階層で会ったな。あの時、足を運んでいたのは、このための『下見』だったというわけか？」

「その通りです。何せ主神自らダンジョンに赴くというのですから。手間とはいえ、間違いのないよう慎重を期すべきでしょう?」

輝夜《カグヤ》の問いに、今度は素直に答える。

ヴィトーは飄々《ひょうひょう》としながら笑みを深めた。

「けれど、そんな手間のおかげで貴方達【アストレア・ファミリア】と奇妙な縁《えん》もできた。出会いの運命、というやつですかね?」

「おぞましい、吐き気がする。何が運命だ、糞《くそ》め」

輝夜《カグヤ》が忌々しそうに吐き捨てていると。

舞い上がる煙と熱気の向こうから、ライラの声が届いた。

「おい輝夜《カグヤ》、どうした！　って……敵の援軍⁉　ちくしょう、こんな時に——」

視認した闇派閥《イヴィルス》の姿に、ライラが駆け寄ろうとするが、

「来るな、ライラ！　リオン達にも報《しら》せるな！」

輝夜《カグヤ》の制止の声に、驚きとともに足を止めた。

「リオン達の集中を切らせば即座にやられる！　そして、こんな雑魚どもに人員を割ける余裕はない！　私一人で切り捨てる！」

「ばっ……！　お前、この数を一人でなんて——」

「代わりに、お前は私の穴を埋《う》めろ！　頼んだぞ！」

「はぁ⁉　ふざけんな、無理に決まっててんだろう！」

畳みかけられる要求に目をかっ開き、ライラは断固として異を唱えようとするが、

「た・の・ん・だ・ぞ!!」

「…………嗚呼《ああ》、くそっ！　地上に戻ったら一杯おごれよ！」

有無を言わせない輝夜《カグヤ》の剣幕に、最後には折れた。

優先すべきはLv.7の相手。輝夜《カグヤ》の判断は正しく、同時にこれ以上の『綱渡り』は犯せない。

戦場を二分する煙の奥に、ライラは引き返した。

「ふふふ……雑魚とは酷い言われようだ。私にも欠片《かけら》程度はある矜持《きょうじ》に傷が付いてしまいます」

「黙れ、屑《くず》。構ってやるのだから、ありがたく思え。本当ならば私は、あの女をブチのめしたくて堪《たま》らないのだ」

肩を竦《すく》めるヴィトーに輝夜《カグヤ》は苛立たし気な顔をしていたかと思うと、次には猛々しい笑みを浮かべていた。

「……だが、貴様にも散々、舐《な》めた真似をされたからなぁ。その癇《かん》に障る笑みを二度と拝まぬよう、輪切りにしてやろう」

「ははは っ！　本当に口が汚く、獰猛《どうもう》な御令嬢だ！　ならば是非、貴方一人で我々と踊って頂きましょう！」

ヴィトーの声を皮切りに、控えていた闇派閥《イヴィルス》の兵士が一斉に散開する。

悪と刀の舞踏が始まった。

左右前方、毒の暗剣を手に踊りかかる三名の兵士を、高速の抜刀でなで斬りにする。翻《ひるがえ》す
刀で頭上より飛びかかる敵を瞬斬。足もとに倒れ伏し、血を吐きながら自爆装置に手を伸ばそうとした兵士の顔には遠慮なく爪先《つまさき》を叩き込《こ》む。
「ぶぐぁ⁉」と潰《つぶ》れた悲鳴とともに、切目《スリット》のごとく深く開いた裾《すそ》から真っ白な足があらわにな
る中、一瞥もくれず刀身を背中に回す。背を狙った兵の一撃が弾かれ、男の顔が驚愕に染まる
のを他所に、振り向きざま斬閃を放った。
「ふッッ！」
「づぁ⁉」
紅の花弁を舞い狂わせる愛刀の銘は《彼岸花《ひがんばな》》。
迷宮都市で打たれた第二等級武装は不義を誅伐する刃だ。冴《さ》え冴えとした切れ味を誇り、
輝夜《カグヤ》とともに数々の戦場を渡り歩いては悪を切り裂いてきた。アルフィアとの戦いで破壊され、
回収した刀鉄をもとに急遽作り直された『二代目』でもある。
地へと転がる雑兵はこれで五人目。ヴィトーを含め、残り四。
孤軍奮闘は続く。
静寂の魔女を相手取る仲間の背を守らんと、輝夜《カグヤ》は疾《はし》った。
兵士とは比べものにならないヴィトーの鋭い斬撃を防ぎ、かろうじて軌道を逸らしながら、
舌打ち交じりに闇派閥《イヴィルス》の連撃の中をかいくぐる。絹《きぬ》のように美しい髪を数本裂かれ、纏う着物

や帯にも切り傷を負う中、嗜虐《しぎゃく》的な眼差しを一瞬浮かべる狼藉者《ろうぜきもの》どもへ送るのは、侮蔑と嘲笑。

かき鳴らされるのは『鞘《さや》』。

走り抜ける抜刀の音――居合の太刀。

『一閃』と名付けられた忌々しき極東の技は、三人の兵士をまとめて斬り伏せる。

「があああああああああ⁉」

崩れ落ちる音が重なり、荒々しく顔を腕で拭う。

輝夜《カグヤ》が油断なく正面を見据えると、無傷のヴィトーは感激したように拍手を始めた。

「華麗だ、そして力強い！　少女の舞踏に付いていけず、大の大人がみな力つきてしまった！

これでもう残っているのは私だけ！」

喝采《かっさい》もかくやという賞賛は、すぐに冷たい笑みへと変貌する。

「ですが、流石に息が上がっているようですね。お嬢さん？」

「………虫唾《むしず》が走る。その口を閉じろ！」

指摘通り肩で息をする輝夜《カグヤ》は、己の疲弊を怒気で塗《ぬ》り潰す。

笑みを深める男とともに、刃と刃を叩きつけ合う輪舞を続行した。


もうもうと立ち込める砂塵の幕《カーテン》の奥で、輝夜《カグヤ》とヴィトーが激しい戦闘を繰り広げている同時刻、リュー達もまた激戦を演じていた。

「「はああっ！」」

左右から斬りかかるリューとアリーゼに、アルフィアは前者の木刀を掌底で受け流し、後者の細剣を二本の指で受け止める。

「もうっ！　本当に嫌になっちゃうくらい速いわ！　しかも私の剣は燃えてるのに、熱くないの⁉　それも魔法を無効化する力⁉」

「質問を一緒くたにするな、騒々しい。お前達が未熟というだけのことだ」

鍔《つば》迫り合いのごとく押し合うアリーゼに心底鬱陶《うっとう》しそうな顔を浮かべるアルフィアは、「だが」と呟いた。

「力と速度が上昇しているな。特に、紅い髪のお前」

【精神装塡《スキル》】を用いているリューもさることながら、アリーゼも付与魔法《エンチャント》だけでは説明がつかないほど能力《ステイタス》が上昇している。向けられる魔女の関心に、アリーゼはドヤ顔を浮かべた。

「『魔法』の効果だけではあるまい。稀有な『スキル』を持っているか」

「フフン、よくぞ見抜いたわね！　その通り、私のレアスキル【正華紅咲《ルブルード・ペキア》】の効果は──」

「アリーゼ、敵にスキルをバラしてはダメだ‼」

気を良くして口を滑らせようとするアリーゼに、リューは斬り払いとともに突っ込みを放つ。

《クリムゾン・オーダー》の切っ先を放して身を翻し、エルフの攻撃を回避したアルフィアは、嘆息を隠さなかった。

「お前達は特別やかましい。早く消し去るに限る」

「あら、やかましいのも捨てたものじゃないわ」

少年のように口端を上げていたアリーゼの笑みは、すぐに不敵なものへと変わる。

「だってこうして、貴方の『注意』を引き付けられるもの」

細い灰色の眉が怪訝《けげん》な形にひそめられた、直後。

小柄な影が地面すれすれを這うように、アルフィアの背を強襲した。

「おらぁあああああああああああ!!」

「!」

一瞬衝《つ》かれる虚。

もうもうと舞う砂塵と火の粉に紛れ、飛び出してきたライラを、しかしアルフィアは刹那のうちに対処してのけた。

胴体目がけた体当たりを、振り向きざま突き出した肘《ひじ》で受け止める。

「盾の突撃《シールドバッシュ》？　ドワーフでもない小人族《パルゥム》のお前が、何の真似だ？」

「うるせーな。頼まれちまったんだから、仕方ねえだろ。……ちくしょう、わかっちゃいたが、何も効いちゃいねえ」

防がれるなり、反撃など堪《たま》ったものではないとライラはすぐさま飛び退《の》いた。

ずっと背に装着していた『盾』を使った奇襲が空振りに終わり、顔をしかめる。

「が――今の『盾』の手応えで、確信したぜ」

「なに?」

だが『成果』はあったと、目付きを鋭いものに変える。

「お前の『無効化』の魔法は、『障壁』じゃねえ。『付与魔法《エンチャント》』だ」

「――――」

それまで揺さぶりなどにかかることのなかったアルフィアの肩が、僅かに揺れる。

「どういうこと、ライラ?」

「片腕を突き出して、呪文を唱える。それは全部偽動作《フェイク》ってことだ。さも逐一、『障壁』を展開しているように見せかけるためにな」

アリーゼの問いに、ライラは顎でしゃくりながら、灰髪の女の方を見つめる。

この18階層の戦闘の中で、魔導士《リヴェリア》達の砲撃に晒される度《たび》、アルフィアは片腕を突き出してわざわざ詠唱していた。まるで超短文詠唱の『音の砲撃』と同じく、神速の詠唱で『不可視の障壁』を張っているかのように。

「あ……そういえば、私の炎を纏った剣《アガリス・アルヴェシンス》を受け止めた時も、とっても涼しい顔をしていたわ。確かにあの時、指で摑まれていた部分だけ炎が消えていた……まだ障壁の効果が残っているのかと思っていたけど……」

はっとするアリーゼも、つい先程の攻防を振り返る。

ライラは「そういうことだ」と頷《うなず》きながら、結論を告げた。

「アリーゼや【剣姫】の魔法と同じ。こいつは不可視の、そして魔法を打ち消す『鎧』を常に身に纏ってんだよ」

汗まみれで、息を切らしながら耳を傾けていた【アストレア・ファミリア】の面々が、驚き一色に染まる。

だが、すぐに少女達は合点がいった顔を浮かべた。

「そうか。法外の攻守切り替えの『絡繰り』は、高速の魔法執行ではなく、『防御』を常に発動していたから……」

「魔法の同時発動に見えたアンタの『矛盾』は、それが種だったんだな」

魔女は不可視の矛と盾を同時に構えていたのではなく、『鎧』を纏いながら矛を繰り出していたのだ。

リューの理解の呟きとネーゼの種明かしの指摘に、アルフィアは数瞬、無言を纏う。

「……それがどうした？　お前達が気付いたところで何も変わるまい」

「ああ、何も変わらねえ。だが、お前は私達の『魔法』を警戒する限り、その『鎧』を解除できない。永遠に消耗し続ける」

Ｌｖ．７のアルフィアがアリーゼ達に間違いを起こすとしたら、それは『魔法』の被弾だ。

『魔法』とは本来、必殺。

火力や能力が瞬間的に上がる切り札は、それこそ階層主戦において何よりも重宝される。万が一の敗北の憂き目を潰すのなら──【アストレア・ファミリア】の類まれなる連携を危ぶむ限り──アルフィアはライラの指摘通り『鎧』を展開し続けるしかない。

そして『鎧』を纏い続けるということは、相応の代償を支払わなくてはならない。

「魔法の『無効化』だなんてとんでもねえ代物だ。その涼しい顔に見合ってねえ精神力《マインド》が、今もゴリゴリと削られてるんだろう？」

「ライラ。それでは、つまり……」

「ああ。アタシ達がしつこく後衛と連携し続ければ、こいつを精神疲弊《マインドダウン》に追い込むのも不可能じゃねえってことだ」

「私達が力つきるのが先か、相手がバテるのが先か……うん、わかりやすくていいわ！　そして勝利の材料も増えた！」

リヴェリア達とともに交戦していた時も含め、既に少なくない時が経過している。

アルフィアの精神力《マインド》が、リュー達以上に削られているのは想像に難くない。

「雑音を嫌うがあまり、沈黙の楽園に代償を支払い続ける……それが貴方の弱点か」

リューが投げかける言葉に対し、それまで黙って聞いていたアルフィアは、ゆっくりと口を開いた。

「……正解だ。腹立たしいが、その洞察眼《め》を認めるしかあるまい。Ｌｖ．２の、しかも小人族《パルゥム》に二度も出し抜かれるとは」

地上で輝夜《カグヤ》とともに戦った際も、アルフィアはライラを取り逃がしている。

今、この戦場で最も弱い筈の小人族《パルゥム》に手札を暴《あば》かれているという事実は、Lv.7にとって屈辱に違いなく、同時に賞賛に値するものだった。

「やはりただの腕力と、『技と駆け引き』だけで物事を測るべきではないな。お前のような小虫に足もとをすくわれかねん」

「Lv.7に褒《ほ》められるなんて、光栄過ぎてションベン漏らしそうだぜ」

軽口を叩くライラは、そのまま挑発的な眼差しを向ける。

「で、いいのかよ、女王様？　付与魔法《エンチャント》を解除しなくて。雑音を嫌ったままだと、アタシ達にいいように弄《もてあそ》ばれちまうかもしれないぜ？」

それさえも『駆け引き』だ。

ライラとしては何としても、無敵を誇る魔女の『鎧』を引き剝がしたい。

もし挑発に乗ってこなくても、その時は今まで通り波状攻撃を続けるのみ。攻撃が直撃すれば瞬殺される綱渡りに変わりはないが、最初の方針通り長期戦は望むところである。

敵の理不尽の『絡繰り』が明るみとなり、味方の士気は上がっている。

少しでも自分達が優位に立ちつつあると誤認させるため、狡猾《こうかつ》な小人族《パルゥム》はハッタリだろうが何だろうが駆使した。

「――何か勘違いしていないか？」

しかし。

「私が真実、煩わしいと思っている『雑音』とはお前達、有象無象が奏でる不愉快な旋律ではない」

少女《ライラ》はまだ、魔女が願う『静寂』の真髄に、欠片も到達できていない。

「私自身の、この呪われた『福音』の音色だ」

「なに……？」

「お前の言う通り、私の【静寂の園《シレンティウム・エデン》】は付与魔法《エンチャント》。身に纏っている間、あらゆる外部の魔法を無効化する」

不穏で、静か過ぎる重圧を放ちながら、アルフィアは下げていた右手を胸へと添える。

「同時に、これは『内部の魔法』にも作用する。意味がわかるか？　つまり――」

そして、それを告げた。

「無効化とまでは言わないが、私の放つ『魔法』まで著しく威力を削ぐということだ」

その言葉を理解した瞬間、ライラが、アリーゼが、リューが、【アストレア・ファミリア】の少女達が、時を停止させた。

「私の『静寂』は『鎧』などではない。煩わしき音を押さえ込むための『封印』だ」

ライラの指摘がそもそもの的外れであると、魔女は無慈悲に突き付ける。

（待って、それじゃあ――）

アリーゼが絶句する。

（今までの、あの馬鹿げた砲撃でさえも――）

ライラが戦慄に襲われる。

（――力を封じ込められた末端。『真の威力』ではなかった⁉）

リューが、絶望の気配に四肢を凍結させる。

「聞かせてやる。私が忌み嫌う、真の『雑音』を」

次の瞬間。

鼓膜を滑り抜ける甲高い音が鳴り響く。

アルフィアを包んでいた不可視の力場が透明の輪郭を持ち、まるで陽炎《かげろう》が溶けるように一瞬揺らいだかと思うと、凄まじい魔の風が吹き荒れる。

「付与魔法《エンチャント》を解いた⁉」

「この風っ……！　まさか、全部押さえ込まれてた『魔力』だってのか⁉」

リューとライラの驚倒を他所に、アリーゼの脳裏が本能の絶叫を放った。

「ッッッ‼　みんな、退避っっ――――‼」

「遅い」

だが、魔女は冷酷にそれを遮《さえぎ》る。

静寂の封印を破り、少女達に向けて片腕を突き出した。

「【福音《ゴスペル》】――――【サタナス・ヴェーリオン】」


従来の超短文詠唱。

そして告げられる破壊の真名《まな》。

全ての音を奪う空間の震撼の後、極大の『福音』がかき鳴らされた。


「「「――――――――」」」


破壊。

衝撃。

滅音。

鐘の音《ね》に似た轟然たる魔力の叫喚。

正義の眷族達の悲鳴さえ許さない音の極撃は、あらゆるものを撃砕の渦の中へ押し流した。

「なっっ⁉」

砂塵と一緒に暴風のごとく吹き寄せた破壊の余波に、輝夜《カグヤ》は耳を押さえ、咄嗟に地を蹴《け》った。

階層が揺らめく。『大最悪《モンスター》』の声々さえ一度途切れる。聴覚へ衝撃を伴う音響の洪水が押し寄せ、堪らず大地を転がる。

何度も体を地面に打ち付け、それでも素早く体勢を立て直し、顔を振り上げると、そこに広がるのは巨人の足跡のごとく扇状に抉《えぐ》れた破壊の痕《あと》だった。

「団長……ライラ……リオン⁉」

愕然とする少女の呼びかけに、答える者はいない。

代わりに哄笑《こうしょう》を上げるのは、ヴィトー。

「ふっ——はははははははははははっ‼　強過ぎる！　やはり‼　【暴喰《ぼうしょく》】も、【静寂】も！」

自らも破壊の余波に巻き込まれていながら、男は壊れた歓喜に満ちる。

「あの堕ちた英雄がいる限り——オラリオに未来はない！」

男の笑い声が響く中、立ち込めていた煙が晴れていく。

ただ一人、たたずむのはアルフィアその人。

破壊しつくされた地面に倒れ伏し、水晶に叩きつけられ、襤褸屑《ぼろくず》のような姿を晒すのは、正義の眷族達。

「産声を上げる前から、私が犯した原罪の証……嗚呼、やはりこの音色が一番忌々しい」

自分が作り上げた光景に、アルフィアは達観とともに吐き捨てる。

「今も昔も、全てを奪うことしかできない」

五章
暴悪の札

ASTREA RECORDS
evil fetal movement
Author by Fujino Omori Illustration Kakage
Character draft Suzuhito Yasuda

封じられていた魔女の魔法が『真の威力』を解放した、直後。

ダンジョンの遥《はる》か頭上、『バベル』が築かれた地上にも、その余波は伝わっていた。

「このダンジョンからの震動……今までのものとあきらかに違う！」

「討伐隊と『大最悪《モンスター》』が衝突しているのか、それとも……！」

衝撃に呻《うめ》く大賭博場地帯《カジノエリア》。

動きを止めたアスフィとファルガーが、地面へと視線を向ける。

「敵の突破を許したのか……⁉　アリーゼ、リオン……！」

【ガネーシャ・ファミリア】本拠《ホーム》前でも、シャクティがまさかという危惧に襲われていた。

それは先程まで断続的に響いていた『大最悪《モンスター》』の砲撃音に比べれば一瞬だった。しかし異常事態《イレギュラー》を嗅ぎ分けることのできる冒険者達の本能を疼《うず》かせる『嫌な衝撃《ゆれ》』がそこには存在した。

冒険者達も、闇派閥《イヴィルス》もうろたえる中、モンスターの咆哮《ほうこう》だけが灰色の空に轟《とどろ》いていく。

「地下《した》は随分盛り上がってるじゃねえか……計画は順調みてえだな、エレボス」

そんな都市の中で、一人笑みを湛《たた》えるのはヴァレッタだった。

都市南西の大商館屋上から戦場を一望していた彼女は、『バベル』がそびえるダンジョン出入口に向かって、笑みを投げつける。

「ヴァ、ヴァレッタ様っ、この衝撃は……！」

「うろたえんじゃねえ。この衝撃が募れば募るほど私達の勝ちが近付く。オラリオ崩壊の秒読《カウントダウン》、ってなぁ」

怯《おび》えた素振りを見せる下士官にまともに取り合わない女は、双眼に獰猛《どうもう》な光を宿す。

「──だが、ちょうどいいぜ。雑兵《てめえら》と同じように、冒険者どもも動揺した。僅《わず》かだが、確かに士気が揺らいだ」

戦場とは常に不安定だ。

指揮官の策、兵士の錯乱、そして外部的要因でいくらでも旗色は変わり、天秤《てんびん》は揺らぐ。

フィンの策によって勢いづいていた冒険者達が、僅かに浮足立った気配を、この時のヴァレッタは見逃さなかった。

「絶好の『潮』だ。フィンに攻め込まれた盤面、ここで引っくり返してやる！　──おい、調教師共《ジュラたち》を呼べ！」

「調教師《テイマー》達を……？　ま、まさか……！」

顔色を変える下士官に、ヴァレッタは凶笑をもって肯定した。

「そうだ、『札《ふだ》』を切る！　取っておいたモンスターどもを放ちやがれ！」

カン！　カン！　カァン！　と。

けたたましい金属音、警鐘の音が、オラリオの冒険者達に向かってかき鳴らされる。

「物見の警報⁉」

「まさか、敵の援軍⁉　まだ来るのか！」

鼓膜を殴りつける激しい警告に、襲いかかってきた闇派閥《イヴィルス》を同時に斬り捨てたアスフィと

ファルガーは、音の方角へと振り返った。

「南東の方角からモンスターの群れが来る！　大型級多数！　今まで顔ぶれが違うぞ！」

「ちっ、迎撃する！　厄介なのは数だけだ！　行くぞ！」

報告に来た斥候の声を聞き、ファルガーは大剣を担《かつ》いで駆け出した。

あれほど大通りを埋めつくしていたモンスターは総指揮官《フィン》の戦略も嵌《はま》って、その数を大幅に

減らしている。これまで闇派閥《イヴィルス》と交戦しつつ、大賭博場《カジノ》の屋上や建物の屋根の上を主戦場にし

ていた冒険者達だったが、さすがに魔導士の精神力《マインド》や弓兵の矢も尽きようとしている。

苦しまぎれの援軍などもはや正面から叩《たた》き斬らんと、大勢の冒険者達が大通りへと勇んで降

りていった。

「……っ？　なんですか、この『違和感』は……」

その中で、アスフィだけは立ち止まってしまった。

闇派閥《イヴィルス》の様子がおかしい。

　まるで友軍でさえも恐れるようにモンスターへの道を開け、まるで命懸けのように慌ただしく陣を再構築する敵の動きに、不穏なものを覚えたのだ。

「この野郎おおおおおお！」

　その答えは、すぐに現れた。

『オオオオオオオオオオオオオオ‼』

　先陣を切って飛びかかった上級冒険者の腕が、いとも容易《たやす》く喰い千切られるという形で。

「――えっ？　ぎっつ、ゃあああああああああああ⁉」

　そのまま上半身を噛《か》み砕《くだ》かれる。

　ヒューマンの断末魔の声を皮切りに、周囲からも絶叫がかき鳴らされた。

「なにっ⁉」

　戦士系《ウォーリアー》のモンスター『リザードマン』の爪撃を咄嗟《とっさ》に防いだファルガーは、その一撃の重みと、倒れていく仲間の姿に目を疑った。

　放たれたモンスターの津波が大賭博場地帯《カジノエリア》を蹂躙《じゅうりん》していく。

「味方が押されている⁉」

　唖然《あぜん》とする魔導士達とともに、屋上からその光景を見下ろすアスフィもまた動揺に襲われた。

（今までのモンスターとは違う……？　何が起こっているのですか！）

　冒険者達の混乱は止まらない。

都市南の大賭博場地帯《カジノエリア》の他にも、別の『砦《とりで》』から悲鳴が噴出した。

「ノアール！　敵っ、いやモンスターの攻勢が強まった！　押さえきれねえ！」

「なんだと⁉」

都市真北、【ロキ・ファミリア】本拠《ホーム》。

ドワーフのダインの報せに、砦の逆方面を守っていたノアールは弾かれたように振り返る。

「館の防衛に回ってる連中が餌食《えじき》になってるよ！　このままじゃ『砦《とりで》』が落とされる！」

「っ……⁉」

アマゾネスのバーラの声も窮地を報せるものだった。

ノアールの動揺など関知せず、押し寄せるモンスター達は暴《あば》れ狂う。

「て、敵の後方に調教師《テイマー》の一団を確認！　一部のモンスター達を操《あやつ》っているものと思われます！」

いち早く戦況の変化を察知したのは、都市南西を防衛する【ガネーシャ・ファミリア】。

団員の報告に、主神自ら外に出ていたガネーシャは、本拠《ホーム》の屋上から視線を走らせた。

「あの動き、調教《テイム》の腕はシャクティ達より遥《はる》かに拙《つたな》い……だが、あのモンスター達の強さは何だ！」

鞭《むち》を打っては鳴らす闇派閥《イヴィルス》の調教師《テイマー》は確かに視認できる。

だが神の目でなくとも、彼等の練度が圧倒的に足りていないのは明白だった。

調教師《テイマー》とは本来、屈指の危険な職業であり、力量が足りなければモンスターに惨殺されるのが常だ。にもかかわらず、異常と言えるほどの力を持つモンスターは調教師《テイマー》を喰《く》い殺さず、まるで何かに取り憑《つ》かれたように従順に従っている。

「くっ……！　部隊を回せ！　砦にあの大群を近付けるな！」

予想外の事態に、団長であるシャクティは陣形の変更を余儀なくされた。

今も団員の悲鳴が散るモンスターの群れのもとへ、自らも急行する。

「ちくしょぉぉ……！　ヴァレッタめぇ、こんなヤベェこと押し付けやがって！」

一方で、闇派閥《イヴィルス》。

各拠点への大攻勢に乗り出す彼等──特に駆り出された調教師《テイマー》達は、汗が迸《ほとばし》るほどに心中穏やかではなかった。

調教師《テイマー》の一人、【ルドラ・ファミリア】のジュラ・ハルマーは罵倒交じりの叫びを放つ。

赤熱の鱗《うろこ》を持つ『レッド・ドラゴン』を飼う彼の肌には、竜の熱気に反して幾筋もの冷や汗が流れていた。どこか無機質な竜の目玉がぎょろぎょろと己《おのれ》を見る度に、両の獣の耳を何度も痙攣《けいれん》させてしまう。

まるで彼自身も猛獣の檻《おり》に閉じ込められているかのようだった。

「くそったれがぁ！　こうなったら、とことんやってやるぜぇ！」

獣人の調教師《テイマー》は捨て鉢の境地で、その『紅　鞭《マジックアイテム》』をかき鳴らした。

『首輪』を嵌めた赤竜が再三雄叫びを上げ、進攻を開始する。

それに続くように、複数の翼竜が都市の空へと舞い始めた。

「『ワイヴァーン』まで……⁉　闇派閥《イヴィルス》は『竜の谷』からモンスターを引っ張ってきたっていうのか！」

頭上を旋回し、大賭博場《カジノ》屋上にいる魔導士達にも攻撃を加え始める翼竜の群れに、ファルガーが血の汗を荒々しく拭う。

（だとしても、個体の強さがおかしい！　上級冒険者が束《たば》になっても突破されるなんて……！）

眼下のファルガーと同じ思考を一度は抱いたアスフィは、すぐにそれを否定した。翼竜から魔導士達を庇《かば》い、短剣と爆薬による応戦を繰り広げるも、答えは一向に出てこない。

「ぐぁあああああああああああああ⁉」

「だ、誰《だれ》かぁ――⁉」

吐き出される業火がメインストリートを揺るがす。

次々と倒れていく味方。冒険者を翻弄《ほんろう》する異常事態《イレギュラー》。

「このモンスター達は……まさか、『強化種』⁉」

一気に傾いた戦況に、アスフィは青ざめた。

「――違《ちげ》えよぉ！　歴《れっき》とした『ダンジョン由来』のモンスターだ！」

冒険者達が抱いているだろう惑乱と疑問に対し、ヴァレッタは唇をつり上げて否定してやった。

「ただし、『クノッソス』で飼っていた、って言葉がつくがなぁ！　まぁ、冒険者等《てめえ》には何もわからねーだろうよぉ！」

隠し持っていた手札を見せつけ、女の顔が禍々《まがまが》しい喜びに染まる。

見通せる視界の中だけでも、多くの冒険者達がモンスターに襲われ、彼女が好む鮮血の宴を催していた。

「イケロスの連中に集めさせておいた甲斐《かい》があったってもんだぜぇ！　『中層』はもとより、『下層』から『深層』の化物まで揃《そろ》ってやがる！」

【イケロス・ファミリア】の【暴蛮者《ヘイザー》】以下、狩猟者《ハンター》達にモンスターを捕えさせ、【ルドラ・ファミリア】のジュラ達に、頭目になりうるモンスターを誘導させる。発展アビリティ『神秘』を持つ呪術者《ヘクサー》に無理矢理協力させて作らせた試作品——調教師《テイマー》の腕に関係なくモンスターを隷属させる紅　鞭《マジックアイテム》——の効果も上々。

多数の邪神の【ファミリア】からなる闇派閥《イヴィルス》だからこそ生むことのできた惨劇の光景に、ヴァレッタは吠《ほ》えた。

「さぁ、手当たり次第ブチ殺せ、モンスターどもぉ！　フィンに吠え面をかかせてやる！」

「だ、団長ぉ！　モンスターの進撃、止まりませんッ!!」

ギルド本部屋上にもたらされる、半分悲鳴のようなラウルの戦況伝達。

己の肉眼でもモンスターの侵攻を確認しているフィンの横顔は、険しかった。

部下達の前で苦渋を滲《にじ》ませまいと、意志の力で表情を硬化させる。

「被害は！」

「都市に散らばっていた斥候部隊は全滅！ 『砦』の守備隊も瓦解間近です！ 各部隊、闇派閥《イヴィルス》を包囲していた陣形を維持できません！」

「っ……！ 陣形を変更、『砦』の防衛を最優先！ 街に被害が出てもいい！ 迎撃を『魔法』主体に切り替えろ！」

フィンの指示を伝えるため、別の団員が信号器に飛びつく。

だが上手《うま》く操作できない。末端の団員にも『戦線の危機』が伝わるほど、旗色は悪化を辿《たど》っている。

「モンスターの増援を機に、戦況の流れが明確に変わった……！ 数えきれない『強化種』の運用？ いや、ありえない！ 僕達が関知していない『隠し玉』がまだあったか、ヴァレッタ……！」

フィン・ディムナは全能でもなければ全知でもない。

敵の陣形や空気、そして超越的な『勘』をもって部隊の配置を変えるなど、フィン自身が予測可能な範囲ならば対応の手を指せるが、彼自身の『常識』の外の場合はその限りではない。

『バベル』を除いた『ダンジョンに繋《つな》がる出入口』の存在にうっすらと気付きつつも、自軍にも被害が出かねない『中層以下の大群召喚《モンスター》』という手札《カード》は読みきることはできなかった。少なくとも『現時点では知りえない魔窟《クノッソス》』という名の情報を持ち合わせていなければ。

この時機《タイミング》まで手札《カード》を隠し持っていたヴァレッタに、フィンが思わず目もとを歪めていると——たたみかけるように、凄《すさ》まじい剣音がオラリオの空に打ち上がった。

「今の音は……まさか！」

その衝撃は、冒険者にも、闇派閥《イヴィルス》にも、更にヴァレッタのもとにも届いていた。

「ひひひひひっ……！　あっちも勝負はあったみてえだなぁ、フィ～ン！」

女の視線が向けられる場所は、都市中央。

今も結界と分厚い氷壁に守られる、『バベル』の足もと。

「ぐっ、うう……!!」

中央広場《セントラルパーク》。

たった二人だけの決闘場で、体をボロボロにした猪人《ボアズ》が、崩れるように片膝《ひざ》をつく。

「存外に粘ったな」

無傷の鎧を身に纏《まと》う『覇者』は、大剣を肩に担ぎ、静かに『弱者』を見下ろした。

「くっ……うぅ……!?」

何とか立ち上がろうとする呻《うめ》き声が、囂々《ごうごう》と燃える炎の階層に溶けていく。

ダンジョン18階層、その南方面。

階層の中央地帯では今も『大最悪《モンスター》』と風の剣が鎬《しのぎ》を削る中、【アストレア・ファミリア】は地面に体を委《ゆだ》ねていた。

「…………おい、生きてるか、おまえら…………」

「……………生きてる、けど…………どうして、生きてるんだ、わたしたち…………?」

虫の息でライラが尋ね、同じく瀕死に片足を突っ込んでいるネーゼが答える。

決定的な一撃だった。確実に。

耳飾り《アクセサリ》があるとはいえ、あれほどの砲撃を被って命を繋ぎ止めている状況に、【アストレア・ファミリア】が疑問を隠せないでいると、

「リヴェリア様の、『防護魔法』……!　あれがなかったら、文字通り消し飛んでいた……!」

何とか起き上がるリューが、自分の右手を見下ろしながら答えた。

別れる前にリヴェリアが施した光の加護が、必殺の魔法から【アストレア・ファミリア】を守ったのである。

その代わりに、リュー達の全身を覆《おお》っていた緑光は今や完全に失われていた。

「まだ原型を保っているとはな。私の魔法の腕も衰えたか……いや、腕を上げたあのハイエルフを評価するべきか」

「っ……！」

「だが、お前達を守っていた加護も弾けた。もう次はない」

足音もなく、無防備に近寄ってきたアルフィアに、リュー達の顔が歪《ゆが》む。

だが、そこで割り込むように竜の咆哮が轟く。

ライラやネーゼ、治療師《ヒーラー》のマリューや魔導士のリャーナが息を呑《の》むのを他所に、アルフィアは『神獣の触手《デルピュネ》』に一瞥を送る。

「あちらもしぶとい。エルフとドワーフはともかく、あの小娘……神が召喚した『大最悪《モンスター》』とあそこまで拮抗《きっこう》するか」

関心を寄せるのは金髪金眼の少女。

凄まじい風で竜の猛威を押さえ込んでいるアイズへ静かに呟く。

「オラリオ崩壊の前座……これもまた一興か」

そんな嵐《あらし》の拘束も千切り飛ばしながら、炎が吹き荒れる。

階層の一角を根こそぎ吹き飛ばし、大地を割り、触れるものを灰燼《かいじん》へと変えた。

ただただ破壊が連なり、まさに終末を彷彿《ほうふつ》とさせる光景を広げる。

あの獄炎は神をも天へと還すだろう。あの怪物は『神の塔《バベル》』をも破壊し、邪神の計画通り

『冥府の蓋』を開くだろう。そこに疑いの余地はない。

何故《なぜ》ならばリューの鼓動は、こんなにも悪寒と確信に打ち震えている。

妖精《ようせい》の少女は両膝を地面についた姿勢で、呆然《ぼうぜん》とアルフィアを見上げた。

「…………なにも、思わないのか？」

「何をだ？」

「あれを見て……何も思わないのか⁉」

明滅する紅蓮《ぐれん》の色に照らされる魔女の横顔には、何の感慨も浮かんでいない。

まるで自然の摂理を受け入れるがごとく、この破壊の延長を望んでいる。

理解の外にいるアルフィアに、リューは堪らず声を上げていた。

「人々を殺戮《さつりく》し、あらゆるものを壊す！　あんな禍々しきものを呼び出して、本当に、何も感じないのか⁉」

「限りなく五月蠅《うるさ》い。そうは思う。だが、それだけだ」

しかし、そこにあるのは虚しいほどの温度差だけだった。

淡々とした女の回答に、なっ、とリューの空色の瞳《ひとみ》が見張られる。

「神を殺す刺客、平等の破壊……まさに邪悪の化身だ。あれが我々の『失望』を殺す鍵《かぎ》となってくれるなら、我慢もしよう」

アルフィアは、そこで、己の手の平を見下ろした。

「私からすれば、この身に巣食う空虚な『失望』の方が耐えられない」

竜の叫喚が鳴り響く。

風の遠吠えが木霊《こだま》する。

時の流れを忘れるリューが、唇を動かす。

「……貴方の『失望』とは、なんだ？」

ここが戦場だということも忘れ、それを問わずにはいられなかった。

「オラリオを守ってきた最強の眷族《ゼウスとヘラ》を、そうまで反転させた『失望』とは、一体⁉」

エルフの問いに、アルフィアが一時《いっとき》の沈黙を纏う。

アリーゼやライラを含め、【アストレア・ファミリア】の視線が集まる中、間もなく、気まぐれのように口を開いた。

「……いいだろう。これだけ私を煩《わずら》わせてなお、未《いま》だ雑音をかき鳴らすことのできるお前達には、聞かせてやる」

──私達の『失望』を。

そう言って、アルフィアはもう一人の『覇者』がいる地上へ、視線を向けた。

その更に先に広がる、『終末の空』を見上げるように。

「九百と四十七……随分と打ち合ったが、ここまでか」

ダンジョンの直上、中央広場《セントラルパーク》に、重い声が響く。

「それだけ武装に身を固めても、届かなかったな。糞ガキ」

「っっ……！」

ザルドに見下ろされるオッタルの体は、まさに満身創痍《まんしんそうい》だった。

肩を覆う黄金《こがね》の鎧甲《プレート》を始め、手甲や腰具、ありとあらゆる防具は罅割《ひびわ》れては損傷している。

あれだけあった武器も失い、残っているのは大剣一振りのみ。

損傷《ダメージ》は武装以上に深い。既に切り札――『獣化《いへん》』を行使してなお、敵の剣撃は猪人《ボアズ》の巌《いわお》の体を割っては砕いてのけた。絶対強者の重みと高みをもって。

膝をつくボロボロのオッタルを見下ろし、ザルドは兜《かぶと》の奥で、瞳を落胆の色に染める。

「……嘆かわしい。呆《あき》れ返《かえ》る。お前が今代《こんだい》の『最強』とは。やはり俺達《おれ》の『失望』は止まらない」

『覇者』は奇《く》しくもダンジョンにいるアルフィアと同じように、頭上を眺めた。

灰色の雲に塞《ふさ》がれた希望なき空を。

北に広がる最果てのなお先を。

「ならば畢竟《ひっきょう》、オラリオを滅ぼすのも、止むなしだろうよ」

その言葉に。

歯を食い縛り再起を試みていたオッタルは、動きを止めた。

「……止《や》む、なし？　……止むをえない⁉　何を言っている……！」

「仕方がないと、そう言った」

動じるオッタルに、ザルドは己の失望、その『真意』を晒《さら》した。

「迷宮の『蓋』を開け、数多の命を奪い、人類を間引く――やりたくはないが、やるしかないといいな」


「我々の『失望』とは、『無力』」

アルフィアは告げる。

リュー達の目の前で、火の粉の輝きに灰の髪を照らされながら。

「あまりにも単純で、この上なくありふれた虚無感だ」

「無力……？　虚無感……？　一体、何に対しての……⁉」

「オラリオ、いや世界に対して。何より、自分達に対して」

深い損傷《ダメージ》を引きずりながら、ふらふらと立ち上がるアリーゼを前に、アルフィアはこの時、確かに『自嘲』の感情を浮かべた。

哀切の表情を浮かべているようにも見える魔女の顔に、やはり傷だらけのライラが、苛立たし気に噛みつく。

「どういうことだよっ……アタシ達にもわかるように、説明しやがれ……！」

「我々の無力など語るまでもない。陸の王者《ベヒーモス》を討ち、海の覇王《リヴァイアサン》を滅した私達は、敗れた。──あの禍々しき『黒竜』に」

「……！　三大冒険者依頼《クエスト》！」

　はっとするリューに無言の肯定を返しながら、アルフィアは言葉を続ける。

「神々をも認めさせる実力を有し、自負に溢《あふ》れた強者《つわもの》どもが、いともたやすく薙ぎ払われ、かつて味わったことのない『蹂躙《じゅうりん》』に遭った」

「っ……⁉」

「粉々にされ、八つ裂きにされ、餌にされ……。襤褸屑《ぼろくず》と化していた私の視界には、あの時、血の海しか残っていなかった」

　凄惨な結末、何より最強の眷族《ゼウスとヘラ》をして全滅に遭ったという事実に、リューとアリーゼ達は絶句する。それは現実感の伴わない衝撃と言ってもいい。

　リュー達が一矢報いることもできない目の前の『覇者』が、逆に蹂躙される。そんな光景を想像することが不可能であったからだ。

「そして、生き残った者達は……『最強の英雄』と讃《たた》えられていた眷族達は、逃げ出した」

　人智という名の想像を超えた『終末』を目撃した生き証人は、唾棄した。

　英雄達の敗走という無惨な現実を。

　リュー達が息を止める中、アルフィアの顔が今日、初めて歪《ゆが》む。

「私はあの時、確信した。『嗚呼《ああ》、このやり方では駄目だったのだ』と」

「……なんですって？」

かろうじて尋ね返したアリーゼを他所に、当時の『失望』を語る魔女の語気に熱がこもっていく。

「真の絶望に抗えない冒険者ども。世界の悲願に届くことのない、英雄を騙《かた》る無力の輩《ともがら》！

神に縋《すが》るこの時代では、あの『黒き終末』には決して敵わないと！」


「世界は『英雄』を欲している」

ザルドは言う。

まるで『終末』を乗り越えるための真理を説くかのように。

「ならば、世界が欲する『英雄』とは、どのようにして生まれ、どのようにして成り立つ？」

「なにっ……？」

「『真の英雄』とは、果たして本当に、今の時代から生まれ落ちるのか？」

動揺をあらわにするオッタルに降る問いの雨は、すぐに上がった。

真実それは自問であり、『覇者』は一つの答えに辿り着いている。

「図らずとも『黒竜』に敗北した俺達が実証してしまった。今のやり方ではならん、このやり方では埒《らち》が明かぬと」

目庇《バイザー》の奥で細められる武人の瞳。

口もと以外を覆う大兜の中にあって、はっきりと、男の相貌が怒りの形相へと変じていく。

「神時代《しんじだい》の『英雄』では、あの化物には勝てない！　ならば！」

怒号を通じて、『覇者』はその結論を告げた。


「今も語り継がれる俺達の誇り――『英雄の時代』を取り戻すしかあるまい！」


オッタルの双眸《そうぼう》が驚愕《きょうがく》一色に染まる。

「貴様……まさか！」

「そうだ！　時代を逆行させる！　かつての『英雄神話』を再現するために‼」

胸の高さに持ち上げられたザルドの右手が、あらん限りに握りしめられる。

断腸の思いを滲《にじ》ませながら、暴悪で、残酷な、一つの冴《さ》えた解答を示した。

「怪物どもが地上を席巻し、恐怖と絶望に支配されていた古《いにしえ》の時代！　絶滅の危機に瀕《ひん》していた人類は、咆哮を上げた！」

語られるのは数千年前にまで遡《さかのぼ》る『古代』。

迷宮都市《オラリオ》などなく、冒険者もおらず、神々でさえ姿を現す前の闇の時代。

『人』に属するあらゆる種族は、文字通り下界中から淘汰《とうた》されようとした。

「喰らいつくされてなるものかと！　逆に喰らい返さんと！　強大な絶望を前に己を賭《と》し、限界を打ち破った！」

　しかし、それに歯止めをかけたのが、今も伝説として語り継がれる一角の戦士達。

「そう、あの時代が生んだのだ！　猛々しくも勇ましい昔日の『英雄』を――『最強の伝説』を！」

　楔《くさび》を打ち込んだ聖域の大火。

　王都の雄牛《おうし》退治。

　猟犬と槍《やり》を掲げる大陸の守護者。

　大山脈《ロンザ》奪還。

　獣《じゅう》の部族《オルランド》を立ち上がらせた偉大なる狼咆《ろうほう》。

　滅国の地再興。

　歴史を繋いだ光の蹄跡。

　そして、黒き終末より片眼を奪った『最強の英雄』。

　今の時代においても英雄譚として残される栄光にして伝説。現代からでは信じられない数々の偉業を、遥か遠き『古代』は生んだのだ。

　ならばザルドの真意は。

　神時代《しんじだい》の『英雄』では勝てないと告げた、『覇者』達の答えとは。

「まさか…………かつての『最強の伝説』を、現代に復活させる？」

気が付けば、オッタルは、呼吸を震わせていた。

「『古代』の光景を蘇《よみがえ》らせるために……迷宮からモンスターを解き放ち、現代《いま》の平和を破壊する……⁉」

「その通り。静かに腐りつつあるこの下界を混沌《こんとん》で満たし、『英雄』を生む礎《いしずえ》を用意する」

真意を理解し、計り知れない衝撃を被る猪人《ボアズ》に返されるのは傲慢《ごうまん》なる肯定。

自ら罪過の炎に焼かれ、灼熱《しゃくねつ》の息吹を吐き出すように、ザルドは怒号を連ねた。

「でなければ勝てん、人類は打ち勝てん！　黒き終末に呑み込《こ》まれ、下界は完全なる滅亡を迎える！」

闇派閥《イヴィルス》と結託し、『悪』に身を染めたかつての英雄は、宣言した。

「故に『億』の犠牲を払い、黒竜に届く『一』を作り上げる！　この世を救う『最後の英雄』を！」

「千年」

思いを馳せ、アルフィアはその年月を唇に乗せた。

「『古代』が終結し、神々が降臨し、人類に『恩恵』を授けるようになって一千年。それほどまでの時をかけ、世界は古《いにしえ》の怪物と戦う準備を進めてきた——その結果が、これだ」

静寂を通り越した空虚をもって、告白する。

膝をつく【アストレア・ファミリア】に、己の『失望』を聞かせる。

「私達はむざむざと敗北し、ゼウスとヘラ、いや神時代《しんじだい》が築き上げた千年は無駄になった。……あの『黒竜』には、何も通用しなかった！」

静寂の魔女が初めて見せる感情の発露は、リュー、アリーゼ、ライラから言葉を奪った。

「あれほどの風格を誇っていた最強の豪傑《おとこ》が！　あそこまで傲慢な最恐《さいきょう》の暴君《おんな》が！」

「血を吐いて、腕を失い、悲鳴を上げ、最後はみっともなく敗走した！」

「無様とはこのことだ！　私はつくづく『失望』したよ！」

「私達自身に！　この神時代《セカイ》そのものに！」

アルフィアの言葉は止まらない。

顔を地面へと向け、浴びせるように、その激情を連ねていく。

まるで過去の行いを呪い殺すかのように、怒気を滲ませることしばらく。

ややあって、ゆっくりと顔を上げる。

「だが、『希望』はある。それこそが『英雄神話』」

絶望に敗れた魔女が口にするのは、地上にいる武人と同じ伝説の存在だった。

「『古代』の人類は、その身一つで『大穴』より溢《あふ》れた化物どもと渡り合った。『神の恩恵《ファルナ》』など授《さず》からずにだ。信じられるか？　『精霊』の手助けはあったとはいえ、あの時代の者は自分達の力のみでモンスターの侵略を押し返したのだ」

　事実である。

『古代』の人間は自らの力で絶望に立ち向かい、現代に至る礎を築き上げた。

　この迷宮都市《オラリオ》もその一つ。

「『始まりの英雄』から、その意志を繋ぎ、新たな勇者が生まれ――そして最後には『一人の英雄』が、あの『黒竜』から片眼《め》を奪い、このオラリオの地から追い払った」

　ありとあらゆる『英雄』達が、その軌跡を引き継ぎ、現代に伝わる『英雄譚』を作り上げた。

　すなわち、下界を存続させた壮烈たる偉業を。

　ゼウスとヘラが敗れた、『黒竜』の撃退さえ成し得たのだ。

「今の我々では届かなかった偉業を、かつての英雄達は成し遂げた。……それが全《すべ》てだ」

　自らの無力とともに語り終えたアルフィアに、リューやアリーゼ達は呆然とした眼差《まなざ》しを固定したまま。

　階層で荒ぶる炎だけが呻き声を漏《も》らす中、リューは震える唇をこじ開ける。

「それでは、貴方の『失望』とは……貴方達の『目的』とは……！」

「ああ、神工《じんこう》の英雄では駄目だった。ならば神時代《しんじだい》から解き放たれた、純然たる英雄を生むしかあるまい。……そのために、もう一度『英雄の時代』を取り戻す」

　それが、彼女達がオラリオに戻ってきた理由。

それこそが、『悪』に結託してまで絶望と破壊をもたらした原因。

「な、なんだよ、それ……それじゃあ、お前達がオラリオを滅ぼそうとしているのは……！」

「この下界を救うためだ」

ネーゼの問いに対し、アルフィアは偽りなき答えを告げた。

強い衝撃が【アストレア・ファミリア】を襲う。

闇派閥《イヴィルス》と結託したのも、『絶対悪』のもとに下ったのも、全ては下界存続のため。

彼と彼女は決断し、自らを『悪』の泥で汚して、非道を選んだのだ。

誰よりも世界の命運を憂い、そのためにオラリオを崩壊させようとしている事実に、少女達は言葉を失ってしまう。

「結局、てめえ等も世界の平和を望んでるってことかよ……！　それなら仲良しこよしに、手を取り合えねえのか！」

「無理だな。お前達はアレを見ていない。あの『終末』の竜を。圧倒的な絶望に対し、あまりにも無知だ」

ライラの非難めいた訴えを、アルフィアは取り合わない。

黒き竜はそれほどまでに超越していると、言外に告げる。

「我々の意見は決して交わらない。そして私とザルドはもう、唯一の答えを出している」

「っ……！　貴方達はっ――!!」

無情な返答に、リューが身を乗り出そうとした、その時だった。

凄まじい『風の断《いなな》き』が階層に轟《とどろ》いたのは。

「な、なんだ⁉」

「み、見て！　あれっ！」

驚愕するネーゼの隣で、イスカが指差す。

それは階層中央地帯に出現した、凄まじい大気流の姿だった。

「暴風っ……いや、ダンジョンに『竜巻』⁉　あれも大最悪《モンスター》の仕業だってのか！」

ライラの悲鳴さえ風の猛り声の中に吸い込まれていく。

階層の天井《てんじょう》に突き立とうかという竜巻は『神獣の触手《デルピュネ》』の総身を優に超えていた。

未だかつて拝んだことのない光景に、【アストレア・ファミリア】が立ちつくしていると――

アリーゼが、呆然と口を開いた。

「……違うわ。あれは生み出してるのは……」


憎い。

憎い、憎い、憎い！

どうして、貴方たちみたいな存在がいるの？
たくさんのものを壊して。
たくさんの人を傷つけて。
たくさんの悲しみを生みだして。
貴方たちがいるから、だれかの泣く声はとまらない。
私たちの涙は、とまらない。
消えてしまえばいい。
死んでしまえばいい。
だから——殺さなきゃ。
お前達、みんなみんな、全て!!

それは、ただの少女の悲鳴。
悲愴《ひそう》から憤激に、怒りから絶対の殺意へと塗り替わる、『復讐姫』の雄叫び。
少女が心の中の暗黒を引きずり出した、それだけのことだった。

「【吹き荒れろ《テンペスト》】！」

叫ぶ。

「【吹き荒れろ《テンペスト》】ッ!!」

猛る。

「【暴れ吼えろ《ニゼル》】!!」

暴走する。

唸《うな》る風が爆音を孕《はら》んだ瞬間、閃光の瞬きとともに、漆黒の暴風へと変貌した。

「『黒い風』……!?　まさか!!」

「アイズの『魔法』と『スキル』が共鳴を……！」

出現した黒き渦に、ガレスとリヴェリアが驚愕に撃ち抜かれる。

仰《あお》ぐほどの巨大な竜巻は一気に収縮したかと思うと、小さなアイズの体に付随し、そのまま破壊の塊となって『神獣の触手《デルピュネ》』へと襲いかかった。

「ああああああああああああああああああああああッ!!」

漆黒の颪を引き連れる斬撃が、竜の肉を容赦なく断つ。

湯気が立ち昇るほどの高熱の血飛沫が噴出するが、それすらも暴風の鎧は寄せ付けない。

一振りの斬撃につき六条の風の牙《きば》が竜鱗《りゅうりん》に喰らいつき、その肉を喰い荒らす。

『オオオオオオオオオオオオオオオオオオオオオオッッ!?』

その巨体に刻まれた、初めてと言える痛撃に『神獣の触手《デルピュネ》』が悶《もだ》え苦しむ。

再生能力も間に合わないほどの速度と破壊力をもって、漆黒の風は竜の肉体を削ぎ続ける。

「大最悪《モンスター》を押している……！　だが！」

リヴェリアの焦燥を肯定するように──ビシッ！　と。

少女が振り抜く銀剣の表面に、罅が走り抜ける。

「《デスペレート》に罅が……⁉　不壊属性《デュランダル》の剣《つるぎ》でも耐えきれんというのか！」

その現象に、ガレス達でさえ動揺を来《きた》した。

【剣姫】に根付く黒い衝動をリヴェリア達は知っていた。

だが眼前に発現した『黒い風』を認めたのはこれが初めて。

未曾有《みぞう》の事態に、リヴェリアの双眸が震える。

「よせ……やめろ！　先にお前の体が砕け散ってしまう‼」

リヴェリアの呼びかけに、アイズは答えない。

瞳が闇の一色に染まった少女は止まらない。

黒き風は少女の憎悪を喰らうかのように肥大化し、恐ろしい咆哮を上げた。

「アイズ‼」

爆炎と灼熱に支配されていた筈の階層が、新たに出現した黒風によって震撼《しんかん》する。

その禍々しき風に、【アストレア・ファミリア】は戦慄《せんりつ》を重ねることしかできなかった。

「【剣姫】……？　あんなものを、彼女一人で……！」

「信じらんねえ……何なんだ、あのヒューマンは⁉」

リューとライラが動揺の叫喚を放つ一方で、アルフィアは少女がもたらす大いなる嵐を眺める。

「……素晴らしい」

漏らすのは感嘆の息。

「おぞましき力……黒き風。ヘラが欲しがったわけだ」

遠く離れているにもかかわらず、炎の海を蹴《け》散らしては大地と水晶の森に罅を入れる豪風の中に、呟きがかき消える。

「……見ろ、あれだ。あれこそが『奪われた者の力』。恐怖と絶望、その先で手に入れることのできる至境《しきょう》の咆哮」

「っ……⁉」

「かつての人類も経験したであろう負の連鎖、その末の景色。数多の犠牲を乗り越え、選ばれし者達があそこに辿り着きさえすれば！　『黒竜』を討てる！　世界は終末を乗り越える！」

アルフィアは顔を上げ、リュー達に声を飛ばした。

この光景こそが、『英雄の時代』を求めるアルフィア達の根拠にして根源だと、断言する。

「そんなことっ――!!」

「間違っている。そう言うか？　ならば提示してみせろ」

反論しようと身を乗り出すアリーゼに、アルフィアは要求した。

その内容は、単純《シンプル》。

正義を掲げる少女達が絶句するほどの、『正邪問答』。

「あれ以上の力を。あれ以上の証を」

「「――!!」」

『覇者』は水掛け論に興味などない。

『覇者』の目的を打ち砕くには、『覇者』を納得させるだけの力がなければならない。

少女が召喚した『黒き風』――怒りと絶望の象徴を越える、別の何かを。

「意志を、覚悟を、正義を！　できるものなら、この悪《わたし》に証明してみせろ!!」

黒き終末に敗れた『覇者』の叫びが、呆然とする少女達を打ち据え、響き渡った。

「いい叫びだ。真の絶望を知る者の雄叫び……強者達《アルフィア》だからこそ出せる痛哭《つうこく》」

響き渡る魔女の叫喚に、断崖から眺めるエレボスは笑みを作った。

「さぁリオン、そして冒険者達。その絶望に『正義』を示せるか？」

問いかけは烈風と爆炎の残響の奥に消える。

神は聖者《エレン》の笑みを宿し、言葉を続けた。

「これもまたあの日の延長。絶対悪は、生意気な正義《おれたち》の答えを待っている――」

神の瞳はアルフィア達とは別、煙と炎が隔てるもう一つの戦場に向けられた。

そこで対峙《たいじ》するのは、一人の剣客と『顔無し』。

「時代を巻き戻す……？　今の世界を一度破壊し、『古代の英雄』を再誕させるだと⁉　イカれているぞ、あの女！」

アルフィアの叫びを耳にしていた輝夜《カグヤ》は、状況も忘れて動揺の声を上げる。

そんな少女にただ一人向き合うヴィトーは、平然と口を開いた。

「そうでしょうか？　私は驚きはあれ、彼女達の望みは真っ当なものだと思いますが」

「ふざけるな‼　虐殺と破滅が正しいなどと肯定されてたまるものか！　そんな道理があっていいわけっ――」

「なぜなら、彼女達の『悪』は彼女達しか知らない『真実』に基づいている」

「！」

輝夜《カグヤ》の語気が止まる。

ヴィトーは糸のように細い瞳をうっすらと開いた。

「そして貴方達は、その『真実』を知らない。【暴喰《ぼうしょく》】と【静寂】からしてみれば、自分達の信念こそが『正義』だと疑っていないでしょう」

「なっ――」

「だって、世界を守り、世界を救う……手段と過程の差異はあれ、目的は貴方達と一緒ではありませんか？」

「……!!　それはっ……」

輝夜《カグヤ》は馬鹿《ばか》げていると罵ることはできた。

非効率的とも、あまりにも愚かしいと批評することもできた。

しかしアルフィアとザルドに根付く『真実』だけは、何も知らない輝夜《カグヤ》は否定することができなかった。

破滅の先の超克に全てを託さんとする、『覇者』達の覚悟だけは。

「そう、『正義と悪は表裏』……よく言うでしょう？　それぞれの『真実』、あるいは『事実』によって硬貨《コイン》は表にも裏にもなる」

言葉に詰まる少女を前に、ゆっくりと、男の唇が弧を描く。

「質問をしましょう、美しいお嬢さん。貴方の目には私がどう映っていますか？　ああ、嫌そうな顔をしないで。どうか答えてください」

「……血に酔い、血に狂うケダモノ。殺戮に嗜好を見出した、屑《クズ》だ」

「なるほど、手厳しい。ですが、貴方の言う殺戮とは『事実』であって、私にとっての『真実』ではありません」

正《ただ》しく唾棄する輝夜《カグヤ》に、ヴィトーはおどけたように肩を竦めたかと思うと、その右手で、そっと瞼の上を撫でた。

「お嬢さん。私の目には、貴方がとても汚らわしい『灰色』に映っていますよ」

「……なに？」

瞼から顔を出した男の目が、輝夜《カグヤ》を見る。

粘りを有した血のように赤い眼が、玻璃《はり》のように作り物の光を帯びる。

「私は生まれた時から『欠陥』を抱えていました。視界に映るものが、全ておぞましき『灰』に見えてしまう……」

「……！」

「更に人々の声は耳障りな雑音に聞こえ、口に入れるものは全て形容できない異物に感じられる。香りなど概念すら知らなかった」

色覚異常、更に触覚を除く五感全てに存在する障害。

他者が見て感じる光景とは異なる景色を見ることを課せられているという男の告白に、輝夜《カグヤ》は驚きをあらわにする。

「それだけならば、まだマシだったのですが……ふふふっ。ある日、気付いてしまいまして」

ヴィトーの嘲笑は途切れない。

醜悪な『自嘲』を口端に刻み、それを言った。

「灰色の光景の中で、唯一、人が流す血の色だけは……鮮やかで、とても美しい赤色として感じられることを」

「‼」

それは一人の男の過去。

とある少年にとって自分を含めた万物は全て『灰色』だった。

親の言っていることがわからない。同村の子供達の笑顔が理解できない。

彼等が言う果実の幸福など、どこにもなかった。

彼女達が言う花の美しさなど存在しなかった。

なぜならば少年の世界はいつも『灰色』だったのだから。

全ては無味で、無臭で、音は何もかも獣の吠声のように煩わしかった。

皮肉にも、彼の周囲はささやかな幸せを謳歌《おうか》できる真っ当で素晴らしい人々だった。そんな中、一人『異端』の少年の心が歪むのは必定だった。なまじ聡く、周囲に合わせられるほど器用であったことも不幸の一因となった。かつての少年は、『人間の振り』ができてしまうヒューマンだったのだ。

『世界は光に満ちている』。

少年はそんな戯言《ざれごと》を信じられなかった。

しかし排他を恐れ、その戯言に表面上では同調する毎日。無論、心の奥底では唾を吐く。

笑顔と精神の間で軋轢《あつれき》が生じ、絶えず摩耗が起こる。

そして、日々削がれていく彼の正気はとうとう限界に達し、友人の一人に——彼を慕っていた可憐《かれん》な少女に——暴力を振るった。

発狂した彼の拳《こぶし》は、たやすく少女の額を切ったのである。

それまで暴力と無縁の生活を送っていた彼は、初めて血を目にした。

そんな彼が初めて見た『赤色』とは、いかなる美酒にも勝る玉露に違いなかったのだ。

「あの時の感動は忘れられません！　私はもう一度見たいと思った！　ですが、自分の血ではいくら流しても駄目だった……！」

当時の記憶を回顧するヴィトーは、声を爛《ただ》れるような興奮に濡《ぬ》らしていたが、すぐにそれを悲嘆で染める。

「……そう、『他者の血』でなければいけなかった」

その告白に、輝夜《カグヤ》が耳を疑う。

「もっと言うならば、恐怖、嘆き、苦しみ、絶望……およそ負の感情と呼べるものがソコに含まれていないと、私はやはり、何も知覚できないようなのです」

「なっ……!?」

次に輝夜《カグヤ》は目を見張った。

男の浅ましい嘘《うそ》を見抜こうとしたのだ。

しかし、どれだけ己の瞳を凝らしても、ヴィトーは欠片《かけら》も虚言を吐いていないと、それがわかってしまった。

「ははは……！　気付いた後は止まりませんでした！　試しに人をナイフで切り、石で殴る！　誰かを殺めてみる！」

それはおぞましい所業。

「その途端、私の世界は色づいた！　枯れていた私の心は潤い、もっともっと、興奮と絶頂の言いなりになるしかなかった！」

あるいは感動と感激。

「恐怖と絶望の声が、はっきりと聞こえる！　流れ出る血と、炎で巻かれた人肉の焼ける匂《にお》いが、芳醇《ほうじゅん》に香る！」

そして、己の『欠陥』への憎悪。

「ふふふふふっ！　こんな酷いことがありますか？　私は、貴方の言う『殺戮』の中でしか人間になることができない！」

「っ……‼」

「これを世界の『瑕疵《かし》』と言わずして何と言うのでしょう。このような私は世のため人のため、自ら命を絶つべきでしょうか？」

ぴたりと動きを止め、笑いの衝動を殺し、自問と嘆きに満ちる。

が、すぐにその嘆きは怒りへと反転した。

「――いいえ、それでは私の気が収まらない！　私が殺戮の中でしか味わえない事柄を、誰もが当然のように享受しているなんて！　そんな不平等なことがありますか⁉　私が世界の『瑕疵』だというのなら、私のような存在を生み出した世界も欠陥そのもの！」

瑕疵《かし》の叫びが続く。

激する主張は、男が掲げる崇高な目的へと着陸した。

「この不完全な箱庭に復讐をするためには、下界そのものを壊すしかない！　それこそ世界是正‼　私の大願‼」

両腕を広げ、仰々しく断言する。

そのヴィトーの姿を、輝夜《カグヤ》は口を閉ざし、険しい眼差しで見据えた。

「……それが、お前が闇派閥《イヴィルス》に与《くみ》する動機か？」

「ええ、私の『真実』を肯定するためには、貴方達が『正義』と呼ぶものを打ち倒すしかない。

そして、私のような愚かな『被害者』を出さないようにするには……瑕疵を生む世界ごと、一度破壊《リセット》と再生をするしかないでしょう?」

その眷族の決意を、戦場の風が運ぶ。

離れた断崖に立つ神もまた、黙してそれを聞いていた。

「神々を憎みながら、彼等が作りたもうた箱庭を破壊し、次こそは正常なる楽園を築いてくれることを願って……」

ヴィトーも断崖へと目を向け、こちらを眺めるエレボスを睨《にら》み返し、愛憎の笑みを投じる。

「……それで? 私に同情してほしいのか?」

「いいえ、まさか。ただ、知っておいてほしかったのです。『事実』と『真実』の相違というものを」

吐き捨てるように告げる輝夜《カグヤ》に対して、ヴィトーは血濡れの短剣を軽《かろ》やかに右手の中へ出現させる。

「そうすれば——貴方達も少しは納得して、倒れてくれるでしょう?」

鋭い踏み込み。

そして酷薄な斬撃。

輝夜《カグヤ》は咄嗟に、それを刀で弾《はじ》き返す。

「望んだところで善人にも、聖人にもなれない! 憧憬《しょうけい》を抱く、英雄にだって!」

「ぐっっ……!?」

「殺戮の先に賜《たまわ》る私の称号は『罪人』に違いない！　だからこそ、だからこそ！　私は己を貫くしかないのです！」

それこそが男の『灰と瑕疵』。

怒りと信念が宿る斬撃の雨に、輝夜《カグヤ》の顔が歪み、防戦を課せられる。

その肩を、腕を、着物を、容赦なく切り裂いていく。

「これが私の『悪』！　そして、私の『正義』なのです‼」


「『正義』か『悪』か。『道理』か『非道』か」

天空を塞ぐ灰雲に見下ろされながら、ザルドは言う。

「どう許されようが、俺はどうでもいい。ただ、なさねばならぬと『誓い』を立てた」

男の視線の先にいるのは、中央広場《セントラルパーク》で一人蹲《うずくま》る猪人《ボアズ》。

顔を苦しみで塗《ぬ》り潰《つぶ》すオッタルに、超然と言い渡した。

「これだけは絶対だ。俺は俺の誓いを成し遂げる」

「っ……！」

「故に邪魔するものは、全て喰らいつくすまで」

『覇者』の告白に、獣人の男は肩を、腕を、手を震わせる。

駆け巡るのは苦痛への呻吟か、それとも憤怒か、あるいは打ちひしがれた諦念か。

どちらにせよ、立ち上がれない雄などにザルドは興味を示さない。

「長話が過ぎたな……。アルフィア達を待つまでもない。俺がオラリオに引導を渡そう」

武人はくだらないものから視線を切った。

全身を包む漆黒の鎧を鳴らし、白亜の巨塔へと足を向ける。

「この剣で、『バベル』を──」

だが。

「………待てっ………！」

砕けた石畳を踏みしめる音が、それを制した。

「……立つか」

ちょうど真横。

捨て置いて歩み出そうとしたザルドの隣で、膝に雄叫びを上げさせながら、血みどろの亡霊となって巨軀が佇立《ちょりつ》する。

しかしその姿は幽鬼どころか猪《いのしし》ですらなく、生まれたばかりの子鹿のそれだ。

震えては血の粒を落とす四肢の何と無惨なことか。

痙攣している顎と喉笛《のどぶえ》の何と無様なことか。

立ち止まったザルドは首だけを巡らし、乾いた眼差しを送る。

「だが、立ったところでどうするつもりだ、半死人？　そんな体で、俺を──」

──止めるつもりか。

そう問おうとしたザルドの声が、音になることはなかった。

『凄まじい一閃』が彼の眼前を横切ったのだ。

「！」

視界の右側より左へと駆け抜ける大銀《だいぎん》の瞬き。

条件反射で首を傾けるも、完全に避けきれない。

ザルドの頬《ほお》を殴り飛ばすような衝撃とともに、刃の切っ先に捕まった兜が、宙高く舞う。

「俺の兜を……！」

あらわになった男の傷だらけの顔が、屈辱に燃える。

不意打ちとは言うまい。覇者《ザルド》が敵を『視界に収めている』時点でいかなる攻撃も不意打ちたりえない。だからそれは、敵の動きを全て見切る武人の瞳が捉《とら》えておきながら避けきれなかった、『剛閃』である。

その手に唯一残された銀の大剣を振り抜いたオッタルは、今も肩で息をしていた。

息を乱しながら、猛烈な眼光でザルドを睨みつけていた。

舞い上がる時間を脱し、黒鉄《くろがね》の兜が地面に落ち、両者の間に激しい音をかき鳴らす。

「なんだ、今の動きは？　いや、答えなくていい。この『空気《かおり》』……わかるぞ、今の獲物《おまえ》の『状態《あじ》』が」

「ッツ……！」

「お前、怒っているな？　俺が今まで目にしたことがないほどに」

惨《みじ》めな痙攣の原因は、満身創痍からくる痛苦の呻きなどではなかった。

確然たる『憤激』だった。

オッタルは激憤の炎で身を燃やし、それを源《みなもと》に立ち上がって、ここに来て尋常など超越した膂力を発揮したのだ。

「俺の戦う動機が癇《かん》に障《さわ》ったか？　それとも、お前も俺達の行いを『外道』と罵りたいか？」

男の眼光は打ちのめされてなお、衰えることを知らない。

錆色《さびいろ》の双眼は、ザルドだけを見据えている。

その憤怒の眼差しに鼻を鳴らしながら、『覇者』はこれまでと同じように『悪』を掲げる。

「世を守らんがために、世を滅ぼそうとする俺達を――」

「黙れ」

しかし、『茶番』を断ち切るように、オッタルの怒りはその『悪』を握《にぎ》り潰した。

「なに……？」

「お前の『建前《たてまえ》』など、どうでもいい……！」

「……『建前』？　何を言っている？」

「お前の御託に、投げかける俺の言葉など、ないと言っている……！」

軋みを上げる巌《いわお》の肉体がオッタル自身に罵声を浴びせている。

なんたる脆弱《ぜいじゃく》。

なんたる惰弱。

あの敗戦の夜に投げかけられた武人《ザルド》の声音を借り、他でもない己を呪い殺す呪詛を、純然たる怒りに昇華させ、オッタルは唇を震わした。

「もし、問うことがあるとすれば、それは――」

オッタルの眼が、重厚な鎧に覆われた男の体に視線を走らせる。

「――ザルド、その鎧の下、どこまで侵されている？」

「!!」

魔法の『絡繰り』を見破られた魔女《アルフィア》と同じように。

初めてザルドの顔に驚愕が生じる。

「お前の『誓い』など、俺にはわからん。俺には、お前の剣が映し出す、お前の『意志』しかわからん……！」

オッタルに学はない。

フィンのように切れる頭脳もない。

ただ戦うことしか知らない猪人《ボアズ》は、その剣の光だけを真実と見なす。

「お前に敗北した、あの夜……俺は貴様に臆していた……！」

思い起こされるのは六日前。

『大抗争』の夜、オッタルは完膚《かんぷ》なきまでにザルドに敗北した。

かつて超えられなかった高みの象徴に無様な恐怖を抱いたのだと、己の弱さをこの時、初めて認める。

「だからあの日、俺はお前の意志がわからなかった！　だが、今ならばわかる！」

目が曇りきっては腐りきり、剣の光さえ見抜けなかった自分自身に憤怒を覚えながら、オッタルはそれを告げた。

「お前は全霊をもって、『壁』になろうとしている！　お前達はまた、俺達の『踏み台』になろうとしている！　――――八年前と同じように!!　英傑《マキシム》達の行いを、繰り返すかのごとく!!」

轟声が中央広場を突き抜けた。

氷壁と、魔導士の結界さえ超えて、怒号が戦場に響き渡る。

それは冒険者達の多くが理解することのできない言葉の羅列だ。

今、必要もなければ意味をなさない不要の空想と言ってもいい。

だがただ一柱《ひとり》、神塔《バベル》の天辺で、女神はその銀の瞳を細めた。

「…………はッ」

ザルドが返すのは、一笑。

鼻で笑うように唇を上げた、不敵な頰冠《えみ》。

『覇者』は悪鬼の名が相応《ふさわ》しいほどに、オッタルを傲然と見返す。

「何を言っているかわからんぞ、糞ガキ。俺のわかる言葉で話せ、猪《いのしし》」

「ッ……！」

「仮に、もし……もし、その言葉が正しいとして、何がそこまでお前を奮い立たせる？」

笑みを浮かべ続ける男の問いに、オッタルが答えるのは一つ。

「『屈辱』だ!!」

烈火の怒号が更なる勢いをもって、自身の体を燃やしつくす。

「俺が浴びるのは、屈辱と敗北の『泥』ばかり！　身の程を弁えず壁に挑み、倒れては土の味を嚙み締《し》める！」

それは【猛者《おうじゃ》】の追憶。

崇高たる女神に栄光をもたらすため、男神《ゼウス》と女神《ヘラ》に挑み続け、負け続けた『泥の歴史』。一匹の猪人《ボアズ》の所以そのもの。

都市最強と謳《うた》われるオッタルの今日までの軌跡とは決して華やかなものではなく、過酷と挫折《ざせつ》の連続であった。

「そして今も俺は弱いまま！　こうして再び、お前達を立ち塞がらせた、この身が憎い！」

オッタルは他者を憎まない。

敬愛するフレイヤはもとより、立ち塞がったゼウスを、ヘラを、都市を破壊したザルドとアルフィアも恨まない。

彼の怒りが向かう先とは常に、理不尽も不条理も逆境も跳ね返せない、弱い自分自身。

憤怒の咆哮を上げる一匹の雄に、ザルドの唇が猛々しい笑みを宿す。

「何たる惰弱！　何たる脆弱！　俺はお前達の『失望』以上に、俺の『無力』を呪う!!」

「それで？」

「だからこそ!!　俺の答えは変わらん！　俺の答えはただ一つ！」

「それは？」


「────お前を倒す!!」

「────やってみせろっ、クソガキがぁ!!」

そのオッタルの宣言を前に、ぐわっ、とザルドの眦《まなじり》が引き裂かれる。

「俺に一度も勝てなかった童《わらべ》！　生涯敗《ま》け続けてきた畜生め！　ほざくなよ、粋《いき》がるな、抜かすんじゃねえ‼」

オッタルを映す鏡のように、『覇者』もまた激した表情で咆哮を上げる。

「これまでも、これからも、てめえが浴びるのは屈辱の泥だけだ‼」

「たとえそうだとしても！　俺はその『泥』を、『礎』に変える！」

オッタルは怯《ひる》まない。

女神への誓いと己への決意を胸に刻み、その言葉に変えた。

「『超克の礎』に、変えてのける‼」

それこそが男の『泥と礎』。

屈辱と敗北を糧に、遥かなる高みに挑み続ける【猛者《おうじゃ》】の生き様。

その意気やよしと言わんばかりに、ザルドもまた黒塊の大剣を振り鳴らす。

「そこまで言うなら吠えやがれ！　てめえの弱者の咆哮を、聞かせてみろ‼」

そして受け継がれし大神《たいしん》の言葉を、目の前の『冒険者』へとぶつける。

「『勝者は敗者の中にいる』と、証明してみせろぉ‼」

膨れ上がる戦気。

息を吹き返す筋骨。

皮膚から噴き出す熱き血潮を新たなる鎧に変えながら、その双眼を『獣の眼《まなこ》』へと変貌させ、猛る者は雄叫びを上げた。

「オオオオオオオオオオオオオオオオオオオオオオオオオオオオオオオッ!!」

戦う者の歌が聞こえる。

衝突する武器の激しい旋律が。

傷付き、膝をつき、打ちのめされてなお、不屈を叫ぶ【猛者《おうじゃ》】の戦歌《せんか》が。

「轟音《おと》と衝撃が、また……！　都市の真ん中から、響いてくる！」

「オッタルが立った……まだ勝負は決まっていない！」

鼓膜を貫く剣の快音と、びりびりと震える空気の振動に、呆然と中央広場《セントラルパーク》を眺めていたラウルの顔に血の気が戻った。フィンもまた握りしめた拳の中から勝機を手放さず、号令を下す。

「団旗、上げろ！　各『砦』に再起を促せ！　冒険者達の雄叫びを――炎に変えろ!!」

ギルド本部屋上にいる【ロキ・ファミリア】の団員が道化師《トリックスター》の団旗に飛びつき、天を突き上げんばかりに掲げ、旗手のごとく大きく左右に振る。

その動きに呼応するように、他四ヵ所の『砦』に数えきれない【ファミリア】の団旗が姿を現した。

「【猛者《おうじゃ》】！　立ち上がったか!!」

「……ッ！　立て直せ！　この剛剣の音が途絶えない限り、オラリオは負けない！」

【ガネーシャ・ファミリア】本拠《ホーム》。

中央広場《セントラルパーク》の動きに主神のガネーシャが雄叫びを上げ、シャクティもまた苦境の団員達に向かって激励の声を張り上げる。

「この戦いの音色に、我々も名を連ねろ!!」

『ウオオオオオオオオオオオオオオオオオオオオオオ!!』

冒険者達の大音声が地鳴りとなって、それぞれの戦場に伝播《でんぱ》していく。

【ロキ・ファミリア】が、【フレイヤ・ファミリア】が、【ガネーシャ・ファミリア】が、都市を代表する一級の派閥が先陣を切って逆境への叫喚を放つ。

続かんとするのは弱き者達だ。

強者への頂《いただき》を駆け上がる戦士達だ。

未だ雌伏《しふく》し雄飛の時を待つ獣ども。戦えずとも歌い、護《まも》り、癒《いや》し、支える、高潔を宿す使徒。

恐怖に抗い正義と秩序に殉ずる意志の光。

誰もが剣を執《と》り、盾を掲げ、杖《つえ》をもって猛《たけ》き戦歌に導かれる。

「がるぁあああああああああああああああッ!!」

「とまって、ベートっ！　本当に死んじゃう!!」

「死ぬかよォ!!　死んでる暇なんてねえェェ!!」

少女《セレニア》の涙を振り切り、打ち上がる猛猪の雄叫びに全身を滾《たぎ》らせながら、血塗れの灰狼《ベート》が膝をつく弱者を背に激烈たる炎哮《えんこう》を放つ。

「サミラ、イザイラ！　獣人どもに後《おく》れをとるんじゃないよォ!!」

「──ゲゲゲゲゲッ!!　どきなぁ、不細工どもぉぉぉ!!」

「うわぁ⁉　ヒキガエル⁉」

自爆の炎の奥で押し返しては奮戦する獣人達に当てられ、悍婦《アイシャ》の剣撃が、巨女《フリュネ》の突撃が、戦女《サミラ》の悲鳴交じりの殴打音が、戦闘娼婦《バーベラ》達の喊声《かんせい》となって怪物《モンスター》どもを淘汰する。

「四時!!　砲撃、来るぞ!!」

「フィルヴィス、お願い！」

「【ディオ・グレイル】！」

誇り高き妖精の障壁が魔剣の一斉射に呻いては罅割れ、それでも仲間を守り、

「エリスイス！　いそぎなさい！　はしってはしって走って!!」

「背負われて運ばれてる分際でうるさい！　それより早く、唱えて!!」

「──【聖想《かみ》の名をもって私が癒す】！　【ディア・フラーテル】!!」

回復以外の機能を全て他人任せにした聖女《アミッド》が、犬娘《ナァーザ》の背から治癒の光を放ち戦線を支え、

「椿《ツバキ》の親方ぁ!!　戻ってくだせぇ！　そんな精霊兵《バケモノ》の相手、オダブツにされちまう！」

「ヘグニ達が落ちれば、どうせ手前等《ら》もろともくたばるわァ!! ならば征《ゆ》く!! ならば斬る!!

この焔《ほむら》に身を委《ゆだ》ねぬ匠《たくみ》など、嘘であろうがァ!!」

鍛冶師《したっぱ》の悲鳴を背に、全身に血化粧をした椿《ツバキ》が両手に二刀をもって殺し合いを演じ、

「そうであろう⁉ ミアァ!!」

「言わせるんじゃないよォ! 冒険者だろうが鍛冶師だろうが、最後まで立ってるヤツが一番なのさぁ!! だから——勝ちなぁ、猪坊主ぅううううううううう!!」

紅の唾を吐き散らす女鍛冶師に向かって、握りしめた得物《スコップ》で深層種《モンスター》はおろか『精霊兵』を二体まとめて撃砕する女主人《ミア》が、中央広場《セントラルパーク》へ向かって大音声を投げかける。

燃える。

燃え盛る。

冒険者達の叫びが、魔導士や治療師《ヒーラー》の詩が、鍛冶師の鎚《つち》の音でさえ、悪の波濤《はとう》を燃やしつくす大いなる気炎となる。数多の声が向かうところは都市中央、両雄《りょうゆう》猛り狂う決戦場。

『覇者』に立ち向かう一匹の獣とともに、勝利に手を伸ばさんとする。

「ウラノスっ……英雄の都《みやこ》だ」

都市の一角、高台にて冒険者達の援護に徹していた黒衣《フェルズ》は足を止め、荒々しくありながら気高き号砲に満ちる都市に、ある筈のない喉《のど》を震わせた。

「男神《ゼウス》と女神《ヘラ》を失ってなお、ここは英雄の都だ!!」

流せぬ涙の代わりに、自らの声も数え切れぬ雄叫びの中へと連ねる。

遥か灰雲の先、天空に輝く『英雄』という星を信じ、正邪の決戦を制そうと力も、技も、知恵も、魔法も、ことごとくを尽くす。

びりびりと肌を震わせる都市の断きに、力尽きる寸前だったアスフィもまた、心の奥底を燃焼させた。

「ッッ——ファルガー、戦線を押し上げなさい‼」

仲間を殺さんとする怪物《モンスター》に飛びつき、短剣を突き立て、灰の粒子を全身に浴びながら、自身の血と混ざったソレを腕で荒々しく拭って、『すべきこと』を命じる。

【猛者《おうじゃ》】がつけた火を無駄にしてはならない‼　都市に灯ったこの炎が消えた瞬間、私達は負ける！」

「っ……了解ッ！　お前等、続けぇぇぇぇぇぇぇぇぇぇぇぇぇぇぇぇぇぇぇ‼」

ボロボロに負傷した体でなお、ファルガーも『すべきこと』に挺身《ていしん》する。

瓦解しかけていた大賭博場地帯《カジノエリア》の戦場が息を吹き返す。

精も根も尽きようと、彼等彼女等は怪物の巣窟たる地下迷宮に日夜挑む命知らずども。今日まで生き残った冒険者達は、限界の越え方を誰よりも知っている。

その英雄の都たる底力は、対峙《たいじ》する闇派閥《イヴィルス》側からすれば恐怖以外の何にでもない。

「ぼ、冒険者どもぉぉぉ……！」

「奴等《やつら》の体力は底なしかぁ！」

部隊を指揮する闇派閥《イヴィルス》の上位兵達が、冒険者達の気魄《きはく》に圧《お》されては仰《の》け反《ぞ》る。

最後の切り札であった『深層』の強化種を用いて優勢となっていた盤面が、ここに来て再び拮抗の様相を呈する。

迷宮都市はまだ終わらない。

冒険者達が奏でる戦う者達の歌は、まだ途絶えない。

「何やってやがる、ザルド……！　【猛者《おうじゃ》】を早く仕留めろ！　オラリオを調子づかせるんじゃねえ！」

各『砦』の屋上で掲げられる、雄々しき数多の【ファミリア】の団旗を睨みつけながら、ヴァレッタは叫び散らした。

彼女は決してオラリオと冒険者を軽視しない。この都市がどれほど厄介で、『世界の中心』の名をほしいままにしているのかを、彼女は嫌というほど理解している。

冒険者達の耳障りな気炎を完膚無きまでに挫くため、早急に、残酷に、次なる手を打った。

「てめえ等、残りのモンスターを放て！　全部だ！」

「ぜ、全部……？　全てですか⁉　もう予備の調教師《テイマー》はいません！　ここで放ってしまえば、味方にも被害が……！」

側に控える下士官の意見はもっともだった。

モンスターを操ることのできる調教師《テイマー》の数はもとより圧倒的に足りない。

既に戦線は予備の人員までつぎ込んだ飽和状態だ。

そんな下士官の狼狽を、ヴァレッタは酷薄な笑みで切り捨てた。

「調教師《テイマー》は要らねえ！　それよりも使えねえ雑魚どもを見繕え！　『餌』に変えて、喰われて、もも困らねえ奴等をなぁ！」

「っ……!?　か、かしこまりました！」

下士官は蒼白になる。

女の意図をはっきりと理解し、しかしそれでも自身が『餌』にされぬよう早急に従った。

ヴァレッタに『仲間への信頼』などという綺麗事《きれいごと》は存在しない。

暴力と恐怖の統率は往々にして脆《もろ》い側面を持つが、戦場では何よりも有効な『早い意思決定』を実現させる。

彼女にとって闇派閥《イヴィルス》の兵士達はまさしく『駒』であった。

「モンスターどもの前を走らせて、都市の中央へ誘導しろ！　中央広場《セントラルパーク》に化物どもを集めやがれ！」

オラリオが完全に勢いを取り戻す前に落とす目標は、ただ一つ。

英雄讃歌なんてくだらないものをもたらす士気の源《みなもと》――両雄《りょうゆう》猛り狂う決戦場そのものだ。

希望なんてものを根こそぎ刈り取るため、ヴァレッタは毛皮《ファー》付きのロングコートを鳴らし、禍々しい切っ先を持つ長剣を都市中央へと向ける。

「ザルドの決着を待つなんてもうヤメだ！　結界も氷壁もブチ抜いて、『バベル』もろともオッタルを潰してやる‼」


「て、敵っ増援確認‼　モンスターの大群、進路はっ——都市中央へ向かっています‼」

その伝令は絶叫のごとく、ギルド本部屋上に響き渡った。

「中央広場《セントラルパーク》北部っ、敵増援が結界に接触！　モンスターが雪崩《なだ》れ込んでます！」

青ざめるラウルの視線の先。

都市中央に張り巡らされた円蓋《ドーム》上の結界が、ジジジ！　と青い閃光《スパーク》をまき散らしながら脅かされる。何体ものモンスターが悲鳴を上げる兵士達《えさ》を捕食しながら、そのまま結界へと衝突を繰り返していた。

中央広場《セントラルパーク》を覆う光の壁が、呻くように揺らいだ。

「っっ……！　ヴァレッタ……‼」

敵の狙《ねら》いを察するフィンは奥歯を噛む。

文字通り最後の予備戦力群《モンスター》を解き放ち、中央に戦力を集める闇派閥《イヴィルス》側の動きは、都市の各地からも観測された。

「アレン様ぁ‼　フレイヤ様とオッタル様のもとに、モンスターが！」

「ッッ――!! 砦《ここ》はてめえ等が何とかしろぉ!」

【フレイヤ・ファミリア】の団員の報せに、ミアや椿《ツバキ》とともに防衛線を維持し続けていたアレンは急転進した。砦の守りを任された団員達の「ア、アレン様ぁぁぁぁ!?」という声を背後に置き去りにし、都市中央へ疾走する。

しかしそれでも、彼一人では足りない。

「魔導士達が……!? 結界が破られる!!」

「ま、待て! よせぇ!!」

結界を張って中央広場《セントラルパーク》を守っていた魔導士達が、慈悲なく大型級《モンスター》に頭から喰われていった。

空に上る阿鼻叫喚の悲鳴にアスフィが血の気を失い、ファルガーが叫ぶが、救援に向かうこともできない。彼女達が動いた瞬間、ようやく形成されていた拮抗は崩れ、『砦』が闇派閥《イヴィルス》に攻め落とされてしまう。

「くはははは……! ヴァレッタめ、全くもって悪辣だな! 我々も向かうぞ! 都市崩壊の瞬間を、この手で迎えてやる!」

対照的に喜悦に満ちるのは、同じ大賭博場地帯《カジノエリア》にいるオリヴァス。

標的を変える彼の号令によって、中央攻めがより苛烈なものへと変わる。

いや、全方位。

八つあるメインストリートを経由して、凶暴なモンスター達が行列《パレード》を作り上げ、行進する。

それを横目に戦《おのの》きながら建物の屋根の上を駆け抜けるのは、闇派閥《イヴィルス》の僅かな手勢。

竜の火炎が、闇派閥《イヴィルス》の魔剣が、風前の灯火となった魔力の障壁を鋳だらけにしていく。

止められない。手が届かない。魔力が足りない。『砦』から離れることができない。

灰狼《ベート》が、悍婦《アイシャ》が、巨女《フリュネ》が、戦女《サミラ》が弾く舌に痛苦を乗せ、妖精《フィルヴィス》が、聖女《アミッド》が、犬娘《ナァーザ》が絶望に犯され、椿《ツバキ》が、女主人《ミア》が、『妖魔《フェルズ》』と鎬《しのぎ》を削るヘグニとヘディンが、『精霊兵』に追い込まれるアルフリッグ達が顔を歪め、黒衣が手の中から眼晶《オクルス》を滑り落とし、水晶の破片を散らす。

「やめろっ……やめてくれえええええええええええええええ!!」

絶望を叫ぶことしかできない冒険者達の声が、灰の空を震わせる。

「ひゃはははははははははは！　終わりだァ、オラリオォォォォォォォォォ!!」

勝利を確信するヴァレッタの歓喜が、都市中の悲鳴をあざ笑う。

『悪』が再び哄笑をもたらす。

『正義』が掲げる正戦《せいせん》など打ち砕こうと、禍々しき鉄槌を振り上げる。

祈りの声が尽きようとする民衆。

絶望に膝をつく冒険者。

そして苦渋に満ちる神々。

止められぬ暴虐に、誰もが『敗北』の二文字を心の中に思い浮かべた。

「………………」

そんな中にあって、一人。

ノアールは、ただ静かに、今も戦場と化している都市を眺めていた。

今日まで自分達がずっと守ってきた、宝たる本拠《ホーム》に背を向けながら。

「ダイン」

「おう」

「バーラ」

「ああ」

彼の呼びかけに、同じ【ロキ・ファミリア】の老兵《ロートル》が応じる。

アマゾネスのバーラは、こちらを見る戦友の瞳に笑みを返した。

「みなまで言うんじゃないよ、ノアール」

「……すまん。先に、これだけは言わせてくれ」

ノアールは、まるで悪童《あくどう》のように笑い返す。

「どうしようもないお前達と出会い、今日まで、全くもって愉快だったわ」

三人の老兵《ロートル》は、肩を並べてダンジョンへ繰り出した『始まりの日』と同じように、笑みを分かち合った。

「ノアール……？　ダイン、バーラ？」

それに気付いたのは、ロキ。

本拠《ホーム》の空中回廊で、頻《しき》りに戦況を見渡していた神の眼は、『覚悟』を決めた三人の後ろ姿を見てしまった。

視線に気付いたノアールが顔だけを振り向かせ、笑みを贈る。

「ロキ……じゃあな」

「……！　待て、ノアール──!!」

呼び止める神の声を振り払い、老兵達《ロートル》は跳んだ。

──悪いな、神様《ロキ》。

──最後まで、碌な親孝行もしてやれなくて。

──許せよ。

心の中で呟きを落としながら、宙を貫き、屋根の上に着地を決め、風となる。

まるで矢のように本拠《ホーム》を飛び出し、こちらに背を向けて駆け出していく彼等を、残された【ロキ・ファミリア】の団員達が呆然と眺める。

その疾走が行く先は、都市中央。

得物の長剣を振り鳴らし、ノアールは口角をつり上げ、吠えた。

「──その代わり、最後に一花咲かせてくれる！」

六章
名前のない英雄達

ASTREA RECORDS
evil fetal movement
Author by Fujino Omori Illustration Kakage
Character draft Suzuhito Yasuda

「中央広場《セントラルパーク》、全方位から攻撃を受けてます！　結界を維持してる魔導士達が攻撃されてっ……！もう持ちません!!」

絶望の淵《ふち》に立たされたラウルの声が散る。

ギルド本部屋上で死地の宣告を突き付けられるフィンは、それでも頭を全力で回転させた。

ヴァレッタの嘲笑が幻聴となって聞こえる中で、打開の一手を探り続ける。

「駄目です、どの『砦《とりで》』も動けません！」

「あれだけの大群《モンスター》を止められる戦力を捻《ひね》り出せない……！」

「【女神の戦車《ヴァナ・フレイア》】が単身駆け付けましたが、一つの方面しか守れません！　今から半端《はんぱ》な援軍を送っても、返り討ちに……！」

しかし悪報の連続はフィンの決断を待たない。

第一級冒険者の配置換えはできない。戦車《アレン》以上の援軍を都市東部から捻出《ねんしゅつ》することは均衡《バランス》の崩壊を意味する。よしんば捻り出せたとしても団員達の報告通り一面しか守れない。中央広場《セントラルパーク》は今や隙間《すきま》がないほど包囲されている。

(『砦』の一つを切り捨て浮いた戦力で敵包囲網を打撃……駄目だっ！　守護の放棄と民衆の虐殺は士気をこれ以上なく落とす!!　『敗戦の夜』の二の舞は今のオラリオにとって致命的！中央広場《セントラルパーク》を死守できたとしても後の盤面は取り返しのつかないものとなる!!　少数とはいえヴァレッタが市壁に残した待機部隊は未《いま》だ健在、モンスターに人員を割けば何をしようと兵士への対応が利《き》かなくなる……！）

凄《すさ》まじい情報量を神懸かりの速度で捌《さば》いてなお思考が圧迫されていく。どれだけ非情な勇者の仮面を纏《まと》おうと予想される多大な損害と向き合わなければならない。

残された道は、ヴァレッタにつけ入る隙を晒《さら》してもなお、指揮の崩壊を覚悟した上での総指揮官《フィン》の特攻か、あるいは──

「──……っ？」

その時だった。

狭まる視界の中で戦場を見渡していたフィンの瞳《ひとみ》が、ある一点で止まったのは。

「だ、団長？　どうしたんですか？　何を見て…………えっ？」

フィンの視線を追ったラウルも、気付いた。

北の方角より、都市中央へと縦断していく、たった『三つの影』に。

「あれは……」

ラウルが呆然《ぼうぜん》と呟く。

「……ノアール？」

フィンさえも立ちつくす。

遥か視界の奥、『三つの影』──【ロキ・ファミリア】の老兵《ロートル》は、魔物の背に斬りかかった。

「いイイイイアッ‼」

『ガアアアアッ⁉』

ノアールの一閃が、モンスターから死の悲鳴を引きずり出す。

壊れ果てたオラリオの大通り、『北のメインストリート』。

中央広場《セントラルパーク》へ殺到する行列《パレード》の最後尾、大群から散り散りとなって離れているモンスター達を、老剣士は次から次へと一刀両断していった。

「ダイン、武装は？」

「おう、敵の死体から剝《は》いだ」

「よし、くれ」

瞬く間に周囲のモンスターを殲滅《せんめつ》したノアールは、ある道具をダインから受け取り、戦闘衣《バトル・クロス》の下に身に着ける。

「準備はいいね！　化物どもの海へ突っ込むよ！」

「応！　ゆくぞぉ！」

バーラが声を上げる。片手に持った道化師《トリックスター》のエンブレムを掲げながら。

本拠《ホーム》を飛び出す際、『餞別《せんべつ》』代わりに頂戴した【ファミリア】の団旗。

アマゾネスの雄叫《おたけ》びに、ノアールとダインも続いた。
彼等が向かう先は――ひしめくモンスターの海。

「ノアールさん……？　ダインさん？　バーラさん⁉　何やってるんすか⁉」

その光景を遠く離れた『ギルド本部』より視認したラウルは、叫んでいた。

「たった三人で、無茶っす！　戻ってください‼」

ラウルの悲鳴は届かない。

老兵《ロートル》達は雄々しく、勇ましく、悲壮の笑みを従え、切り裂いては殴りつけ、魔物の海をかきわけていく。

「ノアール……まさか」

フィンは悟った。

胸中を見透かされたと。

総指揮官《フィン》自身が決さなければならなかった『選択』を奪われたと。

勇者《フィン》の責務を横取りした、その血濡《ぬ》れの背中の真意に、誰《だれ》よりも早く気付いてしまった。

「オ、オリヴァス様！　敵襲です！」

敵もノアール達の動きを察知する。

闇派閥《イヴィルス》側でいち早く察知したのはオリヴァスの部隊。

「北の方角から、僅《わず》かな手勢がモンスターに突撃を仕掛けています！」

「なんだと⁉　冒険者ども……！　一体なにをするつもりだ！」

警告する部下を率いて、オリヴァスは北へと進路を取る。

「モンスター達の動きが、北に傾いていく……？」

「シャ、シャクティ団長！　あれを！」

「……【ロキ・ファミリア】？」

他の冒険者達も気が付く。

都市南西の砦で、シャクティは魔物の海を泳ぐ道化師《トリックスター》の旗を目にした。

その隣で、歯を食い縛ったのはガネーシャ。

「……行くのか、勇士達よ」

胸を焦《こ》がす衝動とともに、静かに、その言葉を贈る。

「おい……まさか……」

「…………『特攻』？」

若い冒険者達も、わかってしまった。

ファルガーが、アスフィが呆然とその光景を見つめ、灰狼《ベート》が、悍婦《アイシャ》が、戦女《サミラ》が、妖精《フィルヴィス》が、聖女《アミッド》が、犬娘《ナァーザ》が、椿《ツバキ》が、女主人《ミア》が、黒衣《フェルズ》が、白黒の騎士《ヘディンとヘグニ》が、四戦士《アルフリッグたち》が、いかなる冒険者達《たち》誰しもが、その咆哮《ほうこう》の正体を理解した。

「おおおおおおおおおおおおおおおおおおおおおおおっ‼」

『古兵の挽歌』。

若者たちへ。

魔物を切り裂き、返り血を浴び、自らも爪牙で抉《えぐ》られながら、なおも駆け抜ける命の残光。

全《すべ》てを燃やしつくさんとする最後の灯火を、残される者達に捧げようとする。

「——ノアール‼」

一度だけ。

たった一度だけ。

勇者の仮面を忘れた後輩《フィン》は、叫んでしまった。

「はぁ、はぁ……っぁアアアアアアアアアアアアア‼」

ノアールは吠《ほ》えた。

全身の力をかき集め、刻一刻と四肢を削がれながら、それでも喉《のど》を震わせた。

(──いつからだ)

ノアールは自問した。

満身創痍《まんしんそうい》、極限状態にあって、心に広がる乾いた闇の中で問いかけた。

(──一体、いつからだ?)

意欲より先に、諦念が心身《からだ》を支配するようになったのは。

腕が重い。視界が狭くなった。

心が思い描く自分に、枯れた木のような足がついていかない。

『恩恵』の力を実感する以上に、日に日に衰えていく肉体を感じるようになった。

(──そうだ)

『英雄』となるには、この体は老い過ぎた。

向こう三年、もし今のまま戦えたとしても、その先はわからない。

(──ならば、くれてやる)

この命を。

俺《おれ》達の希望に。

『次の世代』に繋《つな》げてやる──。

「もう十分《じゅうぶん》生きたオラリオの老兵《ろうへい》どもぉ！　俺達は先に行くぞおッ!!」

乱れる息と、血を吐くノアールの隣で、ドワーフのダインが叫ぶ。

そのたくましい腕で、ノアールの肩を抱きながら、都市中へと声を飛ばす。

「あたし達が一番乗りだ！　悔しかったらケツを追ってきなぁ！」

ノアールの腰を叩《たた》きながら、アマゾネスのバーラが呵々大笑《かかたいしょう》の笑みを見せる。

それはたとえ顔が見えずとも、小憎らしい笑みを浮かべているとわかる、『最後の宴』の誘いだった。

「……【ロキ・ファミリア】のジジイどもめ。いつも調子に乗りやがって！」

獣人が。

「バカめ！　お前等に格好をつけさせるものか！」

ドワーフが。

「負けてたまるものかよ！」

ヒューマンが。

貫禄を誇る各派閥の老兵《ロートル》の冒険者達が、唇をつり上げ、地を蹴《け》りつける。

いいいい、いいいい、いいいい、
未来を担う主戦力を砦に残して、片道切符を手に中央へと向かう。

「おい……嘘《うそ》だろう？　――行くなっ、おいっ!!」

南の『砦』。

覚悟の笑みとともに視線を投げかけ、次々と飛び出していく冒険者達に、ファルガーが必死に引き止めるも、その数々の背中は待たない。

「『砦』から、熟練の冒険者達が……」

揺れて、水面を帯びるアスフィの瞳が、彼等彼女等の後ろ姿に前団長《リディス》の姿を幻視する。

「待てっ!! 勝手は許さん! 持ち場に戻れ!」

南西の『砦』。

我等もまた、と走り出していく部下達に、シャクティが吠える。

「ジャフ! ラーザ! カイン! 私の命令が聞けないのか!!」

自分を置いて行ってしまう部下達に――自分が団長になる前からオラリオを支えてきた偉大な先達に、涙の叫喚をぶつける。

「――アーディのもとへ行こうとするなぁ!!」

駆け出していく。

飛び出していく。

歴戦の冒険者達が。

この地で数十年と戦い続けてきた先人達が、笑みを浮かべ、魔物の海の中へ。

息吹《ブレス》を浴び、八つ裂きにされ、その顎《あぎと》に噛《か》み砕《くだ》かれようとも、都市中央に集うモンスターどもを食い止めるため、雄叫びを上げて特攻を仕掛ける。

今も中央広場《セントラルパーク》で奏でられる剛剣の調べを、守り抜くために。

「……てめえ等」

誰よりも速く都市中央に赴き、一人奮戦していたアレンは、呆然と動きを止めた。

襤褸《ぼろ》のように惨めな自身の体と負けず劣らず、血塗《ちまみ》れで穴だらけとなったノアール達と、視線を交わしながら。

「すまん、【女神の戦車《ヴァナ・フレイア》】……この後は、頼む」

一度足を止めたノアールは笑みを投げかけた。

すぐに駆け出す老兵《ロートル》達の背中に、アレンは何も言わず、ただ小さく、ほんの小さく、苦渋を絞り出すように目を伏せた。

「……ノアール達に続いて、冒険者が、中央に集まっていく……」

ぽつり、と。

ロキは呟いた。

「オラリオの先達が、みんな……死に場所を決めて……」

飄々《ひょうひょう》とした態度など失って。

おどけることも忘れて。

涙を溜《た》める団員達《アリシア》とともに、その姿を瞳に焼き付けながら。

「じゃあな、後輩《ガキ》どもぉ！　主神のお守りは任せたぞ！」

「師匠っ！　置いていかないでくださいっ、師匠ぉ!!」

あるヒューマンの老人は死地へと発った。

弟子達に別れを告げて。

同じ【ファミリア】で、ずっと教えを請うてきた青年は、怪我《けが》で動けぬ己《おのれ》の体を呪いながら、涙を流し、遠ざかっていく背中に手を伸ばした。


「大丈夫、私達はずっと神血《ち》で繋がっている！」

「待ってっ、待ってよぉぉぉぉ！」

ある獣人の女性は命を捧げる場所へ向かった。

魔導士の少女に笑みを見せて。

唸《うな》りを上げる障壁が砦を守り、そして自由を許さず、魔導士の少女は実母との別れに涙を散らした。


「これが、名も残らない冒険者達の挽歌……」

ある神は、子供達の死に様を見守った。

呟きを風に乗せながら。

男神《ガネーシャ》や女神《ロキ》と同じくその光景を目にし、ヘルメスは、哀悼を捧げるように切なくも謳《うた》った。

「いや、これもまた……『眷族の物語』」


「なんだ、あの野郎どもぉ？　都市中からばらばらと……そんなんでモンスターどもが止められるかよ！」

ヴァレッタは一人、その光景に唾を吐いた。

滑稽な茶番をこき下ろすように、嗤笑《ししょう》を浮かべる。

「特攻？　笑わせせんな！　てめえ等は無駄死にだぁぁぁ!!」

──たとえ、そうだとしても。

モンスターの咆哮と『悪』の哄笑《こうしょう》に晒されながら、ノアールは心の中で呟いた。

すっかり真《ま》っ赤《か》に染め上がった衣を翻《ひるがえ》し、剣を振るう。

「うぅおおおおおおおおッ!!」

ダインも、バーラも同じだった。

口もとを紅く染め、それでも拳《こぶし》と斧《おの》を繰り出して、中央広場《セントラルパーク》を脅かさんとする行列《パレード》の足並みを乱す。彼等だけではなく、多くの熟練の冒険者達が、自らを犠牲にしてモンスター達の侵攻を一秒でも遅延させていく。

『英雄』の咆哮《ほうこう》を守り抜くために。

「死に損ないの老人ども！　無駄なあがきは止めろ!!」

それを唾棄し、姿を現すのはオリヴァスだった。

左右に配下を率いながら、建物の屋上からノアールごと大通りを見下ろす。

「貴様等がいくら抵抗したところで怪物共《モンスター》は止められん！　『バベル』はもう落ちるのだ！」

「そうかい！　なら、少しでも時間を稼がせてもらおうか！」

「ついでに一匹でも多く化物どもを道連れにしてやろう！」

オリヴァスが何と言おうと老兵達《ロートル》は怯《ひる》まない。

バーラとダインは笑みさえ浮かべて、モンスターを屠《ほふ》り続けていく。

「離れた場所から、ぎゃあぎゃあやかましいぞ、【白髪鬼《ヴェンデッタ》】。そんなに止めたいのならこっちへ来い！　ともに舞おうぞ！」

「っ……!!」

「それとも、モンスターどもに囲まれるのが怖いか!?」

ノアールは嘲笑を。

魔物ひしめく海と化したメインストリートにも下りず、高い場所から喚《わめ》き散らすオリヴァスに、憎たらしげな笑みを投げかける。

「おっ、老いぼれがぁ～～～～～～～～～～～!!　同志よ、魔剣を出せ！　矢も構えろ！」

オリヴァスは激昂《げきこう》した。

片腕を掲げ、兵士達に射撃準備をさせる。そして。

「奴等《やつら》を撃ち殺せぇぇぇぇぇぇ！」

振り下ろされる片腕。

放たれる雷轟、爆炎、五月雨《さみだれ》の矢。

「――ふっ」

何条もの稲妻に、バーラは呑《の》み込《こ》まれた。

雷の牙がその衰えた全身を焼き尽くした。

致命傷だった。

バーラは微笑《ほほえ》み、崩れ落ちた。

「――ハハ」

轟音が鳴り響き、ダインには爆炎が直撃した。

炎の舌がドワーフの肌を焼き、炭化させた。

止《とど》めだった。

ダインは笑みを落とし、倒れた。

「があっっ――⁉」

鮮血が舞うとともに、ノアールの体には幾本もの矢が生えた。

背中を穿《うが》たれ、臓器を射貫かれた。

致命傷だった。

止めだった。

それでも、ノアールは倒れ伏すバーラとダインの笑みを、最後まで見ていた。

友の遺志を両肩に背負い、彼等とともに、雄叫びを上げた。

「──おおおおおおおおおおおおおおおおおおおおおおおおおっ‼」

モンスターを斬り伏せ、血の雨を振り払いながら、駆け出す。

愕然《がくぜん》と立ちつくすオリヴァス達を置き去りにして、最後の力を振り絞り、都市中央へと驀進《ばくしん》する。

その彼の最後の『一走《いっそう》』を誰もが見た。

燃え尽きようとする『誓い』のきらめきを、冒険者達は時を止め、瞳へと刻んだ。

「ダイン、バーラ……ノアール……」

フィンも見つめていた。

天の葬列へと加わった先達を。

それでもなお駆け続けるノアールの背中を。

「団長っ！　早く援軍を！　ノアールさん達を助けに！」

ラウルが泣き叫ぶ。

幾つもの涙の粒を飛ばし、訴えかける。

「……………援軍は、出さない。残っている部隊は『砦』の防衛を続行」

フィンは、ありったけの意志で命令を下した。

うつむき、前髪で感情をひた隠しながら、断腸など生温《なまぬる》い決断を伝える。

「ノアール達の『独断』のせいで、陣形に穴があいた……それを塞《ふさ》ぐよう徹底。反抗は、許さない」

「団長ぉ!!」

「各拠点……民衆の護衛を最優先だ。従え、ラウル」

「嫌ですっ、嫌だぁ！　自分はっ、俺は!!」

震えるフィンの拳にも気付かず、ラウルは頭《かぶり》を振る。

勢いよく、みっともなく、何度だって涙を散らす。

「あの人達に助けられてばっかりで！　なにも、返していないのにっ……!!」

「………………………」

フィンは、泣かなかった。

決して涙など流さなかった。

代わりに拳から滴り落ちるのは、呪われた瞳のように紅《あか》い、真紅の滴。

（――いいんだ、フィン）

離れた場所にあって、ノアールはそんな言葉を贈った。

自分が面倒を見て、少しは導いてやった小人族《パルゥム》に、小さな笑みを浮かべた。

——ただの代替わりだ。

——売れ残った俺達の命、ここで使いきってやる。

——後はお前達、次の世代が、物語を綴《つづ》っていけ。

——選ばれることのなかった俺達の代わりに、お前達が、最高の『英雄譚』を紡《つむ》いでくれ。

そんな言葉を、この『英雄の都《みやこ》』に遺す。

「七十と少し、か……まったく——」

モンスターの海が鳴動を上げる。

愚かにも単身で突っ込んできた獲物に気付き、転進し、殺意の雄叫びを上げる。

血濡れの靴は、地を蹴った。

天高く、跳躍。

数えきれない怪物を眼下に置くノアールは、笑った。

歯を剥《む》き、唇を上げ、懐《ふところ》に忍ばせた道具に手をかけ、とびっきりの笑い声を上げた。

「あがきにあがき抜いてやった、悔いなき人生だったわ!!」

炸裂《さくれつ》。

『────────────────────オオオオオッッッ⁉』

凄まじき大爆炎。

闇派閥《イヴィルス》の死骸から剝いだ、ありったけの『自決装置』。

引火した『火炎石』が連鎖し、火の玉など超えた紅焰《こうえん》の渦を生む。

それは都市の一角を、涙を流す後進達の顔を照らす、誇りの輝きだった。

数多のモンスターがその輝きに呑み込まれ、炎上し、魔石もろとも焼滅《しょうめつ》する。

上級冒険者であろうと灰すら残らない。

火葬になどなりえない、『古兵の猛火』。

壮烈な紅光が男達の命と引き換えに、北側の結界前に、怪物が消えた空白を生んだ。

「自爆…………大量のモンスターを、巻き込んで…………」

呆然と立ちつくすオリヴァスは、『無駄なあがき』の結果を見た。

数えきれないモンスターを巻き込んで、一矢報いてみせた老兵《ロートル》どもの閃光を。

「おのれ…………おのれぇぇぇぇぇぇ‼」

怒りと混乱の声を上げる怪物達と、男の怒号が重なり合う。

「……ノアール、みんな」

緩んだ。
一角《いっかく》に過ぎずとも、都市中央への攻撃が、確実に。
それはたった僅かな時間。
一分にも満たない誤差。
けれど、都市の明暗を分ける、残された冒険者達が轟くための助走。
「すまんな——ありがとぉ」
主神《ロキ》は涙を流さず、ただそれだけを告げた。

「ノアールさぁああああああああああああああああああああああああんっ!!」

代わりに轟いたのは少年の声。
この戦場で誰よりも冒険者らしくない、ラウルの慟哭《どうこく》。
悲痛の叫喚が都市中に鳴り響く。
その報せを、老兵《ロートル》達の死を受け取った一人の『戦車』が、苛立《いらだ》ちを募らせる。
(——また誰かが死んだ)
また、誰かがくたばった。
うるせえ慟哭《わめきごえ》が聞こえてる。

喚くばかりで話にならない。

引いた轍《わだち》に亡骸《なきがら》を転がし、どいつもこいつも無様を晒す。

くだらねえ。

救えねえ。

戦車《おれ》の後に――誰も付いてきやがらねえ!!

「――うおおおおおおおおおおおおおおおおお!!」


「何チンタラしてやがる！　さっさと『バベル』を落としやがれ!!」

ヴァレッタは怒声を上げた。

特攻する冒険者達の姿は彼女も視認している。だが所詮、些事《さじ》なのだ。闇派閥《イヴィルス》が捕えたモンスターの物量の前には無駄なあがきでしかないのだ。

しかし無駄なあがきでしかないにもかかわらず、未だ中央広場《セントラルパーク》に侵攻できていない現実に、憤激と不可解への混乱を渾然《こんぜん》とさせた。

「馬鹿《ばか》どもがいくらあがいたところで、モンスターを止められるか！　早くあの結界をブチ壊すんだ！」

ヴァレッタの言葉は正しい。

どんなに老兵達《ロートル》が身を挺《てい》し、いくら犠牲になったとしても、中央広場《セントラルパーク》を包囲するモンスターの大群を止められる道理はない。

そんな彼女の正論に対し、下士官の男は、ありのままを報告するしかなかった。

「そ、それがっ……『光』が中央広場《セントラルパーク》を取り囲んで……！　近付いたモンスターを粉微塵《こなみじん》に吹き飛ばしています！」

「『光』……？　いったい何を言ってやがる⁉」

ヴァレッタは弾かれるように振り返り、都市中央を凝視した。

間もなく、見開かれた瞳が言葉の意味を知る。

中央広場《セントラルパーク》を縁取るのは、怪物の凄まじい血の飛沫《しぶき》と、銀と黒の『走光《そうこう》』だった。

「閃光の周回がっ――『戦車』の驀進《ばくしん》が、止まりません‼」


疾走。

疾駆。

爆速。

咆哮を上げる『戦車』が、あらゆる敵を蹴散らし、轢き潰《つぶ》し、粉砕する。

弾け飛ぶのはモンスターの断末魔。足は車輪、血は動力。もはや斜線の束《たば》と化した視界は左右の景色を置き去りにし、アレンを神速の世界の中に追いやる。

——駆け抜ける、駆け抜ける、駆け抜ける。

結界に近付く全てを轢き殺し、爆砕し、粉砕し、その馬鹿みてえな反動で間抜けにも自分《てめえ》の体を壊していく。

指が折れた。

頭が割れた。

血が止まらねえ。

それがどうした。

自分《てめえ》は『戦車』だ。

限界など、知ったことか。

老兵《あいつら》が稼いだ時間。古兵《あいつら》が今も引き延ばす猶予。

それを全て疾走のために利用する。

くだらねえし救えねえ、お前等の犬死にを、戦車《おれ》が軌跡に変えてやる。

「——だから、寄越しやがれ、てめえ等の命!!」

限界を超えた加速によって双眼から鮮血の滴をこぼしながら、アレンは吠えた。

「この俺にっ――――あの野郎に!!」

今も死んでいく老兵達の意志を乗せ、その思いを叫んだ。

「勝ちやがれえええええええええ、オッタル――――――――ッッ!!」


戦車の上げる号砲が、命を使い尽くす老兵達の閃光が、中央広場《セントラルパーク》を死守する。

その命の灯火に照らされながら、『覇者』目がけ、咆哮を上げる。

「おおおおおおおおおおおおおおお!!」

渾身《こんしん》の一撃を叩《たた》き込む。

竜さえ屠る己の必殺を、目の前の男はまるで指揮棒を振るうように、あっさりと弾いた。

化物だ。

目の前の男は、正真正銘の戦餓鬼《いくさがき》だ。

誰よりも獲物を喰《く》らってきた男は、その血肉の力をもって噛み砕こうとしてくる。

その歪《いびつ》な牙《きば》は掠《かす》っただけで、喉笛《のどぶえ》を容易く喰い千切るだろう。

死力を尽くしてもなお、奴《やつ》を倒すには至らない。

限界を超えてもなお、奴を殺すことはかなわない。

咆哮を上げ、雄叫びを返し、血の交ざった涎を垂らしながら俺を喰らおうとするその形相を前に、初めて、戦場に恐怖を覚えた。

「ぬうぅあああああああぁッ!!」

凄まじき剣撃。

敵の黒塊を受け止める大剣に亀裂が生じ、柄を支える筋骨さえ同じ代償を支払う。

技は使い果たした。

駆け引きはもとより通用しない。

能力は全て劣っている。

敗北の条件が全て揃《そろ》っている中で、この身に残されている武器は——意志だ。

泥を浴び続けてきた屈辱。

女神の名声を守れぬ自分自身に対する瞋恚《しんい》の炎。

それら全てを戦意へと昇華させ、剛撃へと変える。

「——————アッッッ!!」

俺はいつも独りだった。

女神のために戦い、女神のために強さを求める。

己を研ぎ澄ませるために、協力することも、共闘することもなく。

常に独りで戦い続けてきた。

後悔はない。誇りもない。

ただそれが自分には必要だっただけだ。

いくら手を伸ばしても届かない遥か高みに至るには、たった独《ひと》つの力を極めるしかないと、
結論は出ていたから。

けれど——。


『勝ちやがれえええええええええええ、オッタル————ッッ!!』

初めて、独りきりの戦場の中で、他者の声に耳を貸した。

『あがきにあがき抜いてやった、悔いなき人生だったわ!!』


初めて、他者の死に様に、尊崇の念を抱いた。

女神のための栄光ではなく、ましてや自分のための望みでもない。

他者のための勝利を想《おも》う。

『独りの力』は、いつの間にか『数多の力』に変わっていた。

周囲でかき鳴らされる剣戟《けんげき》の音。
この一戦のためだけに命を賭《と》す勇士達の雄叫び。
今も叫び続ける、英雄の都《みやこ》。
『英雄』になれと、お前達は言う。
『英雄』になってくれと、天に還る魂が願いを託す。
その雄叫びに報いなければと全身が轟いた。
お前達の声が途切れぬ限り、この身が折れることはないだろう。
『英雄』の称号になど興味はない、その筈《はず》だったのに。
胸に渦巻くこの白熱の感情は、なんだ。
手足に巡るこの血潮の源流は、どこだ。
心を震わせるお前達の咆哮は、なぜ俺を突き動かす？
知らない。わからない。それでもいい。

今はそんな得体の知れない英雄願望《おもい》まで力に変えて——目の前の最強を討つ‼

「オッタル!!」

中央広場《セントラルパーク》より轟き渡る剛撃に、シャクティは叫んだ。

「【猛者《おうじゃ》】!!」

「頼む!!」

魔物を斬り続けながらアスフィが呼び、ファルガーが望む。

「負けないで!!」

老兵達が遺した最後の時間に涙を散らしながら、ラウルが願う。

「頑張れぇぇぇぇぇぇぇぇぇぇぇ!!」

繰り広げられる激闘の調べに、ガネーシャが胸郭を膨らませ、ありったけを吠える。

「届いてくれ」

ヘルメスが祈る。

「果たしてくれ」

ロキが見据える。

全ての冒険者達と神々が、その死闘に向かって、意志を託した。

(──女神よ、お許しください)

剛撃を放ち、血を吐くザルドと死の剣撃を交わしながら、オッタルは囁《ささや》いた。

心の中で、何ものよりも忠誠を誓う主《あるじ》に向かって。

（初めて貴方のためではなく、誰《やつら》かのために戦う愚かな自分を‼）

そして、唱える。

「――【銀《ぎん》月の慈悲、黄金《こがね》の原野。この身は戦《いくさ》の猛猪《おう》を拝命せし】！」

吠える。

己に許された唯一の詠唱を。

「【駆け抜けよ、女神の神意を乗せて】！」

構える。

己が繰り出せる最強の一撃を。

「【ヒルディス・ヴィーニ】‼」

生まれるは黄金《こがね》の光輝。

己が持つ最後の武器、最後の大剣に光が付与され、黄金の光剣と化す。

それは威力を高めるだけの単純極まる『魔法』。

【猛者《おうじゃ》】の膂力《りょりょく》と魔力をかけ合わせて放たれる、絶大無比な王猪《おうちょ》の毛皮。

「――【父神《ちち》よ、許せ。神々の晩餐《ばんさん》をも平らげることを】！」

光り輝く必殺を前に、見開いた瞳に戦意を乗せるザルドもまた、猛り吠えた。

「【貪れ、炎獄《えんごく》の舌。喰らえ、灼熱《しゃくねつ》の牙】！　――【レーア・アムブロシア】‼」

顕現するのはこの世のものと思えぬ極大の焔《ほむら》。

黄金《こがね》の一撃に対し、敵が災禍の炎を纏う。

剣が薙がれ、戦場が凄烈な猛火に包まれる。

構わぬ。

知ったことか。

ただ猛るまで。

あますことのない俺の全てを、目の前の敵に────!!


「──止まるな！　進め！」

氷壁が、結界が、内に孕《はら》んだ炎獄《えんごく》の暴威によって溶けては軋み、煌々《こうこう》と輝く。

フィンは身を乗り出し、叫んでいた。

「超えろ、オッタル!!」


「──行きなさい、オッタル」

遥か眼下で、壮烈な炎に黄金《こがね》の光輝が抗い、咆哮する。

フレイヤは神の塔から、大声を放った。

「勝ちなさい、オッタル!!」

決戦の一撃。
始まりと終わりは一瞬。
巨軀《きょく》と巨軀が走り、光と炎の閃光を曳《ひ》き、両雄互いに極剣を振りかぶる。
迫りくる絶対の敵へと、その大いなる必殺を繰り出した。

「おおおおおおおおおおおおおおおおおおおおおおおおおおっ!!」

迎え撃つは『覇者』。
雄叫《おたけ》ぶ彼の名は『猛る者』。
黄金《こがね》と炎を纏う極大の一撃が、衝突した。

衝撃が生まれた。
これまでと比べものにならない破壊の震動と轟音が、都市全体を脅かす。

「「「ぐううう～～～～～～～～～～～～～～～～～～っっ⁉」」」

冒険者、闇派閥《イヴィルス》、民衆、果てはモンスターまで、全ての存在がその衝撃波に耐えなくてはならなかった。

獄炎が爆《は》ぜ、光の飛沫が散る。

海鳴りのごとき震動は、築かれていた氷壁が音を立てて砕け散っていくまで続いた。

フレイヤが、フィンが、ロキが、ヘルメスが、ガネーシャとシャクティが、アスフィとファルガーが、ラウル達《たち》冒険者が、最後に闇派閥《イヴィルス》の軍勢が、驚愕《きょうがく》とともに都市の一点へ全ての視線を集める。

「一撃の衝突が、氷壁も、結界も砕いて……」

アスフィは見る。

地面へと崩れ、そして宙へ舞っていく氷片と魔力の残滓《ざんし》を。

「剣撃の音が、途絶えた……」

シャクティは耳を澄ませる。

鼓膜を貫く、痛いほどの静寂に息を呑みながら。

「どっちだ……どっちが勝ったぁ⁉」

ロイマンは手すりに飛びついた。

転げるように『ギルド本部』屋上へ飛び出し、都市の中央を凝視しながら。

「ザルドに決まってンだろうがよぉ!!」

そしてヴァレッタは笑った。

固唾《かたず》を呑み、必死に絶望と抗うオラリオをけなし、歓喜に満ちながら。

「ようやくケリをつけたか、最強の眷族さんよぉ！　待ちくたびれちまったぜ、化物野郎ぉ！

さっさと姿を見せやがれ！」

悪魔のように目を細め、赤く燃え盛る炉《ろ》と化した中央広場《セントラルパーク》を見つめる。

「絶望を、オラリオに見せつけてやれ！　はははははははははははははははは!!」

女は笑った。

高笑いを上げた。

高々と笑い続け、そこで。

「ははははははははははははっ――――……………は、ぁ？」

『異変』に気が付いた。

渦巻く焔《ほむら》と火の粉の奥、黒煙の奥で、眼光が浮かび上がる。

「炎と煙が、晴れて………」

「勝者《だれか》が、歩み出てくる――――」

ファルガーが、ラウルが、冒険者達が、中央広場《セントラルパーク》に瞳を奪われる。

そして。

「【猛者《おうじゃ》】──」

その姿に。

その雄々しき獣《けもの》の『勝者』に。

アスフィは、涙を流していた。

「うっ──うおおおおおおおおおおおおおおおおおおおおおおおお!!」

雄叫びが轟く。

都市全域から。

冒険者達の口から。

神々の喉からさえも。

歓喜の荒波と化した大音声が打ち上がる。

「オッタル!!」

怒鳴るかのごとくアレンはその名を呼んだ。

「制した!!」

ガネーシャは喝采《かっさい》した。

「最強を塗り替えた！」

ロキはあらん限りに目を見開いた。

「ゼウスとヘラの壁を！　千年の歴史を、乗り超えた……‼」

　ヘルメスは、興奮に打ち震えた。

　誰もが熱狂に翻弄される。『正義』に属する全ての者が肌を粟立《あわだ》たせ、体を内から焼き焦がす昂揚を等しくし、その熱をどこまでも伝播させていく。

　守られる民衆も悟った。

　冒険者の剣が、『悪』の心臓に刃を突き立てたのだと。

　砦の内で思わず立ち上がる者達が続出し、ざわめきは次第に歓呼へと変貌する。

「――叫べ、冒険者達‼　勝者を讃《たた》えろ‼」

　その『潮』を見逃す勇者ではない。

　発火点に止《とど》めの炎をそそぎ、取り返しのつかない『士気』の乱流を生み出す。

「たった一人の【猛者《おうじゃ》】を‼」

『おお‼』

　導火線は一瞬で燃え盛った。

　都市中に通った勇者の声がありとあらゆる感情を引きずり出す。

　大地と神の巨塔がびりびりと震えるほど、けたたましい叫喚が連なった。

『オッタル!!　オッタル!!　オッタル!!　オッタル────ッッ!!』

勝者の名を呼ぶ雄叫びは途切れない。

戦局を左右する一戦の行方《ゆくえ》に、鬨《とき》の声が山を越え、空を越えるほどに鳴り響いた。

「ザ、ザルドさまが……負けた？」

「ありえぬ!!　そんなことは、ありえぬ⁉」

「だ、だがっ、しかし──⁉」

逆に、士気の下降が止まらないのは闇派閥《イヴィルス》である。

『最強《ゼウス》』の敗北。その事実は、これ以上にないほどの衝撃を『悪』の勢力へ招いた。

フィンがここぞと呼び寄せた冒険者達の勝鬨《かちどき》も彼等の動転に拍車をかけている。

形勢の逆転、士気の反転現象が発生する。

「ば、ばかな……そ、そんなことが……⁉」

呆然とした呟きを発するオリヴァスを皮切りに、兵士達だけでなく幹部の間からも混乱のざわめきが生じ始める。特にオリヴァスが被る『屈辱』はとどまることを知らない。

「あの死に損ないどもがっ…………私が止め損なった、あの自爆がぁぁ…………⁉」

ノアール達老兵《ロートル》が生み出した猶予が、この光景を生み出している。

神ならぬ身でもそれを理解してしまった男は意味のなさない叫喚を上げ、白髪を振り乱した。

「ザルドが……負けた？」

ヴァレッタもまた、放心していた。

「待ちやがれ、ふざけんな、なんだそりゃあ……ありえねえ、ありえねえ………」

茫然自失とした声は、やがて錯乱の叫び声へと変貌する。

「………ありえねえええええええええ!?」

取り乱す女は都市中央、中央広場《セントラルパーク》にたたずむ猪人《ボアズ》を睨《にら》みつけ、怒号をもって命令した。

「調教師《テイマー》どもぉ！　モンスターに命じろぉ!!　中央に残ってる大群全部で、死にかけの猪を押し潰せえええええ!!」

その指示を受け取った調教師《テイマー》達は、はっと肩を揺らし、慌てて従った。

『鞭《むち》』を鳴らし、紅玉を嵌《は》めた大型級を誘導させ、モンスターの群れを牽引させる。

今も炎が荒ぶる中央広場《セントラルパーク》へと。

『オオオオオオオオオオオオオオオオオオオッ!!』

「っ………」

四方八方からぶつけられる凶暴な咆哮に、オッタルは顔を歪《ゆが》めた。

傷がない箇所はなく、今も立っていることさえ奇跡に違いない。

他の冒険者がモンスターを食い止めようとするが、他ならぬオッタル達が放った決着の一撃のせいで『結界』は弾け飛んでしまっている。全方位からの進撃をとどめることができない。

「くそがッ……オッタル！」

先程まで閃光の周回をもって広場を守り続けていたアレンも限界だった。

瓦礫《がれき》の上に蹲る《うずくま》猫人《キャットピープル》は、魔物が次々と足を踏み入れていく中央広場《セントラルパーク》に目を眇める《すが》。

そんな時——コツコツ、と。

戦場にはそぐわない、瀟洒《しょうしゃ》な踵《ヒール》の音が響く。

「耐えなさい、オッタル。膝《ひざ》をつくことは許さないわ」

「……！　フレイヤ様……」

美しい銀の長髪を揺らし、絶世独立の女神が姿を現す。

彼女が先程までいたのは神の塔『バベル』。

中央広場《セントラルパーク》の中心にそびえる巨塔からならば、どれだけ広場が魔物の海に包囲されていようと関係ない。主《あるじ》としてオッタルの側まで歩んだフレイヤは、鋭い眼差《まなざ》しで彼を見上げた。

「貴方は勝った。本当の『王者《おうじゃ》』になった」

「……」

「どれだけ傷付いて、力を失っていたとしても、立ち続けなさい。その栄光を、都市に見せつけなさい」

「…………はッ。フレイヤ様」

勝者としての義務を課す主神に、眷族は是非もなく応《こた》える。

歪んでいた顔など消え失せ、背筋を伸ばし、その巌のような体軀を誇示する。

「【ステイタス】を更新するわ。貴方は終わるまで、敵を睥睨しているだけでいい」

フレイヤはそんなオッタルの背に回った。

激しい決戦を物語るように、武人の身に纏うものは脱落し、ボロボロとなっている。

中でも背は僧帽筋から広背筋にかけて戦闘衣《バトル・クロス》を失い、ごっそりと露出している。

フレイヤはそこに神血《イコル》を与え、淀《よど》みなく【ステイタス】の更新を行った。

銀の瞳が細められるその先で──夥《おびただ》しい神聖文字《ヒエログリフ》の文字群が、『昇華』の輝きを放つ。

「……成し遂げた『偉業』はここに刻んだ。剣《けん》を持ちなさい、オッタル」

オッタルは、静かに大剣を持つ。

「『一撃』。振るえるわね？」

「はッ……」

「『頂天』。示せるわね？」

「はッ……！」

背から響く神の言葉へ繰り返される、委細承知の声。

「なら、薙ぎ払いなさい。こちらへ押し寄せる、あの醜悪な怪物たちを」

「御意」

神意を受け、大木のごとき腰をひねり、肩の筋肉を膨張させ、大剣を背に溜める。

自らと女神を軸に置いた、『回転斬り』の構え。

『オオオオオオオオオオオオオオオオオオオオオオオッ‼』

獣の顎《あぎと》が、怪鳥の鍵爪《かぎつめ》が、竜の咆哮が、一斉に迫る。

それに対しオッタルは、振り抜いた。

咆哮はなかった。

『覇者』との死闘に全てを置いてきたように、武人はただ、その剛撃を『一閃』した。

直後――旋壊。

魔物どもの断末魔は、許されなかった。

繰り出された回転斬りが、中央広場《セントラルパーク》に踏み入れた全てのモンスターを例外なく、斬断してのけたからである。

「なぁ⁉」

その光景を南西部から目撃してしまったヴァレッタの口から、驚愕の破片が漏《も》れ落ちる。

度重なる粉砕。大型級の魔物が地に崩れる音色《ねいろ》。

連鎖する消滅。『魔石』を断たれたモンスターが灰へと還る斬葬の旋律。

繰り出された剛撃が全てを終わらせた。

「モンスターの大群を、一撃で、薙ぎ払いやがった……⁉」

ヴァレッタだけではない。

その一撃を見て、冒険者達も瞠目《どうもく》する。

「あの圧倒的な力……間違いない！」

「い、Lv.7!!」

アスフィとファルガーは確信した。

その次元が異なる一撃、威力は、新たな階位に上り詰めた証だと。

「名実ともに【猛者《おうじゃ》】が真の最強に至った！」

ザルドに比肩する【ステイタス】に、新たな王者が生まれたことをシャクティは予感した。

『最強』の称号は戦場において、これ以上ない武器と変わる。オッタルはもうそこに立っているだけで闇派閥《イヴィルス》を威圧する巨人と等しくなったのだ。

「闇派閥《イヴィルス》の残存勢力、及びモンスターを掃討する！」

すかさず下されるフィンの号令。

怯んだ敵勢力を一気に切り崩さんと、高々と槍を掲げた。

「敵の士気は落ちている！　総員、畳みかけろぉぉぉ!!」

『おおおおおおおおおおおおおおおおおおおおおお!!』

それは全ての邪悪へと届く、『逆襲』の咆哮。

「オラリォォォ……ッ‼　忌まわしき英雄の都《みやこ》め‼」

覆される盤面、士気が崩壊する闇派閥《イヴィルス》の中で、バスラムは怒号を上げる。

「あってはならぬっ、認めてはならぬッ！　このような正人《せいじん》どもの異教をぉぉぉ‼」

不正《ふせい》を、不条理を、ありとあらゆる困難を、『正道』をもって真正面から打ち破る存在など、不正《アパテー》の教理に身を捧ぐ邪教徒には許容できない。ザルドを下し、響き渡る冒険者達の鯨波に、温和な神官面《づら》をしていた獣人の顔が醜き悪鬼のごとき形相へと変貌する。

「そのチビどもを早く殺せぇ、精霊兵‼　我等が教理で王道などブチ殺す‼」

取り繕うことも忘れた罵声とともに錫杖が鳴り、四体の精霊兵が吠え、戛然《かつぜん》たる音が響く。

敵の大剣を四つの得物をもって弾いたガリバー四兄弟は、後方へと吹き飛ばされた。

Lv.5の連攻に終始不利。鎧はところどころ破損し、四人全員兜《かぶと》を失い端整な相貌を血で汚す兄弟は――しかし欠片も臆していなかった。

「「「情報は選別したか、ドヴァリン」」」

「ヒューマンが炎、エルフとドワーフが雷《いかずち》、獣人は魔法なし。再生能力は後者二人のみ」

「「「他に敵影はないか、ベーリング」」」

「戦闘の余波を恐れ、伏兵及び奇襲の可能性なし。残りの精霊兵もミア達が押さえている」

「「「癖は洗い出したか、グレール」」」

「錫杖の呼応速度が速いのはヒューマン、最も遅いのはドワーフ。エルフの剣捌きは他より拙い。恐らく狂化《きょうか》前に使用していた得物が異なる。白兵戦は他の個体より弱い」

「「「まとめろ、アルフリッグ」」」

「増援を呼ばれる前にエルフを一点集中。次はドワーフ。各個撃破で潰す」

額に浮かび上がった血管を、ぴくりと揺らすバスラムを他所に、四兄弟は武器を構えた。

能力《ステイタス》以外の場所で、グレールは観察能力に秀《ひい》で、ベーリングは索敵能力に優れ、ドヴァリンは魔力察知能力に長ける。そして誰よりも計算能力が高いアルフリッグが、弟達の分析をもとに速やかに意思決定する。

「前回はパニクって一対一×四をしたのが愚かだった」

「それな」

「ほんとそれ」

「僕達がやるのなら、『四対一』×四だ」

猛禽を彷彿とさせる四対の眼で『精霊兵』達を見据えるアルフリッグ達に、わなわなと震えるバスラムは、シャン！　と錫杖を思いきり振り鳴らした。

「ゴチャゴチャと抜かすなァ、チビども!!　貴様等ごときに我が不正《アパテー》の真髄を見切れるものか!!」

錫杖の共鳴音に従って、四体の『精霊兵』が猛烈な速度で飛びかかる。

それに対し、四人の兄弟は地を這った。

背の低い小人族《パルゥム》の体よりなお低く前傾し、宙から迫る敵の四撃を空振りに終わらせる。

爆砕と衝撃、すぐ背後の地面が吹き飛ぶ音。凄まじい破壊力に砂塵が舞う中──唸る四つの武器が有言実行を果たす。

「ギッッ⁉」

直ちに翻った矮軀が最後尾の『精霊兵』、エルフを強襲。

左右同時に放たれる大剣と大斧を、敵の双剣が防御《ガード》。

あっさり押し負ける膂力《りょりょく》格差、だがそれは囮、首を狙う長槍《ちょうそう》こそ必殺──そう思わせることで超反応で回避させる。しっかりと体勢が揺らいだところで間髪入れず炸裂するのは、大鎚。

一体の『精霊兵』が、敵の徒党の中から弾き飛ばされる。

「「「「まずは貴様‼」」」」

「ちィッ！」

孤立したエルフに群がる蟻どもに舌打ちし、バスラムが錫杖を鳴らす。

そんな『各個撃破《さくせん》』など許しはしないと『精霊兵』三体を直ちに反転、急行させ、寸秒のうちにアルフリッグ達の背中を攻撃させる。

「────」

だが、死角からの一撃を全て回避し、三体の猛襲を無視する四人の小人族《パルゥム》は、バスラムを絶句させたまま、妖精への追撃を続行した。

「背中だけが死角ではない！」

「四方に意識を向けろ！」

「あらゆる不視《ふし》を殺せ！」

「回避防御迎撃を同時に行わなければ話にならん！」

正邪決戦前に繰り広げられた『戦い《フォールクヴァング》の野』。

第一級冒険者同士の闘争の中で、アルフリッグ達は『精霊兵』攻略の糸口を――『駆け引きと技』を手に入れている。Ｌｖ．５の強撃を往なし、肌を何度も削がれ出血を強いられながら、
それでも『四対二』をもってエルフ打倒に力《リソース》の全てを一点手中させた。

「「「「あの猪がやったなら、俺達《ぼく》ができねえ筈《できないない》ねえだろう!!」」」」

Ｌｖ．７を打ち破ったオッタルに怒りの咆哮を上げながら、限界など振り切る。

槍剣斧をもって四肢のうちの三つを斬り飛ばし、残る大鎚で、エルフの『精霊兵』の頭部を爆砕させた。

「馬鹿なっ⁉」

バスラムの驚愕を他所に、四つの影が次に飛びかかるのはドワーフ。

一体減ったことで『穴』は広がり、『各個撃破』に拍車がかかる。

バスラムは見誤っている。

『一対一』の複数展開ではなく、『四体一』の同時展開に変わったことの意味を、過小評価し過ぎている。『四人揃えばいかなる第一級冒険者にも勝る』と呼ばれる【炎金の四戦士《ブリンガル》】の連携は偽りではない。個体ごとの情報収集を終え、敵を丸裸にしている四兄弟は、『無限の連携』を駆使しLv．5の打倒に乗り出す。

「ガアアアアアアアアアアアアアアアアアアアアアアアアアアアアアッ‼」

瞬く間に被弾を重ねるドワーフの『精霊兵』が行ったのは、自己防衛とも呼ばれる発雷。外法を持って融合した『精霊の力』を発動させ、群がる小人どもを吹き飛ばさんとした。そこにもう一体の炎《ヒューマン》も加わり、激しい炎雷の爆発が巻き起こる。

咄嗟に両手で顔を覆ったバスラムは、笑みを引きつらせながら、勝利を確信した。

視界を塞ぐ爆煙が戦場に立ち込める。

「────精霊兵は追い詰めれば魔法の行使に走る。これもドヴァリンとグレーンの見解通り」

瞬間、背後から響いた淡々とした声に、獣人の神官は凍りついた。

弾かれたように振り向けば、目の前にたたずむのは、長槍《ちょうそう》を携える一人の小人族《パルゥム》。

「わざわざ口にしてやった作戦《エサ》を鵜呑みにするなよ、バスラム」

お前達をブチのめすのに一番『手っ取り早い方法』を取らないわけないだろう？　と。

傷付き、血を流しながら、それでも底冷えしたアルフリッグの眼《まなこ》は言外に告げていた。

全て『駆け引き《ブラフ》』だ。真っ向勝負で『各個撃破』すると口にしたのも、『精霊兵』の特性を掌握して魔法を誘発させたのも、兄弟の中でただ一人離脱し爆煙を隠れ蓑にバスラムの背後に回り込んだのも――全部全部全部!!

「その『錫杖』を奪えば、『精霊兵』はまともな連携なんてできない。そうだろう?」

禁断の『精霊兵』を唯一制御できる魔道具《マジックアイテム》を睨みつける小人族《パルゥム》に、バスラムの全身が発汗するのに半秒。彼が直ちに『精霊兵』を呼び戻そうと杖を振り上げかけるのに、もう半秒。

そしてアルフリッグの槍が閃くのには、一秒とかからなかった。

「ぎっっっ――――ぁああああああああああああああああああああああああッッ⁉」

数々の命を弄んできた邪教徒の左腕を、黄金の錫杖ごと斬り飛ばす。

魔道具《マジックアイテム》の喪失はすかさず戦場に影響を及ぼした。炎と雷を放ち、再生能力で体を治癒していた『精霊兵』達が不自然に痙攣し、一瞬の停滞を生む。そしてそれを逃す【炎金の四戦士《ブリンガル》】ではない。交差させた大剣と大斧を盾代わりに魔法を凌いでいたドヴァリン、ベーリング、グレーンが、獣人の体を解体し、ドワーフの延髄に突き刺さった『精霊の短剣』を粉砕する。

残ったヒューマンの精霊兵のみが遅れて動き出し、制御を失った暴走に走ろうとするが――

投擲された長槍《ちょうそう》が後頭部を貫通し、あっけなく倒れた。

「ぐぁ、ふぅあっ、私の腕がぁぁぁぁぁぁぁ……⁉」

アルフリッグのもとに三人の弟が再集結し、投げた槍を放り渡す中、惨めに地面の上をのたうち回っていたバスラムは、血走った双眼を小人族《パルゥム》達に向けた。

残った右手が腰から引き抜くのは、呪布で巻かれ封じられていた、最後の『精霊の短剣』。

「このっ、チビクソどもがぁあああアアアアアアアアアアアアアアアアアア!!」

それを左腕の断面に突き刺し、バスラムは『異形』と化した。

既に改造されている『精霊の短剣』が獣人の肉体に獰猛な魔力を流し込み、ボコボコと音を上げ、片腕や片足が肥大化した醜い巨人と化す。

自身の『精霊兵』化。理性と人格を引き換えに行われる邪教の成就。

「「「お前、馬鹿か？」」」

そんな『悪』の末路に、三人の弟は呆れ顔を三つ。

「追い詰められて巨大化するヤツの末路なんて、神々が散々馬鹿《ネタ》にする話じゃないか」

兄は醒めた眼差しで、邪教とやらの結末を嘲弄した。

醜悪な化物を前に、鏽だらけの四つの武装が最後の仕事とばかりに唸る。

魔力がこもった凄まじい肉の一撃を回避し、容易く四肢を破壊。

間もなく地に落ちた図体を、一思いに槍の穂先が貫いた。

獣人の面影もなくなった肉の塊は赤い涙を垂れ流し、完全に沈黙する。

「バ、バスラム様がっ……!?　て、撤退っ、撤退しろぉぉぉぉぉぉ！」

一部始終を目撃した【アパテー・ファミリア】の幹部が悲鳴を上げ、地面に転がった血塗れの錫杖を回収し、眷族達に呼びかける。

ミア達に押さえ込まれていた残りの『精霊兵』とともに、円形闘技場《アンフィテアトルム》から離脱を図る。

「「おい、アルフリッグ」」

「……悪い。僕の失態だ」

錫杖をむざむざ回収され、弟達が非難の眼差しをそそぐ中、アルフリッグは顔をしかめる。

追撃しようにも、四人の体は傷付き過ぎていた。Ｌｖ．５の複数撃破という偉業と引き換えに、四兄弟は地面に膝をついてしまう。

彼等の視線の先には、都市の南東へと退却する四体の『精霊兵』と不正派《アパテー》の姿。

「逃がしたか……」


「「愉しいわね、ヘグニ！　ヘディン！」」

恐怖と混乱に取り憑かれる闇派閥《イヴィルス》の中で、その姉妹だけは狂喜乱舞していた。

赤子のように無垢な白き肌と褐色の肌にいくつもの裂傷を負うエルフ、姉のディナと妹のヴェナは、憎たらしい《いとしい》宿敵に刻まれた傷さえ快楽に変え、仮借ない攻撃を加える。

「「貴方達の亡骸《からだ》をもうすぐブッ壊して《だきしめて》、ブッ殺して《あいして》あげられるわ！」」

「「ちッ!!」」

姉《ディナ》の二振りの騎士を救う安楽剣《スティレット》による猛烈な斬舞が、妹《ヴェナ》の全てを焼き払う獄炎が、ヘグニとヘディンを襲う。後者の砲撃が円形闘技場《アンフィテアトルム》を守る【フレイヤ・ファミリア】の他団員さえ巻き添えにし、何人《なんぴと》も邪魔できない灼熱の処刑場《リング》を形成する中、斬閃と魔法を回避した黒妖精《ダーク・エルフ》と白妖精《ホワイト・エルフ》は間合いをとって着地する。

ヘグニはボロボロだった。ヘディンは血塗れだった。

『本領』を発揮したディース姉妹に、圧されていた。

「もう少しよ、ヴェナ！　さぁ、私の魔力をあげる！　代わりに貴方の力を寄越しなさい！」

「はい、ディナお姉様！」

視線の先の獲物に邪悪たる無邪気《イノセント》の笑みを浮かべながら、姉妹は両手を取り合い抱きしめ合う。そこから魔力とともに紡がれるのは、ディナの呪文。

「【黒き沼《ぬま》、赤き咎《とが》。咬《か》み千切り交ざり合う、汚泥《おでい》のごとき我等が臓物】！」

それは『魔法』ではなく、『呪詛《カース》』。

「【ディアルヴ・スティージュ】！」

白妖精《ホワイト・エルフ》から赤の呪光が生まれたかと思うと、それは黒妖精《ダーク・エルフ》の妹まで包み込む。

不気味な光に縁取《ふちど》られる姉妹の体が、まるで血肉を交換するように、二つの体内で『数値の変動』を発生させる。

「ディナお姉様の『魔力』は甘美ね！　いつも私は酔いしれてしまいそう！」

「ヴェナの『力』も素敵よ！　体の中で暴れて、孕んでもないのに貴方との子がお腹を突き破ってきそう！」

「まぁ、お姉様ったら！　はしたないわ！」

「「ウフフ！　アハハッ！」」

　無品性な会話にヘディンの嫌悪と怒りが振り切れる一方、姉妹は己の唇を舌で潤し、溢れる『力』と『魔力』にまさに舌なめずりをした。

　ディナの呪詛《カース》【ディアルヴ・スティージュ】。

　効果は術者《ディナ》が直接接触《せっしょく》した対象の『基本アビリティ』の一時的な混合。

　対象の『力』と『敏捷』、二種の能力値《アビリティ》を半分奪い、自らに加算するのだ。

　非常に強力な効果の反面、呪詛《カース》故の『代償』も存在する。それが『力』と『敏捷』を奪った分だけ、相手の眷族に自らの『耐久』と『魔力』の能力値《アビリティ》を譲渡することだ。

　まさに陰鬱な沼に浸かって罪人同士が引き裂いては噛み千切り、混ざり合うがごとき、『血肉交換《ステイタス》』という特異にしておぞましい呪詛《カース》である。

「「これで惨殺《うたげ》の準備も整った！」」

　だが禁忌の妖精沼《ディアルヴ・スティージュ》の欠点は、ディース姉妹にとって『代償』になりえない。

　騎士を救う安楽剣《スティレット》を持ち獣人顔負けの速度で殺戮するディナの近接戦闘能力は上がり、後衛魔導士として強力な砲撃を見舞うヴェナの出力は手が付けられないほど上昇する。『器用』を除いた能力値《アビリティ》の混合は、前衛と後衛を分担する姉妹の連携《コンビネーション》を絶対強化するものだ。

「前に戦った時より、ディナの呪詛《カース》の力が上がってる……」

「猪《オッタル》達と殺し合った我々と同様、あの妖魔どもも人と怪物《モンスター》を貪っただけのことだろう」

今のディナは白兵戦に限り、そしてヴェナは魔法戦において、Lv.6にも迫る能力を発揮してくる。呼吸を乱すヘグニの隣で、ヘディンは流血する二の腕を押さえ、すぐに赤く染まる手の平を見下ろした。

「自己改造魔法《まほう》が解けているぞ。間抜け」

「そっちだって眼鏡が壊れてる。だっさ」

度重なる損傷《ダメージ》にヘグニの魔法《ダインスレイヴ》はとうとう解除されてしまい、間断なき被弾にヘディンの顔からは眼鏡が失われていた。

『精霊兵』を遥かに上回るLv.5の姉妹に、ヘグニとヘディンは正《ただ》しく苦戦している。

前回の戦いで味わった屈辱を晴らすため『自分の手であの姉妹を殺す』と執着し、ばらばらに戦って、共闘できないでいる。

何より彼等は、美神《フレイヤ》の眷族となり、『戦いの野《フォールクヴァング》』に足を踏み入れる前より、ずっと敵対しては殺し合ってきたのだ。

「こんな時になってもヘディンとヘグニは不仲も不仲！　哀れね、ディナお姉様！」

「ええ、ヴェナ！　少しくらい協力すれば、私達のつま先くらいは舐めれるかもしれないのに！」

クスクスと、ゲラゲラと笑う妖魔どもの安い挑発。

それに対しヘディンは反応を示さず、僅かな時を置いて、前を向いたまま、呟いた。

「ヘ、ヘグニ」

「なんだよ」

「オッタルは、勝ったぞ」

二人が背を向ける都市中央から、今も冒険者達の熱狂が轟いている。

全てを出しきった【猛者《おうじゃ》】を称える戦声《せんせい》が響き続けている。

「……わかってるよ」

ヘグニは怒りと憎しみを断ち切り、目を伏せた。

「みんなも、命を燃やしてる」

周囲では強靭な勇士達《エインヘリヤル》が血の咆哮を上げている。少女達《ヘイズ》治療師《ヒーラー》が命を削って癒し続けている。

椿の一刀が、ミアの拳が全力をつくし、何より身を擲《なげう》った老兵達《ロートル》に報いようと都市全体が涙の声ともつかない雄叫びを上げている。

であれば、高慢で、意固地で、頑固で、誇りと誓いに縛られる面倒な妖精《エルフ》も、今だけは矜持を捨てなければ、嘘だ。

だから、一度だけ視線を交わした黒妖精《ダーク・エルフ》と白妖精《ホワイト・エルフ》は、しがらみを捨てた。

「「――――ッッ!!」」

直後、二人同時に発走する。

互いに交差する進路。

ヘグニは妹《ヴェナ》のもとに。ヘディンは姉《ディナ》を狙って。

それまで白兵戦に優れるヘグニが相手取っていたのはディナ、魔法戦に秀でたヘディンが交戦していたのはヴェナ。

凄まじい連携で切り崩せなかったお互いの標的を、今ここにきて切替《スイッチ》する。

「「大間抜《あさは》け！」」

その戦術に、まるで罠を仕掛けた食虫花が口を開けるように、姉妹は口端を引き裂いた。

「魔力を欠いた私なら砲撃で仕留められると思った⁉」

「力が弱まった私なら近付けば陵辱できると考えた⁉」

「「無理よ、ヘグニ、ヘディン‼」」

安楽剣《スティレット》を持つディナの姿が霞み、『魔剣』を持つヴェナが魔力を発散する。

有効射程まで近付いて砲撃を叩き込もうとしていたヘディンの瞠目。

妖魔の片割れが超短文詠唱よりなお速く切り込み、咄嗟に繰り出された長刀《ロンパイア》と斬り結ぶ。

距離を殺して白兵戦に持ち込もうとしていたヘグニの驚愕。

『魔剣』の一斉射、その間に速攻で編まれた砲台《マジックサークル》が怒涛の火球を降りそそがせる。

「なんて拙い連携！　なんて無様な姿！」」

「「ぐぅううう⁉」」

接近されたヘディンはなす術がない。

近接戦も一級品であろうと彼は【黒妖の魔剣《ダインスレイヴ》】ほど突き抜けた白兵戦能力を有していない。

間合いを埋められないヘグニは応戦する手段がない。

威力特化の魔法を持っていても彼は【白妖の魔杖《ヒルドスレイヴ》】ほどの射程と詠唱技術を持っていない。

呪詛《カース》の出力を上げたディース姉妹は己の土俵に引きずり込み、同胞達を翻弄し、蹂躙する。

女達の弱点を突く奇襲が失敗に終わり、男達の手から呪剣《ヴィクティム・アビス》と長刀《ロンパイア》《ディザリア》が弾き飛ばされる。

「【ディアルヴ・ディース】！」

王手《チェック》の広域殲滅魔法。天上に展開した都合十を超える砲台《マジックサークル》が獄炎の柱を呼び、ヘグニとヘディンを爆砕の渦の奥へ閉じ込めた。最適な回避行動を繰り返すも爆風に何度でも殴り飛ばされる、姉妹が憎悪する《あいする》白《ホワイト》と黒《ダーク》の体。

そして。

「「じゃあ、殺す《いただく》わ！」」
一、直線。
ヴェナ、ヘディン、ヘグニ、ディナの順で、四人の位置が一直線上に並ぶ。

ヴェナとディナの視点からは絶好の挟撃。

ヘディンとヘグニからすれば絶望の挟み撃ち。

体を焦がし、何とか立ち上がる二人へ、ヴェナは高速詠唱し、ディナは疾走する。

「【異端の焼却、罪炎《ざいえん》の楽園。あらゆる錯誤と倒錯はここに。燃え盛れ万の墓標】――【哭け、第六の園《その》！　轟け、第九の歌】！」

それはヴェナ・ディース三つ目にして最後の魔法。

ヴェナが視認し、『異端』と断じた存在を全て発火させる、発動すれば回避不可能の必殺。

姉のディナには無被害で敵を炎殺できる高火力の稀少魔法《レアマジック》である。

それは『発焔魔法《はつえん》』。

(まだ抗うのね、ヘディン！　でもダメ、貴方の超短文詠唱《じゅもん》より私の魔法の方が速い！　お姉様に貫かれるヘグニと一緒に慟哭して《わらって》？)

彼我の距離は優に二〇M《メドル》、戦意を失っていないボロボロのヘディンがこちらをどんなに睨みつけようとも、もはやヴェナの必殺を止める術はない。

ヴェナは自分を『妖魔《ゴミ》』と罵った白妖精《ヘディン》を焼き殺したかった。

ディナは自分を『き、きもっ……』と袖にした黒妖精《ヘグニ》を刻み殺したかった。

交わしていた事前の約束通り、それぞれが執着していた妖精《エルフ》に標的《ターゲット》を戻した姉妹は、至福の絶頂を迎えんと魔法円《マジックサークル》を展開し、あるいは刺し穿とうと加速した。

「……？」

醜悪な魔眼を彷彿させる魔法円《マジックサークル》を眼前に展開した、その時。

ヴェナはヘディンの不可思議な動きを捉えた。

体勢は半身。左手に持った得物《なにか》を体の陰に隠した、あえて言うならば『突きの構え』。

武器を投擲しようとでもいうのか、いや一体いつ自装備の長刀《ロンパイア》を回収したのか――そんな刹那のうちに流れたヴェナの疑問を、ヘディンはその『武装』を見せつけることで、答えた。

「この『黒剣《つるぎ》』を使う日が来るとはな」

「――――」

ヘディンが持っていたのは、呪剣。

自身の長刀《ロンパイア》ではなく、ヘグニの得物《ヴィクティム・アビス》。

時を止めるヴェナと同じく、長刀《ロンパイア》《ディザリア》を持って自分のもとへ突撃してくるヘグニに、ディナが双眸をあらん限りに見開く。

故意である。ヘディンとヘグニが武器を弾き飛ばされたのは、意図的。

武装を交換し、自分達を追い詰める姉妹を騙し討つための、取るに足らない連携。

「啜《すす》れ、糞ったれな呪剣《ヴィクティム・アビス》」

ヘグニの愛剣は呪武具《カースウェポン》。

『体力と引き換えに斬撃範囲を拡張する』という殺戮特化の能力を持つ。

加減など知らないヘディンは、自身のありったけの体力を黒剣に啜らせ、その『刺突』を繰り出した。

生じた斬撃範囲、五〇M《メドル》。

「ヅっっっ――――――」

不可視の拡張範囲、それこそ真空の刃のごとき『刺突』が、長槍陣形《ファランクス》など生温い射程をもって魔法円《マジックサークル》、そしてヴェナの右胸を貫通する。

何が起きたのか理解できないヴェナは、唇から血を吐いて、ヘグニとヘディンの連携《こざいく》が自分を貫いたのだと認めた瞬間、『自滅』を引き起こした。

魔力暴発《イグニス・ファトゥス》。

「ヴェナっっ⁉」

『魔法』の発射直前、魔力を暴走させ自爆の華を咲かせた妹の姿に、ディナの悲鳴が散る。

絶妙かつ悪魔的な時機《タイミング》で攻撃――ぎりぎりまで『魔法』を誘っていたヘディンの所業に、姉の白妖精《ホワイト・エルフ》は怒号を上げた。

「ヘディイイイイインッッ‼」

「――お前は俺だろ」

憤怒を燃料に一層の加速を行うディナの前に立ちはだかるのは、突っ込んでくるヘグニ。

長刀《ロンパイア》《ディザリア》を振り被って衝突せんとする黒妖精《ダーク・エルフ》を、ディナは怒《いか》るがまま斬り伏せようとしたが――視界奥のヘディンが、くだらなそうにこちらを振り返った。

漆黒の剣を持ったまま片腕を突き出し、呪文を唱える。

ヘディンの援護。雷の猛弾幕《カウルス・ヒルド》。

ヘグニの被弾を避けるため、加減された精密射撃など、今の自分ならばかいくぐれる。

ディナは瞬時に判断した。

違った。

「【ヴァリアン・ヒルド】」

撃った。

加減など存在しない全力の砲撃を。

「────────」

ヘディンが選んだのは『弾幕』ではなく、『大砲閃』。

一直線の射線上を全て蹴散らし、ディナだけでなくヘグニすら喰らう雷衝。

声を失うディナが凍りついた一瞬後、特大の雷閃は二人の妖精《エルフ》を呑み込んだ。

「──ぁあああああああああああああああああああ!?」

雷の砲撃が直撃したディナが絶叫を上げる。

そして、背中を焼かれながらヘグニがディナの眼前に迫る。

「ッッッ!?」

ヘグニは倒れない。襲ったれな雷衝《ヴァリアン・ヒルド》を浴びながら、取り返しのつかない損傷《ダメージ》を負いながら、
雷流の中を駆け抜けながらディナへと斬りかかる。

ディナは耐えられない。呪詛《カース》の力で『魔力』と『耐久』を妹《ヴェナ》に分けてしまった彼女では、こ

の雷の砲流の中を抗って防御も回避も選択できない。

全て作戦だ。ヘディンの計画《シナリオ》だ。ヘグニを犠牲にした上での奇策だ。

こんなもの、ディナとヴェナの連携とは異なる。

そんなもの、信頼や信用や信託や絆《きずな》ましてや連携などではありえない。

熟知と、唾棄。

『この程度であの馬鹿が死ぬものか』

そんな確信の上に成り立つ、『白黒《はっこく》の騎士』の必襲《ひっしゅう》――!!


「おおおおおおおおおおおおおおぉぉぉぉぉぉ――――――ッッッ!!」


自己改造魔法《まほう》に頼らないヘグニの、腹の底からの咆哮。

ヘディンの武装《ディザリア》を、斜め一閃に振り下ろす。

「うあぁっ――!?」

渾身の袈裟斬り。

左肩から腰を走り抜ける必殺の斬線。

雷の砲閃が駆け抜けては途絶え、世界が灰色の空と舞い狂う火の粉の色を取り戻す中、ゆっくりと体を後ろに傾けていくディナは、見た。

冷たい瞳の黒妖精《ダーク・エルフ》が、慈悲なく長刀《ロンパイア》を薙いだ瞬間を。

「ヘグニ──」

──愛しテルワ。

最期に笑みを浮かべ、首を絶たれた『妖魔』の言葉はまともな音になることなく、宙に散った。残酷非道の同胞の遺言に、背を向ける黒妖精《ダーク・エルフ》が耳を貸すこともなく。

そして空中に高く舞い上がった首は、崩れ落ちていた妹のもとへ落下する。

「……おねえ、さま？」

呪詛《カース》で『耐久』を分け与えられ、強烈な魔力暴発《イグニス・ファトゥス》の中でも九死に一生を得たヴェナは、その生首を抱き上げ、瞳から焦点を失い、投げ捨てた。

「汚い!!　汚い汚い汚いッッ!!　こんな汚い首《モノ》がお姉様なわけがない！　だって私達は──『妖精《エルフ》』なんだから！」

ヴェナは怒って、笑った。

笑いながら泣き始めた。

「どこっ？　お姉さまっ、どこなの⁉　ヴェナを一人にしないで!!」

自身の片割れを失った異端の妖精は、容易く壊れた。

ディース姉妹はもとより壊れている。

共依存の対象がなければあっさり均衡を喪失するほど精神に爆弾を抱えている。

涙と哄笑の氾濫。快楽と衝動のまま民衆を殺戮しては貪り続けた、常軌逸する『妖魔』は、やがてその『白妖精《ホワイト・エルフ》』を見つけ出した。

「あっ――そこにいたのね、お姉様！」

満身創痍でたたずむヘディンのもとへ、無様に這って、その膝下に縋り付く。

脳内という箱庭の中で、寄る辺を作り出した黒妖精《ダーク・エルフ》の異常な精神性に、前髪で瞳を隠す白妖精《ホワイト・エルフ》の冷気が、はね上がる。

「私を壊して《あいして》お姉様！　痛みも苦しみも早く快楽《よろこび》に変えて、この寒さをどこかに消して!!」

薄汚く愚劣で下劣で品性の欠片もない醜悪な豚どもの救いのなさに、沸点が振り切れる。

「それ以上喋るな!!　汚物ッッ!!」

「あぐぅ!?」

片手で頭部を鷲掴みにし、宙吊りにする。

烈火のごとく燃え盛る珊瑚朱色の双眼を前に、ヴェナは嬌声《ひめい》を上げた。

「痛《うれしい》い！　痛《うれしい》い！　痛《うれしい》い！」

「不浄不快不潔不純汚泥汚醜汚辱汚臭汚毒汚瀆毒悪毒牙毒蛇毒婦毒血悪血悪辣悪疫悪果悪鬼悪逆悪行悪業悪臭悪心悪徳悪念悪道ッッ――邪悪そのものがッッ!!　あれほどの罪を犯して救済を望むだと？　貴様等のような存在が我々と起源同じくする妖精《エルフ》だと？　――巫山戯《ふざけ》るなッ!!」

生理的嫌悪を突破させ竜のごとく吠えるヘディンは、『抹消』のために砲声する。

「【永伐《えいばつ》せよ、不滅の雷将】‼」

業火に燃え盛るヘディンの眼差しに貫かれながら。

血の涙を流すヴェナは、最期の瞬間、微笑んだ。

「──愛してるわ《あいしてるわ》、お姉様《ヘディン》」

「【ヴァリアン・ヒルド】‼」

豪雷。

零距離から放たれた荒ぶる怒雷が、『妖魔』の体を灼《や》き尽くす。

邪悪の全てを灰に変え、ヘグニとは異なりはっきりと遺言《ことば》を聞き取ってしまったヘディンは、蛇蝎《だかつ》のごとく吐き捨てた。

「気色悪い屑どもがッ……‼」

「ア、アパテー、アレクトまで……⁉」

円形闘技場《アンフィテアトルム》の決着を観測してしまった闇派閥《イヴィルス》の兵士達が、顔を蒼白に染めた。

「きゅ、救援を出せぇ！　今すぐ各『砦』に残りの部隊を向かわせろ！」

そんな中、東の市壁上部では、闇派閥《イヴィルス》の上位兵の叫喚が飛んだ。

広大な都市から頻りに上がる煙と火の手、そして何より冒険者達の喊声《かんせい》。地上戦の形勢が確実にオラリオ側に傾いたと知れる戦況を前に、待機部隊の隊長は声を荒らげた。

「腕利きの冒険者どもが飛び出して、『砦』の守備は薄くなっている！　そこを突けば、まだ戦局は巻き返せるっ！」

ザルドが落ちた中央は押さえられない。だが、戦力が集中している円形闘技場《アンフィテアトルム》を除き、都合四つの『砦』ならば攻略できる。ノアール達を始め『特攻』を仕掛けた冒険者達はLｖ．3以上の老兵達《ロートル》、戦力の喪失という意味ならば中堅層をごっそり失ったオラリオも十分な痛手を被っているのだ――だからこそ勇者《フィン》も鋼の精神をもって先達達《ノアール》の救援に兵を割かなかった――。

「順次、市壁から降りろ！　かかれっ――」

市壁包囲の任を預かる上位兵は優秀だった。戦局を決定付けさせないため、ヴァレッタが市壁に待機させていた本来は『後詰め』の部隊を動かそうとした。しかし。

「ぐえっ⁉」

「ぎゃあ⁉」

正確無比な矢の雨が彼等を襲った。

眼下の街並みからではなく側面からの狙撃に――同じ市壁上部からの襲撃に度肝を抜かれ、上位兵はそちらへと振り返り、目をあらん限りに向いた。

「射《い》て！」

矢を番《つが》える眷族を率いた『超越存在《デウスデア》』が、突進してきていたからだ。

「めっ、女神っ⁉　――ぐあぁぁ⁉」

まさかの奇襲に、そして視界に飛び込んだ『月と弓矢』のエンブレムに驚倒を叫んだのが、彼の最後の発声だった。

【ステイタス】を授かった眷族ならば目で追える速度にもかかわらず、後方からの援護射撃を計算しつくした『神業』で上位兵の迎撃意識を分散、そして『神懸かった』時機《タイミング》の肉薄をもって精製金属《ミスリル》製の片手剣で斬り捨てたのだ。

ローブ下の鎧の継ぎ目を正確に狙った都合七閃の剣撃に、四肢の腱《けん》まで断たれた上位兵は、階位《レベル》など関係なかったかのように崩れ落ちる。駆け寄ってきた女神の眷族にきつい一撃で意識を暗転させられるまでの間、その予想外の『援軍』——都市外からの【ファミリア】の参上に、絶望し続けるのだった。

「ア、アルテミス様！　東の市壁を押さえました！」

「そのまま確保だ。ここを橋頭保にする。我々の存在は気取られた、もはや奇襲は通じない。団員《ランテ》達の合流を待つ」

貞潔の神《アルテミス》、と呼ばれた蒼い長髪を結わえた美しい女神は、団長の眷族に目を向けず自身から見て左斜め——東南の市壁に向かって矢を射る。緩やかな放物線を描いた鏃は百発百中とばかりに、こちらを指差して何やら騒いでいた闇派閥《イヴィルス》の小隊長に命中し、次いで派手に爆発する。

意図しない『自決装置』の作動に、女神は酷く眉をひそめる。

「しかし、本当に迷宮都市《オラリオ》に辿り着いてしまうとは……五日五晩の強行軍、流石に倒れるかと思いました」

「悪かったな。だがこの地が落ちれば下界にもう後はない。見捨てることはできなかった」

苦笑する団長との会話の傍ら、眷族の少女達とともに矢を放ち続ける女神は凛々しく、聡明で、何よりも勇敢だった。

【アルテミス・ファミリア】。

定住地を設けず、大陸を渡り歩いては魔物《モンスター》の討伐を行う『狩猟』の派閥。

オラリオに所属していないにもかかわらず昇華《ランクアップ》した眷族を有しており、何より主神のアルテミス自ら戦闘指揮を執っては戦線に加わる武闘派【ファミリア】でもある。

顔無《ヴィトー》しや女幹部《ヴァレッタ》は口にしていた。

三日前、地下に潜伏していた際、次の言葉を。

『足もとの火事を収拾するのに精一杯。少なくとも強大な戦力を持つ『世界勢力』は動けません。私達がオラリオに止めを刺す方が、早い』

『どいつもこいつも我が身大事ってことだ。機動力に長けた派閥がいたとしても、精々Lv．2。その程度なら何も怖くねぇ』

大陸中に火種を撒き、オラリオに援軍が来ることはないと断言していた。

しかし、いい、た。

我が身を顧みず、迷宮都市の危機に馳せ参じた戦乙女達が。

機動力に長けており、精々Lv.2の戦力でありながら、女神の神意のもと、これ以上のない『狩り』を敢行できる狩猟《イレギュラー》の派閥が。

「帝国を始め、『世界勢力』への救援を捨て置いて良かったのですか？　闇派閥《イヴィルス》の牙がかかった道中の街や、村々はできる限り救いましたが……」

「そちらは『学区』に任せた。動かせる人員も戦力も私達の比ではない。それに、あちらには【ナイト・オブ・ナイト】がいる」

「海の覇王《リヴァイアサン》討伐に紛れ込んだという、かつての悪童ですか……」

【アルテミス・ファミリア】の行動は迅速だった。

『大抗争』によって迷宮都市《オラリオ》が燃えたという情報が入った瞬間、いかなる国・都市・勢力にも属さない自分達の立ち位置を理解しているアルテミスの速やかな判断で、遥か彼方の僻地からこの大陸最西端に駆け付けたのである。

縄をかけて難なく巨大市壁まで登ってみせたアルテミスは、凄まじい戦場と化した都市《こ》《こ》の光景に瞳を細めた。

「『古代』の再来か、『救界《マキア》』の前哨戦か……これがこの地の運命か」

「……？　アルテミス様？」

「いや、何でもない。下でモンスターを掃討している団員達《ランテ》が上がってき次第、仕掛けるぞ。この場に残す者とそうでない者を分けておけ、レトゥーサ！」

「はい！」

名を呼ばれた団長の女性が力強く頷く。

火の粉や魔法の残滓を多大に含む風に吹かれながら、それをも意に介さずアルテミスは精密射撃を繰り出し続けた。

「来てくれたのか、アルテミス……！」

女性しかいない眷族達を率いて、右回りに市壁制圧に乗り出す蒼い髪の女神を認め、無人の大賭博場《カジノ》屋上に移動していたヘルメスは、笑みを浮かべた。

都市の包囲網という憂いも断ち切られたことを確信し、あらためて眼下の戦場を見回す。

「地上の勝敗はもはや決まった……。犠牲を払った冒険者達は、その命に報いるため、必ず敵を打ち倒す」

神《ヘルメス》は戦いの行方を断じた。予言ではなく確定事項を。

冒険者の猛火はもう止まらない。そしてそれを食い止める術を、闇派閥《イヴィルス》は持ち合わせていない。

「後はダンジョン……そっちは任せたぜ、『正義の君《きみ》』」

「……まさか、ここまで来るとは」

業火に包まれる階層で、エレボスは驚嘆を宿して呟いた。

側に倒れるのは闇派閥《イヴィルス》の護衛達。

彼等を切り捨てた冒険者達に守られ、その神物《じんぶつ》は現れた。

目を細めるエレボスは、視線の先の『彼女』を見つめる。

「いったい何度、俺を驚かせれば気が済む？　──アストレア」

たたずむのは、純白の衣装に身を包んだ女神。

長い胡桃色の髪を揺らす正義の女神は、再び『絶対悪』と対峙《たいじ》した。

七章
少女が願ったこと

ASTREA RECORDS
evil fetal movement
Author by Fujino Omori Illustration Kakage
Character draft Suzuhito Yasuda

炎が啼《な》いている。

抉《えぐ》れ、罅割《ひびわ》れ、砕かれ、楽園が消えた迷宮の階層を今も燃やしながら、『正義』と『悪』の対峙《たいじ》に震え、火粒《かりゅう》を散らす。

「その冒険者……ヘルメスの子か」

18階層一帯を見渡すことのできる断崖の上。

アストレアの背後に控える男性のエルフ、犬人《シアンスロープ》の盗賊《シーフ》、ヒューマンの少女を、エレボスは順々に見渡した。

「戦いに臨んでいる己《おのれ》の眷族の代わりに、ここまで護衛させたというところか？」

「ええ。無茶を言って、都市の外に待機していた子に力を貸してもらった……貴方に会うために」

悠然と構える邪神を、アストレアはその藍色の瞳《ひとみ》で射貫く。

対するエレボスは、正義の矢を彷彿《ほうふつ》とさせる眼差《まなざ》しに口角を上げる。

「ここで『絶対悪《おれ》』を裁くつもりか、『正義』の女神？」

今までエレボスを守っていた闇派閥《イヴィルス》の眷族はもはや一人たりともない。

『神獣の触手《デルピュネ》』の猛威から彼を守るため、その身を犠牲にした者は数多く、最後の護衛も今しがた【ヘルメス・ファミリア】の奇襲で意識を刈り取られた。今ならば、たやすく彼の生殺与奪の権を握ることができるだろう。

しかし、アストレアは頭《かぶり》を振った。

「いいえ、そんなことはしない。迷宮《ここ》で貴方を傷付けても、天に送還されることはない」

「……」

「きっと、ダンジョンに取り込まれてしまう」

軽い仕草で肩を竦《すく》めるエレボスを、アストレアは見つめた。

「私は貴方に会いに来た。そして、『絶対悪《あなた》』とともにこの戦いを見届けるために来た……。『正義』を司る神《もの》として」

悪の隣に並び、断崖の先を眺める。

広がる視界には今も暴《あば》れ狂う『大最悪《モンスター》』と『黒き風』、そして『静寂』の前に膝《ひざ》をつく眷族達の姿があった。


「――間違っている。そう言うか？　ならば提示してみせろ」

女の声が響く。

「あれ以上の力を。あれ以上の証を」

誰《だれ》よりも強く、誰よりも美しく、誰よりも静かな筈《はず》の、【静寂】の叫喚が。

「意志を、覚悟を、正義を！　できるものなら、この悪に証明してみせろ!!」

彼女の裂帛《れっぱく》の叫び声に、誰も、何も答えられない。

ライラも、ネーゼも、ノインも、イスカも、リャーナも、セルティも、アスタも、マリューも、傷付いた相貌の中に苦渋を宿す。

アリーゼでさえ、拳《こぶし》を握り締め、その要求に応《こた》えることができない。

リューも同じだった。

彼女に提示できるほどの力を、正義の派閥《アストレア・ファミリア》は持ち合わせていない。

だが。


おおおおおおおおおぉぉぉぉぉぉぉ──────………。


ダンジョンの天井《てんじょう》が、揺れた。

まるで燻《くすぶ》る少女達の覚悟を押すように、地上が、揺らめいた。

耳に届く筈がない。だが、確かに聞こえた。

戦う者達の声が。

それは【猛者《おうじゃ》】か、【勇者《ブレイバー》】か、あるいは万能者《アンドロメダ》か。

それとも、名も残らぬ冒険者達の挽歌か。

託し、受け継ぎ、『未来』を摑《つか》もうとする──『英雄』達の咆哮。

それが、確かにこの身に届いた。

だから――――私《リュー》も。

「……！　リオン……」

手を地面につき、一人ゆっくりと立ち上がったリューの姿に、傷だらけのアリーゼは目を見張った。

アルフィアもまた、閉じられた瞼《まぶた》を少女に向ける。

「エレボスのお気に入りか……お前が私に『答え』を提示するのか？」

ぼろぼろの右手を見下ろすリューの答えは、静かだった。

「……『答え』は、わからない」

「なに？」

「この未熟な心と体では、貴方を納得させるほどの力も、『正義』が何であるのかも、示すことはできない」

リューは語った。

偽りのない胸の内を。

強がることもなく、張り合うこともせず、自分が抱いたありのままの思いを吐露する。

「『悪』を標榜しておいて、下界を守ろうとする貴方の『正義』に、信念が揺らがなかったと言えば、それは嘘《うそ》になってしまう……」

「リオン……」

「今、こうして迷っていることでさえ、果てのない旅の途中なのだろう……」

ライラに見つめられながら、まさに迷子の子供のように言葉を連ねる。

そして。

傷付いた右手を握りしめ、拳を作りあげる。

「だが――これだけはわかる！　アルフィア、貴方の『答え』では『正義』は巡らない！」

「なんだと……？」

「貴方の答えは『過去』に逆行するものだ！　『未来』ではない！　『現在』ですらない！」

アルフィア達が求めたのは『古代の光景』。

遥か数千年前の『英雄の時代』。

背後を振り返り、過去へと戻ろうとするその行為を、今のリューは決して許容できない。

なぜならば、それは。

「託し、受け継がれる、アーディ達の想《おも》いを途絶えさせる行為だ！」

「！」

「だから私は、貴方だけは認めるわけにはいかない！　死んでいった者達の全《すべ》てが無駄になる！」

アルフィアの表情が一驚を宿した。

彼女だけではない。

アリーゼやライラ、【アストレア・ファミリア】も瞠目《どうもく》する。

リューの眼差しが見つめるのは後ろではなく、前。

待ち受けているだろう絶望にも恐怖にも対峙し、抗って、突き進もうとする不断の意志だ。

「正しきも、過ちも、全てを背負って私達は『未来』を摑《つか》みにいく！」

それは青い衝動なのかもしれない。

立《た》ち塞《ふさ》がる苦難と挫折を若さは知らない。若さとは、常に夢見ることを許される。

現実に敗れたアルフィア達からしてみれば、それは噴飯ものの綺麗事《きれいごと》で、決して敵《かな》わぬ夢想なのかもしれない。

だが、リューは一度、絶望を知った。

少女はもう、喪失を味わった。

現実に打ちのめされてなお、挫けず、顔を上げ、困難を知りながら再び前に進もうとする決心は愚かではない。

気高き意志だ。

遥かなる旅路だ。

再び倒れ、時を止めたとしても、きっともう一度歩み出すことのできる、正しき『正義』だ。

長き旅に殉ずる覚悟と、星屑の輝きを宿して、リューはアルフィアに向かって断じた。

「それが、託された者達の使命だ‼」

正義は巡るのだ。

巡るためにも、昨日を振り返らず、明日を目指すのだ。

受け継がれる灯火が終末を退ける大火《たいか》になる、そう信じる。リューはそう告げた。

アーディの想い、そして今も地上で戦う英雄達の意志に、誓いを果たしながら。

「…………………」

アルフィアは、時を止めていた。

返ってきた答えを受け止め、咀嚼《そしゃく》し、あたかも絶望ではない何かを見出そうとするように。

【アストレア・ファミリア】にも、火が灯った。

「……言うじゃないか、末っ子」

獣人のネーゼが笑う。

【ファミリア】に最も遅く入団したエルフの言葉を聞き、ぼろぼろの膝を叩《たた》いて、力強く立ち上がる。

「はっ。一番下の妹が、一番単純《バカ》だってなぁ」

ライラも立ち上がり、荒っぽく頬の血を拭う。

「賛成！　私もリオンの意見に大賛成!!　そう、未来っ、未来よ！　とりあえず未来って言っておけばすごく正義っぽい！　完璧《かんぺき》だわ！」

「あ、訂正。一番上の姉も特大のバカだった」

いつの間にか誰よりも早く大復活していたアリーゼは大いに胸を張った。

げんなりするライラを他所に、満面の笑みを見せる。

「でも『答え』、出たわね」

ヒューマンの魔導士、リャーナが木の短杖《ワンド》を振り鳴らす。

「うん、リューちゃんのおかげ」

年長の治療師《ヒーラー》、マリューの魔法が他の者を癒《いや》す。

「どんなにつらくたって、『未来』、目指そう」

「アーディ達の言葉も、笑顔も覚えてあげられるの、私達だけだもんね」

ヒューマンのノインが、アマゾネスのイスカが、肩《かた》を貸し、前を向く。

「いつかわたし達が、星に還《かえ》る日が訪れても――」

「皆さんとなら、進んでいけます」

ドワーフのアスタが、エルフのセルティが、種族なんてものを越えた笑みを見せる。

「……使命を果たせ。天秤《てんびん》を正《ただ》せ。いつか星となるその日まで」

立ち上がる仲間を見回し、アリーゼは笑みとともにそれを口にしていた。

誰からともなく少女達は見つめ合い、頷《うなず》き合う。

「女神の名のもとに、この大地に『未来』への『希望』を綴りましょう！」

アリーゼの誓いの声に、リュー達も続いた。

「「「「「「「「「「正義の剣《つるぎ》と翼に誓って!!」」」」」」」」」」

正義の眷族達の斉唱が、沈黙する灰の髪を揺らす。

「……『過去』ではなく、『未来』。証明された歴史に縋《すが》るのではなく、まだ見ぬ可能性を信ずる。ならばお前達からすれば、私は過去に囚われた亡霊……あるいは昔日の遺物そのものか」

独白を落とす魔女の唇は、僅かに、浅い弧を描いたように見えた。

「──いいだろう。愚かな『希望』を夢見る小娘ども、これで最後だ」

間もなく、その幻は舞い散る火の粉の奥に消える。

「この一戦をもって、お前達を葬ると私自身に誓おう。例外はない。全てを消し去る。雑音をもって私に啖呵《たんか》を切ったのだ……あがいてみせろ、『正義』の眷族」

「ええ、あがいてあげる！　そして、貴方を倒すわ！」

「未来を摑み取るために!!　勝負だ、アルフィア!!」

炎が猛り、疾風が吹いた。

地を蹴《け》るアリーゼとリューに、ライラ達が続く。

不屈を叫ぶ『正義』が、『悪』を掲げる覇者へ挑みかかった。

「未来……？　希望……？」

魔法の光が散り、静寂を破る轟音が奏でられる。

始まる激戦と、告げられた少女達の誓いを、距離を離した戦場で見聞きしたヴィトーは、呆然《ぼうぜん》と呟いていた。

「そんな安い言葉で、何故《なぜ》あの絶望に……あの恐ろしき【静寂】に立ち向かえるのですか？　一体どうして？」

叶《かな》いもしない絵空事を言うのは構わない。反吐《へど》が出る綺麗事など幾らでも連ねればいい。

だが、そんなもので『覇者』に立ち向かえる道理がないのだ。

少なくともヴィトーには無理だった。自分の『欠陥』を見抜いたザルドに戦慄《せんりつ》を重ね、『あれは自分と違う生き物だ』と悟ってしまった。正《ただ》しく怯《おび》え、絶望したのだ。これには絶対に勝てない、格が違うと。立ち向かう意味すらないいいいいいいいいいいいいいいと。

にもかかわらず、【アストレア・ファミリア】は綺麗事をもって自分達を奮い立たせ、あの静寂の魔女との戦いに臨んでいる。

それは何の魔法か。

それは一体、いかなる『正義』だというのか。

「――ふっ、ははは。ははははははははっ！」

そんな折、笑声が響いた。

ヴィトーが立ちつくす横で、少女が頭上を仰《あお》いで肩を揺らす。

「……何がおかしいのですか？」

「いや、なに……馬鹿《ばか》だ馬鹿だと思っていたが、あそこまで筋金入りの馬鹿だとは、思わなんだ」

横目で睨《にら》むヴィトーに、輝夜《カグヤ》は目もとを拭った。

「もはや頭の固いエルフというだけでは説明できん。あの青二才は生粋の潔癖女なのだろう」

男が狼狽《ろうばい》するほど穏やかな顔で、過去に置き忘れた宝を見つけたように、透明な笑みを浮かべる。

「だが、見ろよ、ド屑《クズ》。あの未熟者を……あの妖精《ようせい》を」

少女の視線を追い、ヴィトーは見た。

妖精の剣《けん》と、友が遺《のこ》した剣《つるぎ》を握り、星の光にも見た斬撃の軌跡を描く一人の妖精を。

「美しいだろう？」

一瞬時《とき》を忘れた男は、その言葉を咄嗟《とっさ》に否定することができなかった。

「眩《まぶ》しいだろう？　『希望』を愚直に信じる者は。努力を怠らず、間違いを認め、『未来』を目指す者というのは」

努力を怠っては足りない。

間違いを認められなければ届かない。

『希望』を愚かに信じることは誰にでもできること。『未来』を諦《あきら》めることも誰もが可能だ。

しかし、『希望』を抱くに相応《ふさわ》しい行動をなし、『未来』を目指すことができる存在は、何よりも尊いものだと。

そんな者がきっと、『正義』を秘めることを許されると、輝夜《カグヤ》はそう告げる。

「あれは、繋《つな》げなければならないものだ。アーディの意志とともに、巡らなければならない『正義』の形だ」

間もなく、一人の妖精を見守る彼女の顔に浮かんでいたのは、まるで不器用な姉のような優しい微笑だった。

「『正義は巡る』……嗚呼《ああ》、いい言葉だ。現実に打ちひしがれた私でさえ、残せるものがあるのだから」

「……そんなもの、ただの愚かな気慰めです。『正義』が巡るというのなら、それではこの私は何だというのです！」

輝夜《カグヤ》の笑みを、ヴィトーは今度こそ拒絶した。

自分でも説明できない劣等感を封じ、口角を歪《ゆが》めて、あざ笑おうとした。

「世界欠陥の証拠たる、瑕疵《かし》！　こんな私に『未来』などない！　信じる希望もない私に、巡る『正義』なんて──」

「だってお前は、誰かからも受け取っていないし、誰にも託していないだろう？」

そんな男の糾弾を、少女は鋭い眼差しで断ち切る。

「────っ」

「お前は、お前が『正義』だと信じているモノを一人で完結させている。誰からも理解される筈《はず》がないと信じ抜き、不公平だ、不条理だと怒鳴り散らす。始末に悪いのは、怒《いか》る振りをして非道に取りつかれていることだ」

そんなものがどうして巡る？　と。

核心を抉る輝夜《カグヤ》の言葉に、ヴィトーは言葉を失った。

「馬鹿め、救えぬわ。不幸自慢を盾にして、快楽を貪る獣《けもの》。己の矛盾に気付くことができない『破綻者』め」

「っっ……‼」

唾棄しては吐き捨てる輝夜《カグヤ》に、ヴィトーは反論できない。

理性に訴えることも、本能に身を任せて怒り狂うこともできない。

かつて少女達に告げられ、ヴィトー自身が歓迎した『破綻者』という言葉が今、矛盾と倒錯の狭間《はざま》に立つ彼を追い詰める。

「貴様がなんと言おうと、私達は受け継ぐぞ。巡る『正義』を、託された想いを」

納刀。

愛刀である長刀《彼岸花》を鞘に納める。

「たとえ死してなお、継承されゆくものはあると、私達が──この英雄の都《オラリオ》が証明してやる！」

「っっ……⁉」

「語り継いでやるぞ、英雄神話‼　過去を惜しむためではなく、未来へと至るために‼」

一度閉じた瞼の裏に想起されるのは、黄昏の奥にたたずむ少女《アーディ》。

そして今も戦い、散りゆく、名もなき英雄達。

彼等に報いるように鯉口《こいぐち》を切る。

静かに構えを取る輝夜《カグヤ》の絶対的な刀気《とうき》に、ヴィトーは確かに気圧された。

「英雄神話っ……？　それが絶望に対する希望……？　ありえないっ、認めるわけにはいかない！」

ヴィトーは叫んだ。

駄々のような叫び声を上げるしか道はなかった。

でなければ、今度こそ男は完全なる『破綻』を迎えてしまう。

「殺して、壊して、変える‼　世界是正は遂行されなければならない！　『正義』なんて絵空事、信じるわけには──‼」

「吠えるな」

それを、輝夜《カグヤ》は一言のもとに断ち切る。

「私の薄汚れた『正義』で貴様の妄執を断ってやる。忌まわしき『五条《ごじょう》』の真髄《しんずい》をもって」

構えは半身。

前傾とともに沈む体。

紛れもない『居合の構え』。

膨れ上がる必殺の気配に、ヴィトーは絶句し、後退し、踏みとどまり、汗が落ちた次には、全力で飛びかかった。

「あああああああああああああああッッ⁉」

錯乱のごとき叫喚を上げ、少女へと突っ込む。

破綻を恐れ、退路を失った男は手に握る凶刃を女の胸へ突き立てようとする。

しかし、細められた輝夜《カグヤ》の眼差しは揺るがない。

「去《い》ね、外道」

――【禍《まが》つ彼岸の花】、と。

超短文詠唱を口ずさみ、神速をもって、その一刀は鞘から抜き放たれた。


「居合の太刀――『五光《ごこう》』」


都合、五条。

呪われし彼岸のごとき『赤』の斬閃が、ヴィトーの世界を埋めつくした。


「――――」

停止した時の中でヴィトーは、見た。

神速の抜刀とともに輝夜《カグヤ》の長刀が分裂し、前後左右、そして頭上、居合ではありえない挙動をもってヴィトーを『絶対斬殺圏』に閉じ込めたことを。

――輝夜《カグヤ》が忌《い》む一族の奥義の正体とは、壮烈な『居合の技』に『魔法』を組み合わせた『魔と刀』の複合抜刀術。

極東を統べる『朝廷』、その暗部に据わる『五条』の家。

斬獲《ざんかく》はもとより暗殺、謀殺、房中術、全ての闇を一手に引き受ける彼等彼女等は、神時代《しんじだい》の早い段階で自分達の『血』の特性を把握した。すなわち、特定の『魔法』と『スキル』の相伝。

エルフ達に発現しやすい共通の『スキル』等の『種』があるのと同じく、濃い『五条』の血は全く同じ力を備えた『兵士』を量産させることが可能であると気付いてしまった。

同一の『魔法』と『スキル』が発現するわかった上で行われる鍛錬とは何か。

それは恐るべき『画一化の究極』である。

いくらでも代わりの利《き》く玉砕の駒として育てられながら、初代にして始祖『五条』の極意を受け継ぎ、千年の時をもってより極められた必殺と奥義を駆使する。

居合の太刀、最後の太刀。

その奥義の名は『五光《ごこう》』。

並用される『魔法』の名は同じ【ゴコウ】。

任意の位置に『魔力の斬撃』を五条生《いつつ》み出すだけの『魔法』は、極められた『技』を組み合わせることで、その全てを神速の『居合』へと変貌させる。

つまり——絶殺である。

「——があああああああああああああああ⁉」

前方より迫る一閃を紙一重で避け、右からすくい上げられる一閃を短剣で弾《はじ》き、左より弧を描く一閃に片腕を切り飛ばされ、その腕を犠牲にして、後方から袈裟《けさ》に振り上げられる一閃を背中の皮に裂かれるにとどめ、そして、それまでだった。

最後に頭上より振り下ろされた一閃の直撃をもらう。

肩口を断って心の臓に届こうかという魔の斬閃は、少女の気紛れか、鼓動を斬断する前に消滅した。

『魔法』の解除。しかし結末は変わらない。

舞い狂う彼岸花の花吹雪のごとく、男の鮮血が飛び散る。

自身が望んでいた赤い赤い鮮血の色、しかしヴィトーには灰色にしか見えない無機質な色が戦場を彩《いろど》る。

「終わりだ、破綻者。全てが終わるまで、そこでくたばっていろ」

醜悪で、劣悪で、糞のように醜い汚華《はな》。

見慣れた奥義の結末に心中で反吐を吐きながら、輝夜《カグヤ》は刀を鞘に納めた。

もう立ち上がることのできないヴィトーを顧みず、背を向ける。

「……団長、リオン！　今、行くぞ！」

進む先は無論、静寂の魔女と戦いを繰り広げる仲間のもと。

負った傷を押して、輝夜《カグヤ》はその場を後にした。

「……まだっ、こんなところで……大願を……諦めるわけにはぁ……！」

捨て置かれた男は、怨嗟《えんさ》に満ちた。

世界を憎む心を燃やし、外へ流れ出ていく命の水を必死にせき止め、生に執着する。

「……私はっ……私はァアア……！」

そんな眷族の姿を。

主たる男神《おとこ》は一柱《ひとり》、何の感情も見通せない表情で、見つめていた。


死闘が続く。

炎と風、左右からの挟撃を、アルフィアはやはり全てを受け流す柳のように往なしてのける。

「策もなくよく攻めるな、小娘ども。ただ勢いに任せるだけ……遮二無二《しゃにむに》か？」

「だって貴方、射程《レンジ》関係ないじゃない！　近くても遠くても、簡単にブッ飛ばされるもの！」

「魔法を撃ち合っても、まず勝てない！　ならば懐《ふところ》にもぐり込み、私達の得意な間合いで打ち合うのみ！」

アルフィアの嘆息に、アリーゼとリューは左右から吠える。

芸術的ですらある連続の斬撃に対し、魔女は暴君のごとく超至近距離の『音』をもって粉々にしようとした。

「――それに前衛と後衛の連携は基本だろ！」

「セルティ、行くわ！」

「はい、リャーナさん！」

だが、それをネーゼが投じた短刃《ダガー》が阻む。

前衛と後衛を繋ぐ中衛の奇襲。それを回避するアルフィアにとっては首を僅か横に倒した動作に過ぎないが、ほんの僅かな空白が生まれる。そしてその空白を導火線にして、【アストレア・ファミリア】が誇る後衛魔導士達が魔法を解放した。

回避を許さない大火球と豪炎の濁流。

「【魂の平静《アタラクシア》】」

しかしそれさえも、魔女は無効化する。

静寂の力場が二種類の火炎魔法を火の粉残さず消滅させた。

「げっ……付与魔法《エンチャント》を纏《まと》い直した⁉」

「そりゃかけ直すだろう。発動が超短文詠唱で一瞬なら、解除も任意で一瞬だ！　攻守の切り替えなんて瞬きの間にやってくんぞ！」

「わかっていたけど……やっぱり無敵じゃないか、あいつ！　穴なんてどこにもないぞ！」

刹那の光景に、道具《アイテム》で治療していたヒューマンのノインが思わず呻《うめ》く。

指摘する自分自身腹立たしそうな表情を浮かべるライラの隣で、あっさり連携を台無しにされたネーゼは悲鳴交じりの苦情を叫んだ。

(――いいえ、無敵じゃない。その証拠に、さっきから接近戦を挑んでいる私とリオンが、まだやられていない)

それを、アリーゼは自身の直感とともに否定する。

(本来なら瞬殺。それくらいＬｖ．７との実力差は絶望的。間違いない……相手の力と魔力、そして反応速度が落ちてる！)

Ｌｖは一段階の差があった時点で、文字通り『桁《けた》』が異なる。

『心身の進化』、あるいは『神へと続く階段を一段上がる』とまで呼ばれる【ランクアップ】は、それほど神の眷族《ファミリア》の中では重要な事象だ。Ｌｖ．３とＬｖ．７など、それこそ一方的な蹂躙《ワンサイド・ゲーム》による破壊が待っていると言っていい。絶望的なまでに相手にならないのだ。本来ならば。

ならば今、アルフィアは『本調子』ではない。

アリーゼは確信を得た。

「私達の勝ち筋は『持久戦』……【勇者《ブレイバー》】の作戦、当たりね！　リオン、一撃離脱《ヒット・アンド・アウェイ》、続行よ！　正義の味方らしくないけど、『相手の嫌がること』、とことんするわ！」

「ええ、アリーゼ！」

少女の指示とともに、リューは勇猛果敢に斬りかかる。

正面への突撃は決して侵さず、側面や背後、時には片方が囮《おとり》となって頭上より、幾多の斬撃を伸ばしていく。

「交互に踏み込む高速戦闘……魔法を撃たせるつもりはないか。だが──私は『手刀《これ》』だけで、お前達の首を飛ばせるぞ？」

が、アルフィアの『才』は小娘達の浅知恵を軽々と凌駕《りょうが》する。

アリーゼと入れ替わりに切り込んできたリューの太刀を片手で撫でるように捌き、もう片方の手で、驚愕《きょうがく》する妖精へと断頭刃《ギロチン》よりなお鋭い手刀を繰り出す。

立ち退いたアリーゼも支援《カバー》できない迎撃。それを、

「未熟者め！」

すかさず飛び込んできた刀撃が阻んだ。

「面《つら》が少しまともになったかと思えば、すぐこれだ！　おちおち見てもいられん！」

「輝夜《カグヤ》！」

身を翻《ひるがえ》し回避するアルフィアと入れ替わりに、輝夜《カグヤ》がリューの隣に降り立った。

「どっか行っちゃって心配してたわ、輝夜《カグヤ》！　面倒を押し付けて逃げ出したなんて私はこれっっっぽっちも信じてなかったからね！」

「団長、貴方はそこのエルフと同じくらい嘘が下手だから、あまり喋《しゃべ》らない方がいい！　――さて、糞婆《くそばばあ》」

喜色満面のアリーゼに一瞥もくれず突っ込む輝夜《カグヤ》。

その視線をアルフィアに縫い付けながら、白い歯を剝いてやる。

「面倒な連中は片付けた。これで思う存分、借りを返してやるぞ！」

「威勢だけはいいな、小娘。だが、先程の言葉は訂正しろ。私はまだ、二十四だ」

「えっっっ⁉　本当に若いわ‼　私『恩恵』の力で誤魔化《ごまか》して、実年齢もっといってると思ったのに！　驚愕《キョウガク》の新事実《シンジジツ》‼」

「アリーゼ‼　敵とはいえ、妙齢の女性に失礼だ！」

アルフィアの衝撃的な告白からアリーゼが喚き出し、リューが大声で諌《いさ》める。

やにわに騒がしくなる前衛組に「何やってんだお前等……」とげんなりする中衛後衛組《ライラたち》の視線が殺到した。

「そうかそうか！　しかし私は十七だ！　どうだ婆、羨《うらや》ましかろう！」

「挑発ならばもっと上手《うま》くやれ。お前のそれは雑だ。それに――羨望は抱く気にならない」

静かな言葉とともに、音のない踏み込みをもって輝夜《カグヤ》の眼前に肉薄する。

少女の驚愕ごと手刀をもって打ち払い、リュー、アリーゼにも第一級武装にも比肩しうる素手の一閃を見舞った。

「人など、生き急がなければ、あっという間に老いていく」

始まるのは幾閃もの必殺の嵐《あらし》だった。

構えられた刀、剣を弾き飛ばし、刃で傷を負うどころか武具の方が刃毀《はこぼ》れをするという目を疑う現象を、女の細腕が生み出す。

（攻撃の速度が――⁉）

（まだ上がるの⁉）

（怪物ッ……‼）

輝夜《カグヤ》、アリーゼ、リュー、三者の戦慄を攫《さら》い、更なる傷を負わせながら、少女達より歳《とし》を重ねた魔女は心の内を吐露した。

「『あの時、ああしていれば』。生涯の中でそう考える都度、人は老いていく」

静かで美しい横顔は表情を変えない。

「選択を悔やむということは、己の所業を呪うことと同義だ。私ですら心がもう何度老いたかわからん」

ただ、踊る灰の長髪とともに、無念を滲《にじ》ませる。

「『過ち』は覆せない。『後悔』のために私達は今、ここにいる。……ザルドも、私と同じ思いだろう」


灰雲の下に度重なる叫喚が轟いている。

冒険者達の喚声だ。

英雄の都《みやこ》が上げる、雄叫びだ。

空を瞥見し、黙ってそれを聞いていたオッタルは、視線を前に戻した。

「ザルド……」

中央広場《セントラルパーク》。

『バベル』の門前、そこから更に距離を置いた南に、破れた『覇者』は仰臥《ぎょうが》していた。

周囲は戦いの激しさを物語るように荒れ果てている。破壊の爪痕《つめあと》がそこかしこに刻まれており、石畳はめくれ上がって、抉れた大地が露出していた。あれほど大量に舞い散っていた火の粉は今はもう数を減らし、男が生み出した炎獄は消え去《さ》ろうとしている。

もはや柄を握ることしかできない右手で大剣を提げながら、緩慢な動きで、オッタルはザルドのもとへ歩み寄る。

「…………負けたか、俺《おれ》は」

「ああ……俺が勝った」

男の体は死を目の前にしていた。

黄金の毛皮《ヒルディス・ヴィーニ》を被った漆黒の鎧は紙屑のように破かれ、ひしゃげており、その中身は出血によって黒一色に染まっている。比喩抜きで、もう肌の色がわからない。

いや、彼の場合、まだまともな皮膚が残っているのかさえも怪しかった。

「はッ……糞ガキ、め……」

兜を失った顔は血に濡《ぬ》れ、瞳を虚《うつ》ろにしている。

笑おうとして、それでも上手く頰《ほお》を動かせず、唇の端しか歪められない、そんな微笑をザルドは浮かべた。

オッタルの前に立ちはだかり続け、猛々《たけだけ》しく、強大だった武人の姿はもうどこにもない。

一人の『英雄』の末路がそこにはあった。

「……十年前ならば、勝敗はわからなかった。今のお前に、勝ったところで――」

「勝った途端、舐《な》め腐るな……」

これまで繰り返されてきた歴史の一頁を見つめ、僅かに目を伏せるオッタルの言葉を、ザルドはなけなしの怒りとともに遮《さえぎ》る。

「俺はこの戦《いくさ》のまえに、たらふく喰ったんだ…………今日の俺は、いつ、いかなる俺よりも、強かった…………」

勝者の誇りにだけは泥は塗らぬと、地に沈んだ覇者は語りかけた。

「お前は、それを超えた……………俺を、見下すな…………自分を、誇れ………」

「…………わかった」

最後まで武人に説かれたオッタルの返事は、短かった。

もう何も必要ないほど、万感が込められていた。

「ザルド……『ベヒーモス』を討ったこと、後悔しているか？」

黒ずんだ血の香り、そしてかすかに香る『腐臭』に、オッタルは意識を過去に飛ばした。

『黒竜』討伐失敗の前、『海の覇王《リヴァイアサン》』とともに成し遂げられた『陸の王者《ベヒーモス》』の打倒。

フィン達とともども、黒き砂漠に広がった当時の光景を目の当《ま》たりにしたオッタルは、気付けばソレを問うてしまっていた。

「――していない」

それに対し、男は断言する。

「悲願のため、そして仲間のため…………俺は、俺ができることをした。そこに、後悔など、あるはずがない…………」

グシュッ、と。

男が声を絞り出す度に、気持ち悪い音を立てて、『漆黒の膿《うみ》』が体から吐き出される。

「俺が、後悔しているとすれば、それは……がはっ、げほっ！」

もはや紅の面影も残していない黒ずんだ血が、男の口から吐き出される。

「……もう眠りなさい、ザルド。貴方の主神ではないけれど、最期を看取ってあげるわ」

「ははっ……あの糞爺《くそじじい》より、美神《アンタ》に見届けられる方が……よっぽど幸運だ……」

それまで黙って見守っていたフレイヤが、賛辞を与えるように約束を捧げる。

全てを懐かしむように、あるいは己の神へ最後の憎まれ口を叩くように。

ザルドは、小さな笑みを浮かべた。

「……オッタル」

初めて男が呼んだ己の名に、オッタルは驚きを殺し、答えた。

「……なんだ」

「満足、するな……進みつづけろ……高みへ……そのさきの、さらなる高みへ……」

「……言われるまでもない」

「そう、か……」

眼差しが遠のく。

未《いま》だ灰の雲に塞がれた空を見上げながら、かつての『英雄』は、その言葉を遺した。

「つよくなれ……ガキども……どいつも、こいつも……だれよりも……つよく……」

男の命はそこで、尽き果てた。

弔いの歌はない。

代わりに響くのは今も続く冒険者達の戦歌。

英雄の都はあたかも意志を受け継ぐように、より強く、より大きく雄叫びを上げる。

男の顔に残るのは、小さな笑みだった。

女神はそっと膝を折り、手を伸ばし、『覇者』であった者の瞼を閉じさせる。

「……【ゼウス・ファミリア】の最後の生き残りが、消えた。今度こそ」

「はい……」

最強が築いた、千年という一時代の終わり。

それをフレイヤの呟きとともに感じながら、オッタルは、『覇者』が見上げていた最後の空を自らもまた仰いだ。

「ザルド……感謝する」


「ザルドの死亡、確認！　『強化種』もほぼ全滅！　各『砦』の守備も持ち直した！」

目まぐるしく推移する戦況に、冒険者達は声を上げた。

既に悪報はない。五つの『砦』が共有しては雪崩れ込む朗報と戦果はオラリオ勢力を勢いづけるものばかり。オッタルの勝利、そして老兵達《ロートル》の特攻を契機に冒険者達は涙を振り払い、限界を超えて闇派閥《イヴィルス》とモンスターを殲滅《せんめつ》していく。

「趨勢《すうせい》が決まった……！　もう闇派閥《イヴィルス》に押し返すだけの力はない！」

大賭博場地帯《カジノエリア》にも押し寄せる敵勢力撃破の続報に、アスフィはこの戦いにおける戦略的勝利を確信する。

「けれど……！」

それでも、眼鏡《めがね》の奥で少女の瞳は歪んだ。

彼女の視線の先では、速やかに『撤退戦』に移る闇派閥《イヴィルス》の姿があった。

「同志ザルドが負けるとはっ……！　おのれぇぇぇぇぇぇっっ！」

「待てぇ！　……くそッ！」

オリヴァスを始め、幹部を中心にことごとく戦場から離脱していく。

ファルガーと冒険者達が追おうとするも、自爆兵やモンスターが邪魔となって、その背中に剣を届かせることができない。

(私達に、敵を追撃できる余力もない……！　誰もが傷付き過ぎた！　『砦』の防衛を維持することで精一杯！)

アスフィは思わず唇を噛《か》んだ。

自爆兵とモンスターはまだ残っている。このままでは敵の幹部を取り逃がしてしまう！

「【万能者《ペルセウス》】、伝令だ！」

その時、北西――『ギルド本部』の方角から、【ロキ・ファミリア】の団員が姿を現した。

事前の打ち合わせで取り決めていた点滅の発光順《パターン》――信号器の光では伝えられない『想定外』の指示を伝えに来たことを察するアスフィは、思わず体を硬くしてしまったが、

「【象神の杖《アンクーシャ》】と協力して、味方の総指揮を執るように！」

「……はぁ⁉　私が⁉」

その内容を聞いて、素っ頓狂な声を上げてしまった。

「【勇者《ブレイバー》】は一体どうしたのですか⁉」

フィンが討たれる最悪の事態を想定した各『砦』の自立化は万が一のために作戦共有されていたが、『総指揮権の移動』なんてものは取り決められていない。思わず叫び返してしまうアスフィに、伝令の団員は口ごもった後、言った。

「……団長は、今、一、人で……」

「――まさか」

アスフィは、目を見開いた。

「各方面、士気低下！『砦』の攻撃を続行させていますが、いつ壊走を始めるかもわかりません！　調教師《テイマー》達にも被害が！」

「不正《アバテー》、不止《アレクト》ともに、【フレイヤ・ファミリア】に敗北！　ディ、ディース姉妹とバスラム様も戦死した模様!!　残った『精霊兵』とともに、両派閥の残存部隊は撤退に移っています！」

下士官達の絶望も同然の悲報が次々と押し寄せる。

全ての報告がヴァレッタを苛立たせた。

あらゆる事象が、女の憤怒を駆り立てた。

「くそが、くそがっ、クソがぁぁ……!!　――雑魚どもには敵を足止めするよう徹底させろ！　幹部は『クノッソス』で再集結するよう言え！」

その上で、ヴァレッタは有能だった。

指揮官として戦況を見極め、燃えたぎる感情に力ずくで折り合いをつけ、意識を撤退戦へと切り替える。

「決して『出入り口』を悟られるんじゃねえ！　迷宮街《ダイダロスどおり》じゃなく、都市外のルートを使わせろ！　オラリオから撤退したと騙《だま》し込《こ》む!!」

「し、しかしっ、この一戦に我々は総力をつぎ込んでいます……！　もはや部隊を立て直すことは……！」

「まだだ！　この地響き、エレボスとアルフィアは生きてやがる！　あっちの戦いは終わっちゃいねぇ！」

地の底から伝わる鳴動に、ヴァレッタは足もとを睨みつけながら告げた。

「クノッソスを経由して、あの女と合流さえすりゃあ、まだっ――」

その時。

女の思惑など刺し穿《うが》つように、『声』が響いた。

「【魔槍《まそう》よ、血を捧げし我が額を穿て】」

「――――っ」

それは風の気紛れか、幻想か、あるいは勇者の親指のごとく直感か。

聞こえる筈のない『詠唱』を、ヴァレッタは確かに感じ取った。

「【ヘル・フィネガス】」

弾かれたように振り向く女の視線の先。

西のメインストリート。

周囲に化物と、闇派閥《イヴィルス》の兵の屍《しかばね》を築きながら、その小人族《パルゥム》はゆっくりと瞼を開いた。

「――逃がさない。詰めさせてもらう」

まるで灼熱の炎のごとく。

その碧眼《へきがん》は鮮血の色を纏い、殺意に満ち溢《あふ》れていた。

石畳を爆砕し、風よりもなお速く、フィン・ディムナが驀進《ばくしん》する。

「フィ、フィンッ⁉　てめえええええええええ⁉」

一振りの長槍《ちょうそう》を携える【勇者《ブレイバー》】の影に、ヴァレッタは叫び声を上げ、跳んでいた。

現在地の商館屋上を放棄し、一も二もなく撤退戦へと移行する。

慌てて下士官達も従った。別の建物の屋根の内に着地し、再び蹴立《けた》て、宙を舞い、都市南西から南東へ横断する動きで移動していく。

女の判断は早かった。

女の動きは迅速だった。

だが、それ以上に、勇者の追撃が迅烈だった。

「ぐぁああああああああああああああ⁉」

絶叫が木霊《こだま》する。

捨て駒として割り振られた自爆兵がなす術なく瞬殺。そのまま空中に躍り出る小人族《パルゥム》へ、命を神に捧げた邪教徒達が凶悪な蜂のように群がるが、槍のうねりが全てを解体した。

手足の一部を失い、心臓を穿たれ、口から紅《くれない》を吐き、首をへし折られ、赤黒い雨と一緒に遥か下の地面へと落下する。命を弄《もてあそ》んできた者達の末路など一顧だにしない。ヴァレッタ達と同じく建物の屋根と屋根の間を疾駆するフィンは赤眼を細めた。

電光石火を彷彿とさせる超速。

目もとを痙攣《けいれん》させるヴァレッタ達のもとへ、血に飢えた猟犬のごとく迫りくる。

「後方の指揮は既にシャクティ達に委《ゆだ》ねた。残存戦力の中で無傷なのは僕一人……」

逃走する獲物の背中を捉《とら》えたフィンは、荒ぶる風の中で呟きを落とす。

「首領《キング》の単騎駆けは読めなかったか、ヴァレッタ？　なら、ここで討たれろ」

頭上から襲いかかる闇派閥《イヴィルス》兵を槍の一閃で爆砕させ、ビシャ！　と。

建物の壁にへばりつく血のシミへと変え、なお猛追する。

「僕は、暴れたくてしょうがない」

走行の勢いを片時も緩めず、赤き眼差しが女の背を射貫く。

「たった一人で追撃戦だとぉ〜〜〜〜⁉　ふざけるんじゃねえぞ、フィン！　舐めるんじゃねえ‼」

ヴァレッタもまた疾走を続け、後ろを振り返る中、単騎で追いかけてくる小人族《パルゥム》に叫び散らした。追いつかれ、一対一で対峙してはならないと警戒しつつ、怒りの唾を吐き出す。

「撤退してる不正《アパテー》、不止《アレクト》の連中と合流すんぞ‼　一人で追ってくるあの間抜けを、袋叩きにしてやる！」

【アパテー・ファミリア】、そして【アレクト・ファミリア】が攻略を担当していたのは都市東部、円形闘技場《アンフィテアトルム》。既に南下を始めている残存勢力の現在地は第三区画。第四区画に突入したヴァレッタ達の目と鼻の先だ。

ディース姉妹とバスラム撃破の一報は届いているが、【アパテー・ファミリア】の主戦力『精霊兵』は四体が健在。兵を操《あやつ》る神官《バスラム》の『錫杖《しゃくじょう》』は部下が回収している。数は減らしていてもLv.5の戦団をぶつけてやると、ヴァレッタはほくそ笑んだ。

「てめえの『魔法』の効果はバレてんだよぉ！　能力《ステイタス》を激上させる代わりに、碌《ろく》な判断ができねえ凶戦士《バーサーカー》に成り下がる！」

フィンの【ヘル・フィネガス】は戦意高揚の魔法。

一段上の階位《レベル》に迫るほどの強化を与える代わりに、術者を凄《すさ》まじい好戦欲で満たす。指揮はおろか冷静な分析判断が利かなくなる、まさに凶戦士に変貌させるのだ。

純粋な戦闘では無類の効果を発揮するも、罠《わな》や搦《から》め手の前では突撃を繰り返す蛮兵と化してしまう欠点が存在する。

「完璧に孤立したところで、返り討ちにしてやるぜ……!!」

腕を振り鳴らすように、ヴァレッタの手から放たれる閃光弾。

合図を受け取った【アパテー・ファミリア】の生き残りが、直ちに転進する。

合流は早かった。ディース姉妹に劣るとはいえ闇派閥《イヴィルス》の中でも屈強な不止《アレクト》の眷族が『伏兵』の指示を受け取り、『錫杖』を持つ不正《アパテー》の団員はシャン！　と屋根に叩きつけ、かき鳴らす。

たちまち獣より凄惨な唸《うな》り声を上げ、すれ違った四体の『精霊兵』がフィンのもとへ殺到した。

一分後には血祭りが広がるだろう光景に、ヴァレッタは笑みを歪める。

「──悪いな、ヴァレッタ。君の『期待』には沿えられそうにない」

それに対し、フィンは、何一つ表情を崩さなかった。

正面より迫りくる精霊兵、四。

大娼館の屋上に降り立つと同時、一斉に姿を現した伏兵十六。

【アパテー・ファミリア】によるLv.5の猛攻、魔法が既に起動状態にある【アレクト・ファミリア】による罠。

袋の鼠《ねずみ》である。

自分を嵌《は》め殺すための罠を前に、内に冷酷に燃え滾《たぎ》る炎を飼いながら、勇者と呼ばれている男は『凶猛』を解き放った。

『殺戮』を開始する。

「────」

離れたヴァレッタが凍結するほどの、槍の轟閃。

正面から飛びかかった精霊兵の一人がそれだけで胴体を両断され、続く刺突が二人目の首を正確に貫いた。刹那の鮮血劇に、理性を失って標的に襲いかかるだけの筈の精霊兵が怯み、次には三人目が唸《うな》る穂先の餌食となる。

【フレイヤ・ファミリア】との戦闘で傷付いているとはいえ、Lv.5の精霊兵を瞬殺する凶戦士《バーサーカー》の姿に、【アレクト・ファミリア】は戦慄に襲われた。包囲している十四人の魔導士達が直ちに魔法と魔剣の砲撃を見舞う。それをフィンは、目の前に転がった瀕死の三人目の首を摑み、軽々と持ち上げた。

理性を失った凶戦士《バーサーカー》が到底取りうる筈のない『盾の設立』は業火の濁流を防ぐ。

炎が荒ぶるあまり目標《フィン》を失った魔導士達に向けて、精霊兵の延髄《えんずい》に突き刺さっていた制御棒――『精霊の短剣』を引き抜き、投擲《とうてき》。

解放の慟哭を上げる精霊の刃が雷の飛沫を散らしながら、瞠目《どうもく》する隊長の額を貫通し、そこからは一気に混沌に陥《おちい》った。

「逃げなくていい。終わらせてやる」

炎の海から飛び出し、槍が魔導士達を瞬く間に屠《ほふ》っていく。

部隊長を殺害され、統率を失った【アレクト・ファミリア】に抗う術はなかった。もとより命からがら【フレイヤ・ファミリア】のもとから撤退した敗走部隊、理性のない獣を狩る筈が逆に喰い殺され、悲鳴を上げながら今日までの非道の代償を支払わされる。

残った最後の精霊兵が声を上げながらフィンに飛びかかるも、魔法の力で強化された小人族《パルゥム》はもはや苦戦を呈することはなかった。本能のまま暴走する精霊兵と同じ状態でありながら、明確な『技と駆け引き』をもって嵌め殺したのだ。

「なっ――――」

前衛を半壊させた上での後衛の強襲。

魔導士達に動揺を与えた上での、包囲網の破壊。

およそありえない光景に、ヴァレッタは立ちつくす。

「ア、【アパテー・ファミリア】、【アレクト・ファミリア】、全滅!!　【勇者《ブレイバー》】、なおもこちらに向かってきます！」

「……包囲の作戦を読みきった……？　なんでだ、ありえねえ！」

下士官の悲鳴にヴァレッタは取り乱した。

戦意高揚の魔法で今のフィンは、ただの獣に成り下がっている筈。奇襲を潰《つぶ》す知性が残っているわけがない――そのように断ずるヴァレッタの胸中を見透かすように。

フィンは血の丘となった屋上で、槍を振り鳴らす。

「どうやら、怒りが突き抜けると『魔法』を使用しても、逆にかろうじて理性を保ってしまうらしい。僕も初めて知った。……そして、今は相当にキているようだ」

紅蓮の火が超高温を超え、蒼《あお》の炎に変貌するように。

頭は冷えていた。思考は冴《さ》えていた。

殺意が鮮明だった。

フィンはこれまでにないほど、瞋恚《しんい》の業火を宿していた。

「冒険者として様々なことを教えてくれた先人達《ノアール》を、死なせた。お門違いだとはわかっているが、どうか受け止めてくれないか」

頬を返り血で汚した小人族《パルゥム》が、幽鬼のように一歩、前へ踏み出す。

「僕は君達を血祭りに上げたい」

その声音が、烈火を帯びる。

「俺は、今日までお前達が奪った命の分だけ……報復したい」

転瞬、勇者は怒りの化身となって疾走した。

「と、止めろぉぉぉぉぉぉぉ！　私が離れるまでっ、そいつを足止めしろおおおお⁉」

命じられるがまま、ヴァレッタに付いてきた兵士達が恐怖の奇声を上げて迎撃に向かう。

だが結末は一緒。捨て駒を蹴散らすフィンの追撃は止まらない。

「あの目……あの眼差し……間違いねえ、理性を保ってやがる！　理性を保ちながら、狂ってやがる‼」

赤眼の追跡者に、青ざめる女は理解せざるをえなかった。

（魔法を使っちまえば、フィンの能力はLv．6相当！　オラリオの中でオッタルと並んで抜きん出てやがった存在‼　まともな判断ができねえのが救いだったんだ！　それが、殺意だけ募らせた冷酷な戦士になったら――）

ヴァレッタの危惧は現実のものとなる。

必死に逃げ続け、都市南西の中央まで向かう彼女達のもとへ、血に濡れた黄金の槍が迫りくる。

「と、止まらない……！　たった一人の突撃が止まらなっ――――ギャアア!?」

閃いた槍がとうとう下士官達を射抜く。

残るは、追い詰められた毒蜘蛛《アラクニア》ただ一匹。

「動くな、ヴァレッタ」

「く――来るなぁ!?　来るなぁあああああああああああああああああ!?」

遁走《とんそう》する。

絶叫を上げながら、ヴァレッタはたった一人の小人族《パルゥム》から距離を取ろうと躍起になった。

その無様な姿に何の感慨も抱かず、フィンは自身を弓に見立てて、片手に持つ槍を引き絞る。

「――くたばれ」

投擲する。

怒りの一投が神速を越え、大気を穿ち、ヴァレッタのもとで鋭い音を奏でる。

「はっ……ぎっっ？」

女の体感時間が刹那を長い時の流れに変える。

発生した衝撃によって、足が屋上から離れ、宙に浮かぶヴァレッタは、視線を横に向けた。

そこには、自身の肩から『血の槍』が生えていた。

ヴァレッタの肩を、槍が貫通していた。

「────ぎぃあああああああああああああ⁉」

槍が肩から生えたまま、女は重力に引かれて落下した。

地面が視認できないほど、建物を始めとした構造物が入り組んだ『複雑怪奇な領域』へと。

「避けられた……肩を射抜いただけか。しかも落下地点は……」

『ダイダロス通り』。

迷宮街の異名の通り、地上に築き上げられた、もう一つのダンジョン。

土地勘があろうとなかろうと、奥まで迷い込めば二度と出てこれないと言われている領域に落ちたヴァレッタに、紅に染まったフィンの双眼が細められる。

「徹底的に追撃……この手で八つ裂きにするまで追い詰めて…………いや…………いや…………」

私怨に満ちる呟きを落としては、フィンは何度も頭を振った。

まるで身に巣食う憤激と、『勇者』としての冷静な部分がせめぎ合うかのように。

「たった一人の敵を追うためだけに、複雑怪奇な迷宮街へは赴けない。戦闘は、まだ終わっていない……」

たとえ手負いだったとしても、ヴァレッタは『ダイダロス通り』の奥へ文字通り必死に逃げ惑うだろう。それを追って仕留め、脱出するまでに、多大な時間を消費する。

そしてこの盤面でフィンが欠け続けるということは、この都市戦で大多数の敵を取り逃がすことに繋がりかねない。

「戦術的ではなく、戦略的勝利を……失った者達のためにも、より多くの見返りを……」

譫言《うわごと》のように独白を重ねていたフィンは、目を閉じた。

「……今ばかりは、ただの獣でありたかったな」

そんな切なさを込めた呟きとともに、瞼を開ける。

そこにあるのは血に飢えた赤い双眼ではなく、理知を有した碧眼だった。

「痛み分けだ、ヴァレッタ」

迷宮街を最後に見下ろし、フィンはその場から離脱する。

付近の部隊と合流すると同時に、闇派閥《イヴィルス》の殲滅戦へと移る。

怒涛《どとう》のごとく、自ら敵兵を一掃していくフィンの姿に、冒険者達は止めとばかりに士気を上げた。見逃したヴァレッタの代わりに続々と敵幹部を討ち取り、まさに見返りのごとく敵陣へ痛烈な被害を与える。

敵指揮官《ヴァレッタ》を喪失した闇派閥《イヴィルス》側は、もはやフィンと指揮合戦《ゲーム》を演じることもできない。

勇者は有言実行とばかりに戦略的勝利を決定づける。

（敵の主要幹部、その大半を仕留めた。地上の勝敗はほぼ決したと言っていい）

南西の『砦』、大賭博場領域《カジノエリア》に合流したフィンのもとに、勝利の報告が続々ともたらされる。

そのまま凱歌《がいか》に変貌しそうな冒険者達の歓喜を脇《わき》に、フィンは屋上から都市全域をゆっくりと見回した。

(残るは、ダンジョン。地上の様子からいって、やはりアルフィアは迷宮に回っている)

『大最悪《モンスター》』に、ヘラの眷族。

リヴェリア達の状況は地上より過酷とみて間違いないだろう。

だが。

もし、まだ戦闘が続いているようなら。

「敵の『制限時間《タイムリミット》』が、近付いている筈──」

フィンは大地を隔てた先の地下迷宮を見つめるように、眼下を見下ろした。


度重なる斬撃をまとめて押し飛ばす、音の暴圧が放たれる。

「ぐあっっ⁉」

「リオン‼」

魔法によって吹き飛ばされたリューに向かって、アリーゼの声が飛ぶ。

彼女の危惧を拒絶できる者はいない。輝夜《カグヤ》も、ライラも、ネーゼ達もぼろぼろに傷付き、動けない中、瞠目するリューの眼前に灰の髪が翻る。

「終わりだ」

回避も防御も許さない至近距離。

突き出され、自身を照準するアルフィアの片腕に、リューの相貌が死相を宿す。

「【福音《ゴスペル》】――――っ」

その時だった。

超短文詠唱を口にした筈のアルフィアが、不自然に動きを停止させたのは。

「っ……？　不発……？」

いつまで経《た》っても自分を滅ぼさない音の砲撃に、リューは咄嗟に地を蹴った。

安全な距離まで退《しりぞ》くも、絶好の機会で発動しなかった敵の魔法に、眉《まゆ》を怪訝《けげん》の形に変える。

そんな彼女の疑問に対する答えは、すぐにもたらされた。

「――――ッッ!!」

アルフィアが、片手で押さえた口から、大量の紅の色を吐き出したのだ。

「なっっ!?」

突如として広がった鮮血の光景に、リューが、ネーゼ達が目を疑う。

咳《せき》き込む女の体は『発作』じみた動きに取り憑《つ》かれる。

「……血を、吐いた？」

「我々は何もしていない……自ら吐血した……」

呆然とするアリーゼと輝夜《カグヤ》の視線の先で、何度も何度も血を吐き、その漆黒のドレスも、水晶の花が咲く地面さえも、鮮やかな紅い色に染めていく。

僅か数秒で、女の足もとには血の泉が作り上げられていた。

「…………本当だった。『フィン達の話』は……」

その光景に、ライラも愕然としながら呟いた。

「化物みてえに強ぇコイツ等が、そんなことあるわけねぇって、信じられなかったが……本当に、あったんだ」

記憶の扉が叩かれる。

少女達の脳裏にライラと同じ光景が蘇《よみがえ》る。

意識が過去へと飛び立とうとする中、リューは無意識のうちに、それを口にしていた。

「【静寂】のアルフィアの、『弱点』――」


「ザルドとアルフィアの『弱点』？」

それは決戦前の深夜のこと。

正邪の総力戦が数時間後に迫ろうという中、【アストレア・ファミリア】は【ロキ・ファミリア】から、とある情報をもたらされていた。

「ああ。『大最悪《モンスター》』討伐班である君達にも、念のためザルドとアルフィアに関する情報を伝えておく。事前に知っていれば、対策も取れるだろう」

既に各【ファミリア】と作戦内容の共有を済ませているフィンは、不測の事態が起こらないとも限らないと言って、アリーゼ達をギルドの作戦室に呼び出していた。

「弱点っていってもよー、モンスターの『魔石』みたいに突けば一発で倒せる、なんて代物があるわけじゃねえんだろう？」

室内にいるフィン、リヴェリア、ガレスの顔を順々に見回していたライラは、頭の後ろで両手を組んだ。

「まともに戦《や》り合えねえ時点で、対策なんてできっこねえと思うけどなぁ」

半分も信じていない顔を浮かべる小人族《パルゥム》に対し、リヴェリアは苛立つでも咎《とが》めるでもなく、淡々と『事実』を告げた。

「確かに『魔石』とは比べるまでもない。だが、これを踏まえて戦闘を展開すれば、勝機が手繰り寄せられる、と我々は考えている」

「……おいおい、本当なのかよ？　デマカセじゃねえだろうな？」

怜悧《れいり》な王族《ハイエルフ》の顔に、ライラは驚きを見せた後、すぐに眼差しを鋭くする。

彼女に頷きを返すのはガレスだ。

「ゼウスとヘラの【ファミリア】が消滅する前から、奴等《やつら》はこの唯一の『弱点』を抱えておった。恐らくは今も、癒えてはいまい」

「……あの女とは一度戦った。そして完膚なきまでに圧倒された。『弱点』の存在など、にわかには信じられんが……」

八年前から既にある弱味など欠片《かけら》も感じられなかったと、直接戦った輝夜《カグヤ》がどうしても受け入れられないように眉をひそめていたが、

「いや、ある。そしてそれが、『最も才能に愛された眷族』と謳《うた》われていたアルフィアがLv.7程度に収まっていた原因でもある」

ぶれない語気とともに断言するリヴェリアに、閉口せざるをえなかった。

耳を傾けているアリーゼも驚きを隠せないでいる中、隣にたたずむリューが僅かな緊張とともに尋ねる。

「その『弱点』とは……？」

「最強の資質を持っていながら、奴《やつ》が真の最強に至れなかった理由。それは──」

目を閉じるリヴェリアは、その宿痾《しゅくあ》の名を告げた。

「『不治の病』だ」

八章
才禍代償

ASTREA RECORDS
evil fetal movement

Author by Fujino Omori Illustration Kakage
Character draft Suzuhito Yasuda

「『不治の病』……？」

ギルド本部の作戦室で、瞠目《どうもく》するリューが、リヴェリアが告げた言葉を唇に乗せる。

「ああ、アルフィアは生まれた時から大病を患っていたと聞く。それは『恩恵』を得ても改善できず……むしろ、とある『悪種《スキル》』として発現してしまったらしい」

説明を引き継ぐのはフィン。

『神の恩恵《ファルナ》』を授《さず》かった眷族に発現する『魔法』や『スキル』は、全《すべ》て有用なものとは限らない。本人の資質や体質、秘める情念次第では、欠点《デメリット》にしかならない能力が生まれてしまうことがある。

アルフィアもその例に漏《も》れないと、かつてはオラリオの守護者だったゼウス・ヘラの【ファミリア】の情報を知る小人族《パルゥム》はそう語った。

「凄《すさ》まじい才能、いや能力の代償《リスク》と言い換えてもいいだろう」

「魔法や道具《アイテム》を使っても決して癒えることのなかった、アルフィア唯一の制約だ」

フィンとリヴェリアが交互に口にする情報に、リュー以外の者も目を見張っていた。

「そして、ザルド」

何とか情報を整理するアリーゼや輝夜《カグヤ》、ライラ達の様子を見計らって、ガレスがもう一人の

『覇者』についても言及する。

「アルフィアの病《やまい》が『先天的』だとしたら、やつは『後天的』な要因で体を蝕《むしば》まれている」

「『後天的』……？　それに、蝕まれる……？　どういうことだ？」

輝夜《カグヤ》の問いに、ドワーフは過去に意識を飛ばすかのように、眼差《まなざ》しをここではない場所へと遠ざけた。

「『黒竜』との敗戦以前に行われた、『ベヒーモス』の討伐。……やつはその大戦の中で、あの巨獣《モンスター》の『超毒』に冒されておる」

「──!!」

かつての三大冒険者依頼《クエスト》の一つ、『陸の王者《ベヒーモス》』の討伐。

その死闘の中で起こったという『代償』に、アリーゼとリューは驚きをあらわにした。

「極秘にはなるが、ザルドは強力な『レアスキル』を持っていた。それが『神饌恩寵《デウス・アムブロシア》』。能力は『強喰増幅《オーバーイート》』」

ギルドに蓄えられている各【ファミリア】及び各冒険者の情報は、本来機密扱いだ。

そもそも情報漏洩《ろうえい》を嫌って管理機関《ギルド》にさえ秘匿する派閥もある中、ゼウスとヘラの【ファミリア】はその始まりの背景からして都市の創設神《ウラノス》と切っても切れない関係にある。彼等は面倒臭がりながらも、ダンジョンの到達階層や成長した眷族の情報──各階層の地図《マップ》や『発展アビリティ』獲得の条件、【ステイタス】の成長模範《モデル》など──を逐一報告していた。それは今日《こんにち》に至る迷宮都市の基礎を作り上げた偉業と言っていい。

オラリオ千年の歴史は、最強二大派閥《ゼウスとヘラ》の歩みと同義だ。

そしてその蓄えられた歴史の中に、ザルドやアルフィアの情報も眠っていたのである。

ゼウス・ヘラの失脚後、【ロキ・ファミリア】はその情報開示をギルドに求めた。

次世代の『英雄候補』に希望を託すため、主神《ウラノス》から許可を頂戴したロイマン達はこれを承諾。

そして、かつての最強の情報を拝んだ当時のフィン達の衝撃は、計り知れるものではなかった。一人一人が規格外の能力を有していたのだ。

その中でも、ザルドは極めつけだった。

【暴喰《ぼうしょく》】の文字通り、獣、人、そしてモンスター、万物を喰《く》らうことで『スキル』の発動中、能力《ステイタス》を上昇させることができる」

「なっ……！　喰うだけ強くなるっていうのかよ⁉　反則どころじゃねえぞ！」

「無論、喰らうものによっては微々たる変化しか起こらん。対象が強ければ強いほど、能力《ステイタス》の上昇に反映されていたらしい」

思わず声を荒らげるライラを他所に、ガレスは説明を続ける。

「ダンジョンの採取物に、死した眷族の人肉……あらゆるものを口にしたと聞くが、やつが最も多く喰らったのは、やはり化物《モンスター》どもだ」

「……まさか」

「ああ、ザルドは『ベヒーモス』を喰らった。戦いに勝利するため、猛毒を司る巨獣の肉を、直接」

リューの戦慄《せんりつ》が伴う予感を、ガレスは瞑目《めいもく》しながら肯定した。

「全てを蝕み、全てを溶かし、全てを殺す古の怪物の毒肉《どくにく》……修羅と化したザルドの一撃で敵は討てたものの、見返りは大きかった。取り込んだ『ベヒーモス』の肉は呪《のろ》いのごとくザルドを内から腐らせるようになり、男の体を蝕むようになったのだ」

陸の王者《ベヒーモス》討伐の真相を知り、【アストレア・ファミリア】は絶句した。

モンスターの肉体を摂取すること自体、人類は強烈な忌避感を覚えるというのに、男は死の塊そのものを取り込んだのだ。大いなる敵を討つために、あるいは仲間を守るために。

全てを知ったアリーゼ達は、それと同時にガレスが先程口にした『後天的』という言葉の意味も理解した。

「決して解放されることのない、『生の地獄』。やつもまた強力な制約に縛られることとなった」

「そんな……」

「……化物を殺した見返りに、零落《れいらく》する。どっかの英雄譚にありそうな話だな、ったく」

誇り高き意志を貫いたが故の代償に、潔癖なリューは敵のことでありながら悲愴《ひそう》の思いを抱いた。その隣でライラは顔をしかめ、皮肉にもならない感想を落とす。

【暴喰《ぼうしょく》】と【静寂】は、陸の王者《ベヒーモス》及び海の覇王《リヴァイアサン》討伐の立役者。だが、まさしくその戦いを経て、ザルドは戦線の離脱を余儀なくされ、アルフィアは病状を悪化させるに至った」

「それじゃあ、二人の『弱点』っていうのは……」

「ああ、『制限された戦闘時間』。時間が経《た》てば経つほど、彼等の症状は悪化していく」

リヴァリアが説明をまとめ、アリーゼが核心に手を伸ばし、フィンが結論を下す。

「『長期戦』による敵の疲弊。オッタル以外の者がザルド達を下すとしたら、これしか方法はないだろう」

「……敵がまだ『爆弾』を抱えてるっていう確証は？　ああまで大々的にオラリオに攻め込んできたんだ、毒も病《やまい》も完全に癒えたっていう線も捨てきれねえだろう。つーか、あの化物っぷりで枷《ハンデ》があるなんて信じられねえ」

フィンが語るザルド・アルフィアの対抗策に、ライラは最後まで疑ってかかった。

冷徹な参謀《ブレーン》として楽観視を許さず、常に最悪を想定する少女の姿勢に、胸中では好ましいものを覚えながらフィンは『根拠』も提示する。

「確かに君の言う通りだ、【狡鼠《スライル》】。だが、こちらの予測を裏付ける材料もある」

「材料……？」

「ああ。『大抗争』が勃発したあの夜、ザルド達は僕達に止《とど》めを刺さず、わざわざ退いた。もしあれが余興などではなく、制約のための『撤退』だとしたら……」

そこまで言われ、アリーゼと輝夜《カグヤ》がはっとする。

「あ……つまり敵は攻めたくても、攻めることができなかった？　戦いの反動を鎮めて、体を休ませるために！」

「それならば私達の前に再び姿を現すまで、時間が空いたのも説明がつく、か……」

フィンは頷《うなず》きを返す。

「そして、もう一つの材料。闇派閥《イヴィルス》は『大抗争』を起こすまでの間、度重なる暗躍をしていた」

まるでこれこそが本命だと言うように、闇派閥《イヴィルス》の活動を振り返る。

それは十日と二日前、【ヘルメス・ファミリア】を中心に集められた情報で、アストレア、ロキ、フレイヤが集って精査した内容でもある。

「『撃鉄装置』を強奪していた工業区襲撃は、自決装備作成のため。よってこれは除外。残るきな臭かった動きは二つ……」

フィンの言葉を継ぐのはガレス。

「都市外……『デダイン』での『信者』達の活発的な動き」

最後にリヴェリアが、リューも知己《アーディ》から聞き及んでいた情報を、核心に結び付けた。

「そして残るは、『大聖樹の枝』の乱獲――」


「『デダイン』は陸の王者《ベヒーモス》討伐の戦場、『黒の砂漠』が存在する地域の名……」

今も燃え盛る18階層。

その断崖で、アストレアは眷族達が辿《たど》り着いた結論と同じ答えを口にする。

「長年、陸の王者《ベヒーモス》の『毒』に晒《さら》され続けてきたあの地では、一部枯れることのない『薬草』が群生するに至ったと聞く」

「ご明察の通り。俺《おれ》達が『信者』に集めさせていたのは、その大地の力。ザルドの症状を抑えるための『解毒剤の素材』だ」

アストレアが語るまでもなく、エレボスは彼女達の答えをあっさりと認めた。

「なら、エルフの『大聖樹の枝』も……」

「ああ、『不治の病』の特効薬。潤沢な魔力を保有する妖精《ようせい》の枝を、煎《せん》じて飲むことで、アルフィアの病状は僅かだが緩和する」

どちらも二人の『弱点』を抑止するための道具《アイテム》。

全ては、『覇者』達を戦場に投入するための前準備だったのである。

「──『点』と『点』が繋《つな》がらないわけだ。撃鉄装置、大聖樹の枝、そしてデダインの暗躍も、それぞれ要素が独立していたのだから」

同時刻、地上ではヘルメスが肩を竦《すく》めていた。

都市外での闇派閥《イヴィルス》の暗躍をいち早く摑《つか》んでいた【ヘルメス・ファミリア】は、あの『大抗争』の夜、ザルドとアルフィアが姿を現したことでようやく答えに辿り着き、それと同時にフィン達と情報認識を済ませたのだ。

敵の切り札《ジョーカー》が切られる回数、そして時間は限られていると。

だからこそフィンは最後まで希望を捨てず、今日という正邪の決戦に臨んだのである。

「自決装備に、ザルドとアルフィア。この三つの切り札を用意するために、闇派閥《イヴィルス》は入念の準備を進めてきた」
唯一の勝機を手繰り寄せるように、ヘルメスはそれを告げた。
「そして、それこそが、今の【暴喰《ぼうしょく》】と【静寂】の状態を物語る何よりの『証拠』となる
──」

「がはっ、かはっ……！　ぐふっ──!!」

血がとめどなく溢《あふ》れる。

決して止まらない。

病人のように白く透き通った肌を鮮血で汚し、アルフィアはなおも血化粧を重ねていく。

「……どれだけの血を吐くのだ」

その光景に、輝夜《カグヤ》でさえも青ざめた。

「……どれだけの苦しみを、長年、その体に抱えていたのですか？」

その姿に、リューは問わずにはいられなかった。

「……さてな。私はこれを形容する術《すべ》を知らない。生まれた時、既に抱えていたモノだ。お前

も体を巡る血の在り様など説明できまい？」

　ようやく発作が収まったアルフィアは、その細腕で口もとを拭いながら答える。

「ああ、恨めしい……同じ腹から生まれた妹さえ殺した死の病《やまい》め。これさえなければ私は『黒竜』を討てたのか？」

　それは女の悔恨だった。呪詛《じゅそ》でもある。

　血を分けた妹という代償を払っておきながら、それでなお『黒竜』を討てなかった自分という存在そのものに、魔女はドス黒い衝動を宿す。

「であれば、今こうして雑音とかかずらうこともなく……お前達からそんな憐憫《れんびん》の眼差しを向けられることも、なかっただろうに」

　ネーゼが、ノインが、リャーナが、マリューが、イスカが、アスタが、セルティが、自分を穿つ少女達の視線が、アルフィアの頰《ほお》を歪《ゆが》めさせた。

　魔女の嘆きは正しい。

『不治の病』さえなければ、【静寂】はとうに【アストレア・ファミリア】を全滅させていた。

耳飾り《アクセサリ》『魔女への呪具《アルフィア・ベラドール》』。

　そしてリヴェリアの『ヴェール・ブレス』。

　前半戦における節目で放たれた必殺、これを防いだ二つの要素が、この長き戦いの明暗を分けた。あそこで制していればアルフィアの勝利は揺るがなかっただろう。

開戦以降、加速度的にアルフィアの状態《コンディション》は低下の一途を辿っていたのだ。

それこそ一秒一秒、異常魔法《アンチ・ステイタス》を重ねがけされるかのように。

——相手の力と魔力、そして反応速度が落ちてる。

アリーゼが抱いた直感は当たっていた。もはや彼女の戦闘能力そのものの低下は著しい。

その『スキル』の名は【才禍代償《ギフ・ブレッシング》】。

能力《ステイタス》の常時限界解除《リミット・オフ》を約束する代わり、交戦時及び発作時、『毒』『麻痺』『機能障害《シック》』を始めとした複数の『状態異常』を併発し、発動中は半永久的に能力値《アビリティ》、体力、精神力《マインド》の低下を伴い続ける。呪詛《カース》の代償などとは比べものにならないほどの、『才禍への対価』。

どんなに『技』と『駆け引き』、そしてかさ増しした魔力で圧倒しようとも、今のアルフィアの表面上の戦闘能力は高く見積もってもLv.5、あるいはLv.4。

そうなってしまえば、勝機はもう見えてしまう。

一段階の階位《レベル》の差ならば、冒険者達は複数人戦闘《パーティ・プレイ》をもって、階層主や迷宮《ダンジョン》をことごとく乗り越えてきたのだから。

その圧倒的な才能で、一瞬で敵を蹴《け》散らす名の謂《いわ》れ。

瞬きの間に敵を滅ぼす『才禍の怪物』の正体とは、瞬きの間に敵を滅ぼさなければならない『長期戦不可能の魔導士』だったのだ。

「っ……！　アルフィア、私達は……！」

リューは堪らず身を乗り出し、何かを叫ぼうとするが、その何かはいつまで経っても声の形をとることはない。

「御託はいいぜ。負けを認めちまえ。ここまでお前を追い込んだ、アタシ達の勝ちだろう？なぁ？」

ライラも、リューにそれを言わせなかった。

小さい体でエルフを制するように前へ出て、アルフィアを睨《にら》みつける。

「……そのような状態になっては、もはや碌に戦えまい。借りを返せていないのは癪《しゃく》だが、そんな血塗れの体では斬る気にもなれん」

輝夜《カグヤ》は獣じみた殺気をひそませ、死体も同然の魔女の体へと吐き捨てる。

「アルフィア……投降して。貴方達がしたことは許されないことだけど、下界を案ずる気持ちは本当だった。だから……降伏して」

アリーゼは、真摯《しんし》に訴えた。

もう長くはない。そう確信させるほどの病状。

文字通り命を削ってまでオラリオの前に立ちはだかった『悪』は、もはやこの戦いが終わった後に生きているかさえも定かではないだろう。

赤髪の少女は『悪』を断罪する『正義』の眼差しで、それでも気高き『覇者』に敬意を窺《うかが》わせながら、降伏を望んだ。

「降伏……降伏か」

　戦闘もままならないだろう惨状を前に、少女達の戦意が消えようとする中、アルフィアはその言葉を唇の上で転がす。

　そして。

「――貴様等『雑音』は、どこまで私を『失望』させれば気が済むのだ！」

　次には多大な『魔力』とともに、その怒りを発露させた。

「がっっ!?」

「舐《な》めるな、つけ上がるな、小娘ども!!　いくらこの身が痛苦に喘《あえ》ごうとも、貴様等を葬るなどわけないぞ！」

　放たれた『音』の衝撃がリュー達をいっぺんに殴り飛ばす。

　絶対たる覇気を纏《まと》い直し、『才禍の怪物』と呼ばれていた所以を解き放つ。

「それに何を勘違いしている？　私がこれより死す運命だとしても、何も終わっていない！　何も閉じてなどいない！　――オラリオを滅ぼす『破滅』は、今もなお猛り狂っているだろうに!!」

　片腕を水平に払うアルフィアに同調するかのように、『竜』の凄まじい咆哮が階層全体に轟き渡る。

『オオオオオオオオオオオオオオオオオオオオオオオオ!!』

「っ……⁉」

「モ、『大最悪《モンスター》』が……⁉」

「再生を繰り返し、更に醜悪な姿に……⁉　【ロキ・ファミリア】の押さえを振り払おうとしている！」

息を呑《の》むリューの後に、セルティと輝夜《カグヤ》の動揺が重なる。

『神獣の触手《デルピュネ》』は巨躯《からだ》を肥大化させ、まさに邪竜の名をほしいままにしていた。顎《あぎと》は幾つもの形に割れ、無数の突起を生やし、蝶の翅《はね》にも似た紫紺の翼を毒々しく輝かせる。

今やアイズの『風』やリヴェリアの砲撃を振り払い、その雄叫びだけで階層中を轟然と震わせるほどだ。

「貴様等をここで殺し、あれを地上に送り届ける！　迷宮の『蓋』は私が開こう！」

その言葉に間違いはない。

ここでリュー達が倒れ、アイズ達さえも殺められた時、あの邪竜の息吹は地上に風穴を開け、『覇者』達が望んだ『古代』の再来を招く。

「この身は既に原初の幽冥《エレボス》と取引し、『絶対悪』を名乗った身！　貴様等『正義』への恭順も屈服も、ありえん！　――私は己《おのれ》に課した、この破道《はどう》を貫く‼」

そしてそれは、高らかな意志だ。

『悪』に染まろうとも屈することのない、強き者の誓いの言葉。

命の砂時計を刻一刻と傾けておきながら、最後まで対峙《たいじ》の道を選ぶ静寂の魔女に、【アストレア・ファミリア】の少女達は気圧された。

「てめえ……!!」

「アルフィア……！　どうしてそこまで……！」

「私が求めるのは、『過去』！　在りし日の『英雄の時代』！　『未来』を欲する貴様等とは決して相容れん！」

ライラとリューの苦渋の眼差しに、アルフィアの答えは変わらない。

『音』の衝撃が振り払われ、少女達を飛び退かせる。

「…………」

だから、アリーゼは。

顔を覆《おお》っていた腕を下げ、構えを解いて、静かに尋ねた。

「それなら、どうすれば、貴方を止められるの？」

悲しみの表情で。

救うことのできない罪人に、己の無力を嘆きながら剣を向ける、正義の使者の面持ちで。

少女は問うていた。

「決まっている――」

アルフィアの答えは一つ。

「『英雄』となれ」

「「「「‼」」」」

唇に浮かぶ笑みに。

開かれた瞼に。

緑と灰の異色双眼《オッドアイ》に、アリーゼが、リューが、輝夜《カグヤ》が、ライラが、目を大きく見開く。

「『英雄』となり、私を打ち倒してみせろ！　貴様等が『未来』を求めるというのなら！　英雄の器を示してみせろ！」

告げられる雄叫びに、ネーゼが、ノインが、リャーナが、マリューが、イスカが、アスタが、セルティが拳《こぶし》を握りしめる。

「『正義』となる『次代の希望』とやらを証明し、この『悪』を納得させてみるがいい‼」

魔女は唱える。

力なき意志など意味はないと。

意志なき力にも価値などありはしないと。

力を持ち、意志を有する高潔な魂だけが、絶対の『悪』を止める唯一の術《すべ》であると。

昔日の絶望を経て、今もなお『英雄』である女は、未《いま》だ正義の卵である少女達に雄叫《おたけ》ぶとともに知らしめる。

「アルフィア……貴方は……」

呆然《ぼうぜん》とするリューの隣で、アリーゼは一度、目を閉じた。

「みんな、武器を。行くわ」

「アリーゼ……」

瞼を開いた次には、紅の秩序《クリムゾン・オーダー》を構える少女の姿に、ライラもまた頷《うなず》く。

「証明するわ。『正義』は巡り、『未来』に必ず光をもたらすことを。私達が築き上げてみせる『希望』を！　かつての『英雄』に叩《たた》きつける！」

こちらを穿つ異色双眼《オッドアイ》に向けて、剣先を突き付け、アリーゼもまた雄叫びを上げた。

「……心得た」

輝夜《カグヤ》が刀を抜く。

ネーゼが双剣を構える。

ノインが片手剣を、リャーナが短杖《ワンド》を、セルティが長杖《ロッド》を。

マリューが鎚矛《メイス》を、アスタが斧を、イスカが拳を。

「アーディ……私に力を」

そしてリューは、木刀と友の剣を。

「あの『英雄』を乗り越える、『正義』を！」

巡りゆく『正義』をその身に宿し、最後の決戦に臨む。

「貴方を倒すわ、アルフィア！　私達の――正義の剣と翼に誓って!!」

「ああ、来い」

アルフィアは笑った。

微笑を浮かべ、その『未来《ひかり》』に向かって目を細めた。

次に放たれるのは、絶大な覇気。

「『英雄』の作法を教えてやろう、小娘ども!!」

九章

英雄残光

ASTREA RECORDS
evil fetal movement
Author by Fujino Omori Illustration Kakage
Character draft Suzuhito Yasuda

『英雄』だった。

死の病に侵され。

命の期限を残り僅《わず》かとし。

儚く消える雪の結晶のように己《おのれ》の運命をすり減らしておきながら。

その女は、今もなお『英雄』だった。

「はぁああああああああああ!!」

「【ルミノス・ウィンド】!!」

正義の使徒が繰り出す数多の斬閃を往《い》なし、鉄槌《てっつい》のごとき砲火の雨をも無効化しながら、全《すべ》てを薙ぎ払う福音を轟《とどろ》かせる。

『英雄』だった。

その力は。

その強さは。

その御姿《みすがた》は。

『悪』に堕ちてなお——誰《だれ》よりも、『英雄』だった。

「砲撃！　撃ちまくれ!!　火力を途切れさせるんじゃねえ!!」

「攻めろ！　守るな！　真裸《まはだか》の斬り合いだ!!　怯《ひる》めば死ぬぞ、逃げるは恥ぞ!!」

ライラが叫び、輝夜《カグヤ》が吠《ほ》える。

その顔を血と傷で汚し、なおも猛りながら、眼差《まなざ》しの先で絶技を織りなす魔女を見据える。

「あの化物の全てに、我等の全力をもって応《こた》える‼」

輝夜《カグヤ》の決意に、正義の使徒達は咆哮《ほうこう》をもって呼応した。

「背を見せてはならない……！　この相手だけは‼」

疾《はし》る。

妖精《ようせい》が二振りの剣を持ち、緑光とともに駆け抜ける。

唇から鮮血を吐く『英雄』から目を逸らさず、背を向けず、正面から立ち向かう。

「あの『英雄』だけは、乗り越えなくてはならない‼」

加速する。

全ての景色が。

剣も、盾も、杖《つえ》も。

閃光も、衝撃も、炸裂《さくれつ》も、咆哮も。

意志さえも。

かつてない力を欲し、全身全霊をもって、正義の使徒は、かつての『英雄』に向かって加速する。

「【燃え盛れ《アルガ》】！　【燃え盛れ《アルガ》】！　【燃え盛れ《アルガ》】‼」

繰り返されること三度《みたび》。

体から魔力を引きずり出す発火呪文《バースト・ワード》をもって、響き渡る炎の猛りとともに、アリーゼが最大火力を纏《まと》う。

直後、猛炎と音塊は衝突を果たした。

「全開炎力《アルヴァーナ》!!」

「【福音《ゴスペル》】！」

全てが加速し、燃え上がるその光景は、流星の輝きにも似ていた。

立《た》ち塞《ふさ》がる『悪』に対して気炎をまき散らす『正義』のきらめき。

光の尾を曳《ひ》いて駆け抜ける、星の軌跡。

「アリーゼ……みんな……」

神々は、断崖の上よりその光景を見守った。

「正邪《せいじゃ》の行進……いや、正邪の決戦」

正義の女神の隣で、『絶対悪』の神は歓喜に満ちた。

「嗚呼《ああ》、そうだ――これが見たかった！」

身を震わし、両腕を広げ、本懐に辿《たど》り着けたかのように、エレボスは笑みを生む。

「過去と今を繋《つな》ぎ、未来に至る、眷族《おまえたち》の物語が!!」

『正義』と『悪』の神の視線の下、禍《まが》つ巨星と、光を放つ星々が、衝突と錯綜《さくそう》を繰り返す。

そして。

「【祝福の禍根《かこん》、生誕の呪《のろ》い。半身喰《く》らいし我が身の原罪《げんざい》】――」

魔女は、『第三の詠唱』を開始した。

「短文詠唱じゃない！　三つ目の魔法⁉」

「しかも、あれって……」

「超長文詠唱⁉」

速度重視の『音』の砲撃でも、『魔力無効化』の付与魔法《エンチャント》でもない。

その事実にリャーナが、マリューが、セルティが、魔法を操《あやつ》る専門の治療師《ヒーラー》と魔導士達がいち早く察知する。

青ざめる少女達の顔色が意味するところは、アルフィアが隠していた『切り札』の発動。

「っっ――止めろぉ！　呪文を完成させるなぁ‼」

比類なき破壊がもたらされると直感した瞬間、輝夜《カグヤ》も叫んでいた。

甘き蜜にはなりえない凄絶《せいぜつ》な魔力の高まりに、リューとアリーゼ達は蜂ではなく迅烈《じんれつ》な剣となって群がった。

銀閃が交差すること七度。

炎の欠片《かけら》と風の衝撃を生み出す斬撃の渦。

決して逃れられない筈《はず》の正義の剣の結界。

「【禊《みそぎ》はなく。浄化はなく。救いはなく。鳴り響く天の音色《ねいろ》こそ私の罪】」

だが、『悪』の歌は止まらない。

魔女の高らかな詠唱をもって、絶滅を奏でる。

(斬撃が空《くう》を切る！　どころか、反撃まで！)

(『並行詠唱』……！　止められない!!)

両腕をだらりと下ろした独特の構え。柳のように揺れ、攻撃をことごとく捌《さば》かれる。

連続で斬撃を見舞うリューとアリーゼの驚倒を置き去りにし、アルフィアは手刀の一つで武装の上から少女達を薙《な》ぎ払った。

あまりにも激しい旋律に、階層の中央で大最悪《モンスター》と交戦を続けているリヴェリア達も、弾かれたように振り向く。

「この呪文……そして、この魔力の総量！　間違いない、アルフィア最後の『魔法』!!」

「海の覇王《リヴァイアサン》に止《とど》めを刺した、必殺《アレ》か!?　まさか階層ごと儂等《わしら》を吹き飛ばす気か!?」

この階層にいる者の中で、二人だけはその『魔法』の正体を知っていた。

かつての三大冒険者依頼《クエスト》が一つ、海を司る王を制した破壊詠唱。

在りし日の自分達が目にした過去の再来に、リヴェリアとガレスは誰よりも危惧に襲われる。

「何故《なぜ》だ、アルフィア……どうして破滅に突き進む！　どうして世界を壊す！　それほどの力を持っていながら、一体どうして⁉」

ハイエルフの叫びに、魔女は聞く耳など持たない。

「【神々の喇叭《らっぱ》、精霊の竪琴《たてごと》、光の旋律、すなわち罪過《ざいか》の烙印《らくいん》】」

ただ己の全てをぶつけるように、静寂の鎧を打ち捨て、呪いの祝詞を紡ぎ上げる。

「【箱庭に愛されし我が運命《いのち》よ──砕け散れ。私は貴様《おまえ》を憎んでいる】！」

己の心の奥底を曝《さら》け出し、憎悪の鍵《かぎ》をもって『鐘楼の扉』を開いた。

「【代償はここに。罪の証をもって万物《すべて》を滅《めっ》す】──」

詠唱完了間近。

自分達の顔を照らし、瞳《ひとみ》を焼く輝きに、リュー達は時の狭間の中で立ちつくす。

その魔力の輝きは、美しい白、ではない。

女の心象風景を映し出す『灰の雪』。

白く在《あ》れなかった魔女の欠片が、絶望に染まる【アストレア・ファミリア】の相貌に降りそそぐ。

そして。

天に掲げられたアルフィアの細い片腕が示す先、遥か頭上に魔法円《マジックサークル》とも異なる灰銀の物体《オブジェ》が顕現する。

その輪郭は、巨大な『鐘』のそれ。

「【哭《な》け、聖鐘楼】!!」

終焉が打ち震える。

決して未来と繋がることのない、『大鐘楼』とはかけ離れた音色が――神聖で、破滅的で、気高く、歪《いびつ》な、誰も救わず何人も守らない破壊の荘厳が、ことごとくの滅却を予言する。

リューは時を止めた。

アリーゼは凍《い》てついた。

輝夜《カグヤ》は絶句した。

リヴェリアとガレスは顔を苦渋に歪《ゆが》め、風の暴流は怯《ひる》み、神獣《デルピュネ》の触手さえ臆した。

魔力の臨界。

頭上に浮かぶ灰銀の鐘が凄《すさ》まじい輝きを放ち、罅割《ひびわ》れ、爆砕する。

正義の使徒を戦慄させ、絶望させ、全滅させる『滅界の咆哮』が今、解き放たれた。

「【ジェノス・アンジェラス】」

破轟《はごう》の極致。

周囲一帯に充満する炎を全て呑《の》み込《こ》み、かき消し尽くす咆哮の濁流が、灼熱《しゃくねつ》の階層を塗《ぬ》り潰《つぶ》す。

大地が滅んだ。火が滅亡した。木々が滅砕した。

純然たる破壊の衝撃と同義。余波だけでマリュー達の耳飾り《アクセサリ》を吹き飛ばし、鼓膜から血を吐かせた一瞬にも満たない直後、本命の咆哮波が神殺しの鉄槌のごとく迫りくる。

全てを消滅させるLv.7の砲撃。

効果範囲は一〇〇M《メドル》超。

防げない。

逃げられない。

咆哮の射程内に収められた【アストレア・ファミリア】が終わりを悟った――その時。

「――待ってたぜぇ、てめえの『必殺』！」

ただ一人、彼女だけは、走り出していた。

「うおおおおおおおおおおおおおおおおおおおおおおおおお！」

ライラが、背中に取り付けていた『盾』を引き剝《は》がし、迫りくる咆哮へと身を投げる。

盾で全身を覆《おお》い、ネーゼ達が止める間もなく衝撃波に呑み込まれた瞬間――構えていた『盾』が木《こ》っ端微塵《ぱみじん》に砕け、極大の咆哮を相殺した。

「なっ⁉」

輝夜《カグヤ》達も、リヴェリア達も、アルフィアさえも瞠目《どうもく》した。

そして直ちに『何が起きたのか』悟るのはアルフィア自身。

「私の『魔力無効化《シレンティウム・エデン》』⁉　何故⁉」

魔女の驚倒に答えられるのは、一人しかいない。

相殺の衝撃によって吹き飛ばされ、大地を転がり、体を襤褸《ぼろ》に変えながらも必殺を防いだライラは、口端をつり上げた。

「なに言ってんだ、しっかりもらいに行ってやったじゃねえか」

それはたった数時間前の出来事。

輝夜《カグヤ》がヴィトーを相手取るため離脱した直後、彼女の穴を埋めるために無理やり前衛へ上がった──そう見せかけた、一瞬の攻防で起きたこと。

『おらぁああああああああああああ‼』

『盾の突撃《シールドバッシュ》？　ドワーフでもない小人族《パルゥム》のお前が、何の真似だ？』

あの時、ライラはまさに『盾』を突き出していた。

アルフィアが身に纏《まと》っていた不可視の付与魔法《エンチャント》──『魔力無効化《シレンティウム・エデン》』と接触していた！

「まさか、あの時──⁉」

「【万能者《ペルセウス》】と、あとは【単眼の巨師《キュクロプス》】にも協力させて作らせた、『魔法』の効果をブンどる特注品だ。ま、砕けちまったが」

顔色を激変させる『覇者』に向かって、勇者《ブレイバー》から魔女《アルフィア》の『第三の魔法』含めた情報を全て仕入れていたライラは、『種明かし』を行う。

「ヘルメス様に原型の盾をもらってよぉ。たしか、大神《ゼウス》が持ってたっつう……なんつったかなぁ」

そして、笑みとともに、その名を突きつけた。

「あぁ、そうだ。『魔除けの大盾《アイギス》』だ」

「ッツ────!?」

それは【ゼウス・ファミリア】に受け継がれていた防具。

ありとあらゆる厄災を退け、石化の呪いさえ反射すると言われる雷雲の象徴。

【ヘラ・ファミリア】の眷族であれば知らぬ者などいない、絶大なる『破邪の盾』。

「行けぇ、アリーゼ、リオン!!　ブチかませぇぇぇぇぇぇぇぇぇぇぇっ！」

切り札たる必殺を繰り出した直後。

極大魔法の反動が魔女の体から精彩を奪い、その唇から血液を吐かせる。

呆然《ぼうぜん》と動きを止めるアルフィアに向かって、二人の少女は既に、疾駆していた。

「「はぁあああああああああああああああああっ!!」」

二振りの正剣《せいけん》と秩序たる剣が、それぞれの魔法の衣を纏う。

星屑の光と炎の花弁。

リューとアリーゼは疾風のごとく、烈炎のごとく、魔女が守り続けていた懐《ふところ》へ踏み込んだ。

（零距離────）

アルフィアは悟る。

(防げん――!!)

その『正義』の双撃は、絶対たる『悪』に届くと。

「【ルミノス・ウィンド】!!」

「【炎華《アルヴェリア》】!!」

巻き起こる旋風と焔《ほむら》。

渾身《こんしん》の双撃とともに直接叩《たた》き込まれた砲撃が、Ｌｖ.７の体を焼きつくす。

衝撃と轟音を生む星光と炎光、閃光《スパーク》を帯びて乗算される激しい魔力。緑、赤の輝きを散らす爆流が階層の一角に炸裂し、次には凄まじい砂塵を呼び込んだ。

罅割れた迷宮の大地が揺れ、ライラや輝夜《カグヤ》達が吹き飛ばされまいと身を伏せる。

少女達の髪が何度もなびいた後も、鳴動はしばらく収まらなかった。

天井《てんじょう》から水晶塊《かい》の一部が崩れ、落下し、砕ける。

地響きの檻《おり》を抜けて、時が動き出し、煙が晴れ出す頃。

最初に姿を現すのは片膝《ひざ》をついたリューと、剣を杖のように大地へ突き立てるアリーゼの姿だった。

「…………やっ、たのか？」

「……これで決まってなけりゃあ、もう、どうしようもねぇなあ……」

安堵《あんど》にほど遠いネーゼのかき消えそうな声に、ライラが呟く。

獣人の少女に背を支えられ上体を起こす小人族《パルゥム》は、いっそ願うように煙の奥を睨《にら》んだ。

「……いや。その心配は、必要ない」

間もなく呟いたのは、輝夜《カグヤ》。

双眸《そうぼう》を細める彼女の視線の先、姿を現す魔女の影が、ゆっくりと崩れ落ちる。

「がはっっ――――！　ぐ、っっ……⁉」

全身を裂かれ、焼かれ、深い傷を負ったアルフィアが、病《やまい》に侵された血をぶちまける。

刻まれた致命傷。

到達した限界。

両膝を折り、両手を地面についた、ぼろぼろに朽ち果てた装束姿《ドレス》は、悲願を抱いた先で全てを失った魔女の末路そのものだった。

「はぁ、はぁ……！　アルフィア……！」

「…………私達の勝ちよ」

肩で息をしながら何とか立ち上がるリューの隣で、全身を汗で覆いつくすアリーゼが告げる。

「かはっ、ごほっ……！　…………ふっ…………は、はは………」

自身の体と負けず劣らず傷付き果てた大地に、止まらない血を浴びせていたアルフィアはやがて、今にも消えそうな笑みを漏《も》らしていた。

「……ああ、お前達の、勝ちだ」

体の重さを感じさせない、靄《もや》のような動きで身を起こす。

「まったく、わずらわしい、雑音どもめ……」

命の灯火をなくした、幽鬼のように立ち上がる。

「よくも………よくぞ………悪《わたし》を、打ち破った………」

舞い上がる火の粉に彩《いろど》られながら、長い灰の髪を揺らし、女は勝者達に祝福を言い渡した。

「アルフィア……」

その姿に、リューは思わず立ちつくしていた。

決して敵《かな》うわけのない相手だった。

それでも全力をぶつけ、挑み続けた。

知恵と知識を、勇気と誇りを、冒険と意志を忘れず、抗い抜いた。

『大抗争』の日から降りそそいだ絶望に倒れ、それでも立ち上がり続けた。

そんなものが、ただの勝因。

そんな単純で、何よりも往生際が悪く、気高い意志が、巡りゆく『正義』を紡《つむ》いだのだ。

「……最後に、伝えておく………この姿を、忘れるな……」

今にも崩れ落ちてしまいそうな、枯れきった枝のような体で、アルフィアは喉《のど》を震わせる。

「いつか、お前達が、辿《たど》るやもしれん末路だ……わたしたちが、『黒竜』に敗れたように……」

「っ……」

「『正義』とは、それほどまでに脆《もろ》く……儚い」

かつての『英雄』は諭す。

『正義』と呼べるものを宿し、世界を護るために戦った魔女は、自身が辿った末路を見せつける。

残酷なまでに。

綺麗事《きれいごと》など存在しないように。

視界に叩《たた》きつけられる『現実』に、輝夜《カグヤ》を始めとした正義の眷族達は息を呑む。

しかし。

「だが――」

アルフィアは、微笑を作った。

「たとえ、全てが灰に還ったとしても……お前達が歩んだ『軌跡』は、決して無駄にはならない……」

「「「!!」」」

静かに告げられる『真理』に、アリーゼ達は目を見開く。

「『正義』が、巡るのならば……『希望』を、繋げ……」

「それらが束《たば》となり、一つとなって……きっと……『最後の英雄』を生む……」

リューの視線の先で、灰の魔女は最後まで微笑んでいた。

彼女達が辿り着く最期を幻視するように、異色双眼《オッドアイ》は穏やかな眼差しで、妖精の少女の心にその遺言《ことば》を教えた。

いつか開く絶望の箱の底に、その『希望』を残し、少女の魂へと刻んだ。

「……わかったわ。決して、貴方の言葉とその姿、忘れはしない」

アリーゼの言葉に、アルフィアは微笑を浮かべたまま、目を瞑《つむ》る。

少女達に背を向け、血の足跡を壊れた地面に引いていく。

「……！　アルフィア、どこへ……！」

はっとするリューの声に、女はすぐに答えなかった。

間もなく彼女の足が辿り着くのは、巨大な『縦穴』。

『深層』から出現し、紅蓮《ぐれん》の炎をもって何層もの階層を貫いて作られた、奈落へと続く深淵《しんえん》の入り口である。

炎の通り道となり、溶け、抉《えぐ》られ、今もなお炎上している縦穴はまさに火山のごとく、灼熱《しゃくねつ》の業火に染まっている。

「私の亡骸《からだ》は、灰に還すと決めている……あの子と、同じように……」

燃え狂う炎の大穴を見下ろす魔女の告白に、少女達が息を呑む。

「さらばだ、正義の眷族。さらばだ、オラリオ」

リューが咄嗟《とっさ》に駆け出し、手を伸ばすも、決して届かない。

最後に振り返り、ゆっくりと後ろへ傾いていくアルフィアは、目を細めた。

「──『未来』を、手に入れろ」

そう言って、彼女は奈落へと身を投げた。

燃え盛る縦穴の中を落ちていき、あっという間に炎に焼かれ、その髪はおろか、衣《ころも》も、体さえも灰に変えながら。

まるで業火で己を裁くように──静寂の魔女は、少女達の前から姿を消した。

穴の縁で立ち止まり、膝をつく妖精は、その光景を最後まで瞳に焼きつける。


嗚呼《ああ》……妹《メーテリア》よ。

ようやく、そっちへ行くよ──。

そんな言葉が、焔《ほむら》と灰の奥から、聞こえたような気がした。

「逝《い》ったか、アルフィア……」

その魔女の最期を、『悪』の神もまた見届けていた。

「……ありがとう。お前に感謝を」

小さな囁《ささや》きが炎の遠吠えの中に消え、誰の耳にも届くことはない中、隣にたたずむアストレアが口を開く。

「エレボス……最強の眷族はもういない。貴方の計画《シナリオ》は、潰《つい》える」

女神の王手《チェック》の宣言に、男神はすぐに不敵な笑みを纏い直した。

「何を言っている、アストレア？　君にはあの『大最悪《モンスター》』が見えないのか？」

『悪』の嘲笑の後、凄まじい吠声が階層を打ち震わせる。

護衛である【ヘルメス・ファミリア】の団員達が青ざめるのを他所に、『神獣の触手《デルピュネ》』は今もなお猛り続けていた。

「君の子供、そしてロキの眷族も疲労困憊《こんぱい》。なけなしの力を振り絞ったところで、もう手立てはない」

「……」

「地上からの援軍も期待できないだろう。たとえ敗れていたとしてもザルド達が必ずオラリオに深手を負わせている」

まるで歌劇の役者のように男神の腕が示す先、アリーゼ達はアルフィアの激戦を終えて誰もが膝をつき、リヴェリア達は竜の激しい攻勢に圧されつつあった。むしろ今の今までたった三人で『神への刺客』を押さえ込んでいたこと自体、驚嘆に値する。

今も激しい戦意と憎悪に取り憑《つ》かれているのはアイズのみ。

しかし、その金髪金眼の少女の風も、勢いが衰えつつある。

『神獣の触手《デルピュネ》』の火力が暴風を上回るのは時間の問題だろう。

「王手《チェック》をかけているのは俺《おれ》の方だ。……このまま下界を滅ぼしてやろう」

流し目を送り、口端をつり上げるエレボスに、アストレアは視線を向けることはなかった。

今も彼女の双眸は、『正義』を受け継ぐ眷族達のみに向けられている。

「──そんなことは、させない。させないために、私はここに来た」

藍色の瞳に流星のごとき意志の光をきらめかせ、アストレアは身を反転させる。

断崖から発つ女神の後を【ヘルメス・ファミリア】が慌てて追う中、一人取り残されたエレボスは肩を竦《すく》めた。

「最後まで、絶望を排し、高潔を貫くか……」

男神は目を細め、偽りのない賞賛を口にした。

「いい女神《おんな》だな、アストレア」

「みんな、いける⁉　まだ戦いは終わっていない！」

叱咤《しった》にも近いアリーゼの呼びかけが、パーティ全体に行き渡る。

激闘を終えた直後にもかかわらず、団長の少女は自らの体にも鞭《うち》を打って『連戦』の準備を訴えた。

「リヴェリア様達がたった三人で『大最悪《モンスター》』を押さえ込んでいる……！　馳せ参じなくては！」

真っ先に応えるのはリュー。

リヴェリア達の抗戦を見やりつつ、アルフィアからもぎ取った勝利──彼女の意志もまた途絶えさせぬようあがくエルフは、誰よりも気炎を吐く。けれど。

「わかってる、わかってるけどよぉ……本当にボロボロだ！　この状態で階層主並みの相手と連戦なんて、想像できねぇ……！」

アリーゼの鼓舞も、そしてリューの気炎も空元気であることは明白だった。それを揶揄《やゆ》する余裕もないライラは、痙攣《けいれん》が止まらない己の手を見下ろす。

前衛のアスタとノインも、中衛のネーゼとイスカも、後衛のリャーナとセルティも、誰もが彼女と似たような状態だ。普段ならば瑞々《みずみず》しいと形容される彼女達の肢体を痛々しいものに変える負傷もさることながら、体力、そして精神力《マインド》が底がついている。

十一人いるパーティの中で、余力を残している者など誰一人としていない。

「治療魔法も、まともに行使できない……！　こんな状態で戦うなんて、私は治療師《ヒーラー》として許可できないわ、アリーゼちゃん！」

常にパーティの状態に気を配り、ダンジョンの『遠征』においても決して精神力《マインド》を枯渇させることのなかった治療師《ヒーラー》のマリューでさえ、弱々しい治癒の光を呼ぶことしかできなかった。

重い枷《ハンデ》を抱えてなお『覇者』たる魔女は、【アストレア・ファミリア】に後先のことなど考えさせることを許さないほど強大だったのだ。苦境に立たされる【ファミリア】の姿と、マリューの申告に、アリーゼもリューも顔を歪めることしかできない。

「あれだけあった道具《アイテム》も底を尽きた……。よしんば全快できたとしても、我々の力があの化物に通用するかどうか——」

輝夜《カグヤ》もまた重苦、そして諦念を滲《にじ》ませていた、その時。

「顔を上げなさい。恐怖と絶望に屈しては駄目」

女神の言葉が、驚愕《きょうがく》する眷族達の頬《ほお》を打った。

「アストレア様⁉」

「どうしてここに……いえっ、神がダンジョンに赴くのは禁止事項の筈では！」

アリーゼとリューが揃《そろ》って声を上げる中、アストレアは胡桃《くるみ》色の長髪を揺らし、ほんのちょっぴり悪戯《いたずら》っ子のような笑みを見せる。

「ええ、そうなの。だから、このことは内緒。正義の女神《わたし》が規則《ルール》を破ったと知られたら、とても怒られてしまうから」

「な、内緒といわれても……！」

生真面目《きまじめ》なリューが、状況も忘れてたじたじとなるのを他所に、アストレアはすぐに顔付きを真剣なものに戻す。

「人数分の万能薬《エリクサー》を持ってきたわ。これで回復を」

小袋に詰められた小瓶《こびん》、都合十一個。

それを差し出す女神に、眷族達は大きく目を見張った。

「ア、アストレア様……！　愛してます!!」

「私も愛しているわ、ネーゼ。そして、みんなのことも」

感激を飛び越えて感涙する獣人のネーゼに、アストレアは微笑みかけ、眷族一人一人の顔を見回す。

「だから必ず勝って、全員で地上へ帰りましょう」

窮地にあって『女神の祝福』をもたらすアストレアに、リュー達は身を打ち震わせた。

必ず彼女の言葉を真実にしようと、多くの者が勝利への意志を新たにする。

「……アストレア様、その気持ち、すげぇ嬉《うれ》しい。嘘《うそ》じゃあない」

そんな中でライラだけは一人、緊張と焦燥の姿勢を崩さなかった。

「でも、やっぱりダメだ。輝夜《カグヤ》の言う通り、このままじゃ玉砕する。あの『大最悪《モンスター》』はそれだけヤベエ……！」

「……」

「せめて、何か手を打たねえと……！」

視界の奥で暴《あば》れ回る『神獣の触手《デルピュネ》』に、ライラは幾筋もの汗を滴らせる。

神威を引鉄《トリガー》にして呼び出された『大最悪《モンスター》』は文字通り人智を越えている。現在確認されている『深層』の『階層主』と比べても見劣りすることなく、その推定Ｌｖは低く見積もっても６か、７か。

アルフィアには明確な枷《ハンデ》があった。

ライラ達はそれを突き、あるいは縋《すが》る形で、何とか勝利を手繰り寄せた。

だが、あの真正の怪物は違う。不断の再生能力という点では、静寂の魔女をも上回るかもしれない。

無策は自殺行為。ライラはそう断言する。

事態を打開しようと必死に思考を回転させている参謀の少女に、息を呑むリュー達の視線が集まっていると、

「なに言ってるの？　打つ手ならあるじゃない！」

空気など読まない、場違いなまでに明るい声が投じられた。

「「「はっ？」」」

赤い髪を揺らし、笑みを弾けさせるアリーゼの姿に、リュー、ライラ、輝夜《カグヤ》の三人が目を丸くする。

「アストレア様がここまで来てくれたぁぁぁぁぁぁい！　それが答えよ!!」

女神の『祝福』には続きがある。

満面の笑みを浮かべるアリーゼに、アストレアもまた微笑を浮かべた。


黒く染まった暴風が、とうとう呻《うめ》き声を上げ始める。

「はぁ、はぁ……！　ふーっ、ふーーーっ……!!」

噴き出す汗を野放しにし、アイズは荒々しく息を吐いた。

『風』が呻き声を上げているなら、その小さな体はとっくに悲鳴を上げている。

暴走する魔法《エアリエル》の出力に耐えかね、少女の四肢は内も外もボロボロだった。

皮は裂け、裂傷が走り、筋繊維は千切れ、骨には罅が刻まれている。自らの攻撃の衝撃に耐えかねた小指は、あらぬ方向に折れ曲がっていた。

「【暴れ吼えろ《ニゼル》】!!」

そんな小指を無理矢理引き戻し、剣の柄《つか》に噛《か》みつかせ、握りしめる。

呼び起こすのは更なる憎悪。呻吟《しんぎん》を絶叫に変えた黒風が少女の魔力を喰《く》らい、こちらを睥睨《へいげい》する『大最悪《モンスター》』を前に再び膨張した。

痛覚は麻痺《まひ》している。ちょうどよかった。

戦意の炎は絶えることなどない。だって殺意という薪《まき》がいくらでもあるから。

己の限界など視野に入れず、自分の体がどれほど生死の境界線上に近付いているかも理解せず、満身創痍《まんしんそうい》のアイズは再び『神獣の触手《デルピュネ》』へと飛びかかった。

「リヴェリアっ……！　焼くでも凍らせるでもいい、敵の翼を何とかしろ！　動きが止まった瞬間、儂が突っ込む！」

その光景を前に、ガレスは罅割れた大斧を両の手に装備した。

顔色を変えるのは、リヴェリアである。

「ガレス!?　何を言っている！」

「『特攻』してでも『魔石』を砕くしかあるまい！　頭部か、胸部か、位置ははっきりと知れんがな！」

単細胞のドワーフの答えに、ハイエルフは怒りをあらわにした。

「ふざけるなっ、馬鹿《ばか》を言え！　アイズの黒風《かぜ》でも削ぎ落としきれない再生能力だぞ！　特攻など阻まれる！」

「ならばどうする、アイズが死ぬぞ！　時間を浪費しても、どちらにせよ全滅は避けられん！」

「っ……！」

リヴェリアの怒声は、しかしガレスの正論によって断ち切られた。

アイズとガレスの間で揺れる天秤《てんびん》自体、どちらかの秤《はかり》が傾くのを待たず凶悪な『大最悪《モンスター》』によって破壊されようとしている。躊躇《ためら》えば、選択する時間すら奪われてしまう。

「アイズ、ガレス……！　私は……！」

リヴェリアの苦悩が決断を迫られた、その時だった。

凄《すさ》まじき『星屑の魔法』が、炎と雷とともに『神獣の触手《デルピュネ》』に直撃したのは。

『グァアアアアアアアアアアアアアアアアアア⁉』

「砲撃⁉」

「まさか……あれは！」

自分達の顔を照らし出す輝きの連鎖に、リヴェリアも、ガレスも瞠目《どうもく》する。

暴風と竜の息吹の間に割って入った『魔法』が間髪入れず砲撃の雨を降らす中、エルフとドワーフの瞳は少女《アイズ》に向かって疾走する影を捉《とら》え、次には叫んでいた。

「【アストレア・ファミリア】か！」

「っ……？　なに……？」

ガレス達の驚愕と同時。

竜の巨軀《きょく》に見舞われる砲雨を認め、傷だらけのアイズも動きを止め、呆然と仰《あお》いだ。

「超大型級に単身飛び込むなど、正気の沙汰ではない」

「……！」

「連携します。力を貸しなさい」

風の音を鳴らし、翻《ひるがえ》る外套《がいとう》を目の前に、アイズははっとした。

結わえた金の長髪を揺らすリューが、木刀と剣を手に、振り返る。

「連携……？　いや!!　あのモンスターは、私が倒す！　邪魔しないで！」

エルフの言っていることを理解したアイズは、意固地となって頑《かたく》なに拒《こば》んだ。

黒い炎を身に宿す金髪金眼の少女に、リューは無言で歩み寄り、

「あふっ⁉」

容赦なく、その頭を引っ叩《ぱた》いた。

「聞き分けなさい」

「……痛い！」

「叩《はた》いたのだから当然だ。少しは冷静になりなさい。まったく、リヴェリア様にご心労をおかけして……」

背丈が自分より頭一つ分も低いアイズを見下ろし、嘆息する。

同時にその嘆息は、自分にも向けられていた。

「あの時、貴方に挑まれた私も、こんな顔をしていたのだろうか……。自分のことながら嘆かわしい……」

「……？　なにを言っているの？」

「……何でもありません。それより、言うことを聞きなさい。あのモンスターを倒すために必要なことだ」

友《アーディ》の死を受け自暴自棄となり、目の前の少女と戦っていた自分のことを振り返っていたリューは頭を軽く振り、切り替えた。

その金の瞳を見つめて言い聞かせようとするが、

「嫌！　私がやる！　私がやらなきゃ――」

「我儘《わがまま》を言ったらダメよ、【剣姫《けんき》】！　いいえ、チビッ子ちゃん！」

「――ちびっこ⁉」

追加で突撃してきたアリーゼに、その役を奪われた。

衝撃を受ける少女に向かって、人差し指を立てる。

「無茶をして体を壊したら、ジャガ丸くんを食べられなくなってしまうわ！」

「そ、それはこまる！」

「何より、貴方を心配している人が悲しんじゃう。怪物《モンスター》じゃなくて、貴方自身が誰かを泣かせてしまっていいの？」

「……！」

最初はいつもの調子で、途中からは妹を諭す姉のように穏やかな面持ちで、アリーゼは言葉を続けた。

心身が疲弊し、あれだけ渦巻いていたアイズの怒りと憎悪も陰りを見せている。仲間《ファミリア》を引き合いに出され、曇っていた眼がようやく光を取り戻し、金髪金眼の少女は背後を振り返った。

そこには傷付きながら、今もなおアイズを守ろうと戦っているリヴェリアとガレスの姿があった。

暴走していた身と心が、不思議と体の底に響く赤髪の少女の言葉によって、我を取り戻していく。

「大丈夫よ。一人より、みんなで戦った方が強いに決まっているんだから！　私達ならあの怪物を倒せるわ！　いけるいける！」

バチコーン☆　と片目瞑《ウィンク》りした後、アリーゼは太陽のように破顔した。

「だから、そんな物騒な『風』、しまいましょう？　ねっ？」

「……………わかった」

アリーゼの言葉がアイズに届く。

小さな体から吹き荒れていた黒い風が収まっていく。

金の瞳から、剣呑《けんのん》さが消えた。

「子供の扱いではアリーゼに敵いませんね。……さすがです」

アリーゼの手並みに微笑をこぼしていたリューは、すぐに表情を引き締める。

階層を震わせる『大最悪《モンスター》』の咆哮が蘇《よみがえ》り、怒りの音色へと転じていた。

「もう回復したみたい……こっち、来るわね！　後衛の準備が整うまで、三人で敵の注意を引き付けましょう！」

「わかりました！」

「……でも、どうするの？　あのモンスター、どんなに斬っても、倒せない……」

頷《うなず》き合うアリーゼとリューを横目に、アイズはその小さな顔をしかめた。

敵の再生力を誰よりも実感しているのは、直接斬りかかっていたアイズ自身だ。

罅が走っている愛剣《デスペレート》を一瞥する少女に対し、アリーゼは、仰《の》け反《ぞ》ろうかと言うほど胸を張った。

「問題ないわ！　何せ清く美しい私達が——Lv．4になったんだから！　フフーン！」

「一斉【ランクアップ】⁉　【ファミリア】が、全員⁉」

アリーゼ、リュー、アイズが『神獣の触手《デルピュネ》』を迎撃する光景を視界の端に捉えながら、リヴェリアは耳を疑っていた。

「ええ。先程【ステイタス】の更新をして、アリーゼ達を『昇華』させた。全ては莫大な経験値《エクセリア》のおかげ」

ハイエルフの驚倒に答えるのはアストレアその神《ひと》。

神血《イコル》を落とし、自らの手で眷族達の階位を次の段階へと解き放った女神は、ありのままの事実を伝える。

「待て、アルフィアを倒したこともそうだが、女神がダンジョンに【ステイタス】の更新をしに赴いてくるなど、頭の整理が追い付かん……」

「安心しろ、我々もだ。普通に頭痛が痛い」

眩暈《めまい》を堪《こら》えるのはガレスで、つい言葉がおかしくなるほど頭を抱えているのは輝夜《カグヤ》。

ダンジョンの禁則事項を破ってまで来た主神《フィン》に【アストレア・ファミリア】の面々も苦笑を浮かべる中、小人族《パルゥム》のライラは悲観を殺し、勇者のように笑ってみせる。

「けど、これで戦力は馬鹿みてえに上がった。全員合わせて『11レベル分』――これなら何とかなるんじゃねえか？」

――波状攻撃でも仕掛けん限り、『魔石』まで肉を削ぎ落せん！

ガレスが言った言葉だ。

頭数を増やした連続砲撃、及び攻撃ならば、敵の『自己再生』が傷を塞ぎきるより肉を削ぎきり、モンスター共通の弱点『魔石』を露出させることも可能だ。

敵の固有能力《ユニークスキル》は攻撃が通らない『絶対防御』や『高速移動』の類ではなく、果てのない回復能力。ならば波状攻撃からの『一撃必殺』に全てを賭《か》ければ、たとえ潜在能力《ポテンシャル》がLv.6だろうとLv.7だろうと勝機は存在する。

11レベル分もの【ランクアップ】を経た今の討伐隊ならば。

「十一人の眷族全て『昇華』させるとは……！　アルフィア、やはり埒外《らちがい》の傑物だったか！」

「だが、確かにこれならば……！」

【経験値《エクセリア》】の性質は原則、山分け。

対象たる『偉業』に対し、各々の働きによって取り分が変動する。

その法則を踏まえても、前衛中衛後衛関係なく全ての者に【ランクアップ】をもたらしたLv.7――アルフィアの存在に、リヴェリアとガレスはあらためて驚倒するより他なかった。

得物の素振りを数回。

【ランクアップ】後の激上した能力を実感し、全能感に包まれるライラは、目を見張るリヴェリア達に単純《シンプル》な作戦を提示した。

「しばらく上がった能力《ステイタス》に振り回されるかもしれねえが……頭数も揃ったんだ。まともな階層主《ボス》戦をしようぜ？　【九魔姫《ナイン・ヘル》】にしっかり防護魔法をかけてもらってよ～」

「盾で守って、魔法を放つ。とどめに剣《つるぎ》で斬りかかる――これが最後の『戦争』だ」

ライラに続き、初心に立ち返らんとする輝夜《カグヤ》の言葉に、リヴェリアとガレスは頷《うなず》いていた。

傷付いた杖と斧も、最後の力を振り絞る。


「――アリーゼ、リヴェリア様の『防護魔法』が来た！　そして、みんなも！」

自分達を包み込む翡翠の輝き《ヴェール・ブレス》に、火炎弾を回避したリューは、背後を振り返った。

リヴェリアにガレス、そしてライラと輝夜《カグヤ》達【アストレア・ファミリア】が、剣を鳴らし、盾を掲げ、杖を構える。

「よし、じゃあ始めて、終わらせましょう！　――この長かった戦いを！」

先陣を切るアリーゼの後に続き、冒険者達は竜へと飛びかかる。

「エレボス……」

そんな眷族達の後ろ姿を、見守るのは一柱。

吹き寄せる火の粉孕《はら》んだ熱気と、勝利を求める風に言葉を乗せ、正義の女神は呟いた。

「貴方が始めた『戦い』……あの子達が幕を引く」

断崖に立つ『絶対悪』は答えない。

何の怒りも、怨嗟《えんさ》も上げず、ただただ目を細め、訪れる光景を待ち続ける。

代わりに響くのはただ一つ。

「負けはしない。必ず勝つ。『未来』へ進むために！」

巡る正義を継承する疾風の叫びのみ。

ならば戦いの行方《ゆくえ》は、もはや決まっていた。

魔導士《リャーナ》の探知魔法によって『魔石』の位置を特定。

疾風《リュー》、正炎《アリーゼ》、剣客《カグヤ》、狡鼠《ライラ》を始め、合計八人を前衛に回し徹底攪乱《かくらん》。

土の大盾二枚《ガレスとアスタ》がかりで後衛を護り、治療師《マリュー》が致命傷の芽を何度だって摘む。

そして、防御・支援を最大稼働《フル》させる最後衛《リヴェリア》が攻撃魔法第三階位を解放。

先程までは決して唱えきることのできなかった特大の超長文詠唱を、正義の派閥《アストレア・ファミリア》の協力のもと一気に紡ぐ。

彼女が大最悪《モンスター》討伐隊に抜擢《ばってき》されていた所以、Ｌｖの差など覆す最大魔法を、残る後衛達《セルティ》の砲撃とともに見舞えば、翼も、鱗《うろこ》の鎧《よろい》も一時的に失った竜の胸部から、巨大な核《コア》が露出する。

最後に唸《うな》るのは剣の颪。

銀剣に竜巻を付与した剣姫《アイズ》の、魔法とスキル全て合算させた『竜殺しの一撃』が、紫紺《しこん》の大塊を砕くのだった。

十章
誰も知ることのない、たった一つの笑顔
～ The Truth ～

ASTREA RECORDS
evil fetal movement
Author by Fujino Omori Illustration Katage
Character draft Suzuhito Yasuda

最悪が尽き果てる。

断末魔の叫喚が迷宮を揺らし、母の悲しみが満ちる。

竜の巨体がもがれた両翼とともに大地に崩れ落ち、次の瞬間、巨大な灰の華が生まれた。

黒い砂は炎に彩《いろど》られ、舞い散る緋《ひ》の色の雪と化し、幻想の光景を18階層にもたらした。

「……勝った？」

傷だらけのネーゼが、呟《つぶや》いた。

全《すべ》ての力を出しつくし、今にも倒れそうな体で、問いかけた。

「ああ……勝った」

「私達の勝利だ」

ライラが、輝夜《カグヤ》が答えた。

数多の灰となって消え、『神獣の触手《デルピュネ》』復活の気配は存在しない。

彼女達の断言に、【アストレア・ファミリア】はたっぷり時間を置いて、次には爆発《ばくはつ》するように歓声を上げた。

『やったぁあああああああああああああああああああああ!!』

ようやく打ち上げることを許された勝鬨《かちどき》が、その場に満ちる。

「やりました、皆さん！」

「どうなることかと思ったわ……」

「みんな、大丈夫!?」

「もぅお風呂《ふろ》入りた〜〜〜い！」

魔導士のセルティが前衛のノインたちに駆け寄り、同じ後衛のリャーナが盛大に息をつき、治療師《ヒーラー》のマリューが崩れ落ちては突っ伏す仲間のもとへ駆け寄って、大の字に転がったアマゾネスのイスカが一番の願いを叫ぶ。

歓喜の声は収まらない。

目に涙を浮かべて喜ぶ者もいる。

勝利を掴《つか》んだ眷族達の姿に、離れた場所から見守っていたアストレアは微笑を送った。

「アイズ」

「…………リヴェリア」

少女達の喜びが溢《あふ》れるのを他所に、ボロボロのアイズのもとへ、リヴェリアが歩み寄る。

自分と負けず劣らず装備を失い、二の腕など肌を露出させるハイエルフに、アイズが非常にばつの悪い顔を浮かべていると――

「――ひぐぅ!?」

無言で、少女の頭頂部《とうちょう》に拳骨《げんこつ》が落とされた。

「ひぎゅ!?　ぐみぃ!?　ふぎゅ!?」

一発では終わらない。

握りしめられた華奢《きゃしゃ》な拳《こぶし》が嘘《うそ》のような音を立てて、アイズを真上から何度も打撃する。

翡翠《ひすい》色の瞳《ひとみ》に宿るのは青い炎か。一族の王女の乱心とでも言うべき御姿《みすがた》に、同じエルフのリューとセルティは誰よりも恐怖し、震え上がった。

「おい、そろそろやめてやれ、リヴェリア。気持ちはわからんでもないが……無言で拳骨を落とし続けるな。せっかく育ったアイズの背が縮んでしまうぞ」

呆《あき》れ顔のガレスが仲裁する。

眉《まゆ》をつり上げて、拳骨の妖精《ようせい》と化していたリヴェリアは、握りしめていた拳をようやく解《ほど》いた。

「ううう〜〜〜〜……!!」

「…………………」

両手で頭を押さえて目尻に涙を溜《た》める少女を、肩で息をするリヴェリアは無言で見つめ、腕を伸ばした。

また折檻《せっかん》されるっ、とぎゅっと目を瞑《つむ》ったアイズが次に感じたのは、後頭部に回された手と、自分の顔を優しく包む人肌の温《ぬく》もりだった。

「……！　リヴェリア……？」

「馬鹿《ばか》者。大馬鹿者。また同じことをしたら……今度は絶対に許さんぞ」

「…………うん。ごめん、リヴェリア……」

ハイエルフの腹部に顔を埋めるアイズは、頭の上から落ちてくる『母親』の声音に、そっと目を瞑った。自らもぎこちなく、リヴェリアの腰に短い両腕を回す。

母子のような二人の姿に、ガレスは笑った。

はらはらと見守っていたリュー達も、笑みを浮かべた。

「勝ったわね……リオン」

「ええ……アリーゼ。全て終わった」

そして、赤髪の少女がエルフの少女のもとへ歩み寄る。

そのまま、倒れ込むようにエルフの体に抱き着いた。

「ア、アリーゼっ？」

「私……疲れちゃったわ。リオン、おんぶしてくれない？」

「……それは無理だ、アリーゼ。私も、もう……くたくたです」

リューは頬《ほお》をうっすらと染めた後、微笑んだ。

アリーゼは瞼《まぶた》を閉じながら、透明な笑みを浮かべた。

「ねぇ、リオン。今度、アーディのお墓、行きましょう」

「……ええ」

「リアちゃんや、戦ってくれた冒険者……沢山の人のもとにも、行きましょう……」

「…………ええっ」

笑みが嗚咽《おえつ》に転じるのをせき止める。

それでも、滴は空色の瞳から溢《あふ》れ、静かにリューの頬を慰めた。

アリーゼは力をこめて、妖精の細い体をかき抱くのだった。


「…………終わりか」


その光景を。

決戦を制した『正義』を、『絶対悪』は眺めた。

その横顔に笑みはなく、憤怒《ふんぬ》もなく、ましてや悲嘆もない。

ただあるがままの事実を受け入れ、エレボスは両の瞳を細めた。

あえて言うならば、『感慨』にひたるように。

「ええ、終わりよ。エレボス」

神がたたずむ断崖へ、もう一柱の神が現れる。

白の衣を揺らすアストレアは、振り返るエレボスと視線を交わす。

「『悪《あなたたち》』を破り、『正義《わたしたち》』が勝利した」

アストレアの背からアリーゼ達が駆け付け、あるいはエレボスが背を向ける断崖からガレスやリヴェリア達が跳躍し、辺り一帯を包囲する。

駒を全て失った邪神を睨《にら》み穿《うが》つ、多くの眼差《まなざ》し。

【アストレア・ファミリア】に【ロキ・ファミリア】、更に【ヘルメス・ファミリア】の護衛に取り囲まれたエレボスは、唇に三日月を描く。

「見事だ、オラリオ。俺《おれ》は俺の全てをもって『悪』を執行したが……最後はお前達のしぶとさと、『正義』の輝きにせり負けた」

盤面は覆す手立ては存在しない。

追い詰められた神はしかし、この状況でなお飄々《ひょうひょう》と笑《え》む。

「素直に負けを認めよう。じゃないと、カッコ悪いからな」

言葉に反して敗者の貫禄などなく、腰に片手を添えて泰然とたたずむ邪神に、ライラと輝夜《カグヤ》の眉間が不愉快とばかりに皺《しわ》を寄せる。

「……随分と余裕、ブッこいてんじゃねえか、神様よぉ」

「私達が貴様を、許すとでも思っているのか?」

「思うわけないだろう。俺は『絶対悪』。媚びず、泣かず、喚《わめ》かず、赦《ゆる》しを求めない」

少女達の剣呑《けんのん》な眼差しに、『悪』は嗤笑《ししょう》を投げ返す。

「憎まれることこそが『悪』の本懐。俺は最後まで嗤《わら》い、邪悪を貫き続ける」

「「っ……！」」

ライラ達がとうとう怒りを宿し、憤慨《ふんがい》するネーゼ達もまた身を乗り出そうとする中、【ロキ・ファミリア】がそれを制する。

「……我々、下界の住人では神を裁けない。故にこの後、速やかに神々の手によってお前は送還される」

「お前の邪悪はここで終《しま》いだ、下界の脱落者。……最後に、何か言い残すことはあるか？」

リヴェリアもガレスも鋭い眼差しで、神を見据えた。

それに対して、エレボスはあっけらかんと答える。

「じゃあ、『要望』がある」

「なに？」

「俺を天界に送るのは、君だ。アストレア。『悪』を葬るならば、それは『正義』の女神でなければならない」

訝しむガレスを他所に、エレボスはアストレアを見た。

正義の女神は黙って、『絶対悪』を見つめ返す。

「そして俺を送還する場所は……そうだな、高いところがいい。澄んだ空に囲まれていて、不躾《ぶしつけ》な観衆がいない場所。静かで、孤独で、美しい景色の真ん中だ」

それが自分の最期に相応《ふさわ》しいと、堂々とそんな『要求』をする。

厚かましいの言葉では足りない不遜《ふそん》な態度に、眷族達の怒りがとうとう振り切れる。

「こ、こいつ……‼」

「皆様、やはり一度殴っていいでしょうか、この糞神っ……？」

「すごいわ、面の皮が厚いってレベルじゃない！　正義とか悪とかもはやそんな次元じゃない気がする！　これが神！」

「アリーゼ、頼みますから貴方は黙っていてください……」

ライラの額に青筋が浮かび、必死に猫を被って取り繕おうとする輝夜《カグヤ》の拳も震える。

アリーゼだけが目を丸くする中、リューの力のない制止が飛んだ。

「最後に、もう一つ」

「まだあるのか？」

騒々しくなる【アストレア・ファミリア】を無視し、リヴェリアもとうとう不快の感情を隠さず尋ねると、エレボスは断崖の先へ視線を飛ばした。

「そこらへんに転がってる俺の眷族を、見逃してやってくれ。見逃すだけでいい」

「！」

「この後、ダンジョンから脱出できなくても、怪物《モンスター》に喰《く》い殺されても俺は文句を言わない」

だから、見逃してくれ。

そのように繰り返すエレボスに、ライラ達は驚きをあらわにした。

だがすぐに、まだ何か企《たくら》んでいるのではないかと疑心を抱き、当然のごとく顔を縦に振ろうなどとしない。

「っ……？　我が、主《あるじ》……？」

その断崖の光景を、倒れ伏すヴィトーは捉《とら》えていた。

輝夜《カグヤ》に切り刻まれた体は血溜まりに沈み、己《おのれ》の力のみでダンジョンから地上へ生還するなど不可能だろう。まさに『神頼み』だ。

満身創痍《まんしんそうい》の彼から視線を外し、前に向き直ったエレボスは、アストレアと目を合わせた。

「いいだろう、一人くらい？　まぁ、お前達が意趣返しをしたいというのなら、悪《おれ》は止《と》めはしないが」

「……わかりました。その申し出、聞き入れます」

「さすが正義の女神、慈悲深い」

男神はそう言うと歩き出し、アストレアの隣を通り過ぎる。

「じゃあ、行くか。散り際まで『悪』らしく、な」

その背中を睨《にら》みつける冒険者達は、様々な感情を押さえつけ、神を連行した。

無言で【ヘルメス・ファミリア】が前後左右を固め、リヴェリアとガレス、アイズが続く。

【アストレア・ファミリア】だけが取り残される中、ライラがやり場のない怒りをぶつけるように、足もとの石を蹴《け》りつける。

「ちくしょう……最後まで胸糞悪ぃ。腹が立ってしょうがねえっ」

「アストレア様に何と言われようと……奴《やつ》を赦《ゆる》すことだけは、無理だ。私の中で、あの神に奪われた者達の命はそんなにも軽くはない」

吐き捨てる輝夜《カグヤ》も同じだった。

目を伏せる、あるいは拳を握りしめるリャーナやネーゼ達も変わらなかった。

「……………これが、『悪』と対峙《たいじ》するということなのか」

息苦しそうに胸を押さえるリューもまた、単純なる勝ち負けの戦いではない『正義』と『悪』の闘争に、苦く、痛みを伴うものを覚えるしかなかった。

「……………」

ただ一人、アリーゼだけが、リュー達とは異なる眼差しを神の背へ送っていた。

理屈などなく、不合理も甚だしい直感で、『神実《しんじつ》』に手を伸ばすように。

それらの光景を前に、アストレアは何も言わず、静かに目を伏せた。


『大最悪《モンスター》』並びにアルフィアの撃破。

そして敵首魁《エレボス》の捕縛。

闇派閥《イヴィルス》との都市戦を制した地上に、その一報が届けられた瞬間、オラリオ全土に大歓声が轟き渡った。

冒険者達が雄叫《おたけ》びを放ち、神々は胸を撫で下ろす。

都市の外へ、あるいは地下へ散り散りに潰走《かいそう》した闇派閥《イヴィルス》は、呻《うめ》き声を上げる余力も残されていない。地底から響く震動も消失し、全ての勝敗が決したことを告げていた。

空を塞《ふさ》いでいた灰の暗雲が晴れ、夕焼けの光が英雄の都《みやこ》を祝福する。

オラリオは吠《ほ》え続けた。

『砦《とりで》』にこもっていた民衆も、夜になる頃には自由を許され、大通りに飛び出しては喜びの声を上げた。名前も知らない者と涙を流しながら抱きしめ合い、剣も鎧もボロボロに傷付いた冒険者達を声が嗄《か》れるほど讃《たた》えた。

戦友を、そして先達を喪った冒険者達は、名前のない英雄達の分まで、涙を流した。

折り重なる歓喜は、やがて猛々しい瞋恚《しんい》の炎となって、一箇所に収束する。

ダンジョンから連行され、『バベル』へと運ばれる『絶対悪』の処断を、誰もが待った。

人が入りきらないほど中央広場《セントラルパーク》に民衆が集まり、溢れた者達は建物の屋上へと上り、それを見上げる。

正義と悪の神が対峙《たいじ》する、神の塔の頂《いただき》を。


「『バベル』の天辺……初めて来たな。なるほど、いい景観だ。ここなら俺も文句はない」

漆黒の髪を揺らす夜風を感じながら、エレボスは耳と首筋の境を擦《さす》った。

彼がたたずむ『バベル』屋上の中心からでも、オラリオ中が魔石灯の光を宿していることがよくわかる。

あの光のもとで、都市にいる誰もが『裁きの時』を待っていることが、よく望めた。

「――が、ヘルメス、我が友よ。何故《なぜ》ここにいる？」

そこで、エレボスは視線を正面に戻した。

自分と対峙するアストレア、更にその奥に、一柱の男神が立っている。

「立会人……俺の処断を見届けに来たというところか？」

「ああ、エレボス。別にいいだろう、オレ一人くらいなら。お前の要望通り、人払いも済ませた」

眼差しを細めるヘルメスに、エレボスは軽い調子で肩を竦《すく》める。

それを黙って眺めていたアストレアは、静かに前に歩み出た。

「ここには私達三人だけ……全ての者が地上から、この『バベル』を見上げている」

その手に握るのは、一振りの『長剣』。

心優しい慈愛の女神には似つかわしくないほどの、磨き抜かれた銀の剣。

「正義の剣《つるぎ》……裁きの刃か。まさに君が持つに相応しい銀の輝きだ」

天秤を模したそれにエレボスは目を細め、おもむろに両腕を広げた。

「さぁ、一思いに貫いてくれ、アストレア。俺が『悪』だからといって、意地悪をしないでくれよ？　俺は痛いのは嫌だし、女のような嬌声も上げたくないんだ」

にやりと。

エレボスは唇をつり上げた。

どこまでも『正義』をあざ笑う『悪』として、不敵に。

アストレアはそれを前に、怒る素振りも、咎《とが》める言葉も発さなかった。

ただ静かに、エレボスを見つめ続け、口を開く。

「その前に、聞かせて頂戴。エレボス」

「焦らすな、アストレア。この『悪』に、一体なにが聞きたい？」

間もなく、それを問うた。


「『正義』とは？」

「————」


この時、エレボスは笑みを崩した。

その両眼を見張り、純粋な驚愕《きょうがく》をあらわにする。

「……!!　アストレア……」

ヘルメスもまた瞠目《どうもく》する。

二柱の男神の視線を浴びながら、アストレアは語り始める。

「貴方はずっとリューに……そして私達に問いかけてきた。『正義』とは何か？ 『正義』とはどこに至るのか？ そしてわかるのならば、示してみろと、そう訴え続けていた」

それは『エレン』としてリューに出会った時まで遡《さかのぼ》る。

彼はずっと、正義の卵であるリューに問いを投げかけ、『絶対悪』として正体を明かした後も、彼女を追い込み、下される選択を観測しようとしていた。

輝夜《カグヤ》やライラ、アストレアにまで尋ね、『絶対悪』の対極である『絶対の正義』の答えを求め続けていた。

「それはまるで……そう、どこかに導こうとしているようにも見えた。少なくとも、私の目には」

「…………」

「そして——今、貴方は満足している」

表情を消し、口を閉ざすエレボスに、女神は言葉を重ねる。

「戦い抜いた冒険者を見て……立ち上がったリュー達の姿を見て、貴方は『答え』を得ている」

黙って聞いていたエレボスは、仮面を被るように、口を笑みの形に歪《ゆが》めた。

「何を言っているのかわからないな、アストレア」

「ダメよ、エレボス。誤魔化《ごまか》すのはダメ」

それに対し、アストレアはにっこりと明るい笑みを浮かべる。

「じゃないと、ここから貴方を引きずって、みんなの前で問いただすわ」

「……君は本当に、正義の神か？　温和な女神の皮を被った、武闘派の親戚《アルテミス》なんかじゃないのか？」

実力行使をちらつかせられ、やり込められる。

『絶対悪』を名乗っていた神は、初めて顔をしかめた。

「そんな言い方したらいけないわ。アルテミスが可哀想《かわいそう》。あの子は私なんかより、ずっと純真で、優しいんだから」

どっちもどっちの気がするけどなー、と。

『大抗争』の際、戦場のお供に散々付き合わされたヘルメスは小声で呟いた。

こめかみに汗を溜めながら。

「……やれやれ。格好をつけて、君に後始末を願ったのは、失敗だったか」

逃げ道を断たれたエレボスは、そこで、観念するように脱力した。

完敗を認めるその笑みは、それまでの『悪』の笑みとは異なるものだった。

「私は最後に貴方を困らせることができて、ちょっとだけ嬉《うれ》しい。だって貴方ったら、ずっと自分勝手に振る舞っているんだもの」

「……やっぱり、選ぶ役者を間違えたな、まったく」

穏やかに、しかし『してやったり』と少女のように目を細めるアストレアに、エレボスは今度こそ苦笑を浮かべる。

女神の瞳の色と同じ、美しい藍色の星空を見上げ、流れ込んでくる風に目を瞑った。

自分の失態を認め、敗者への代償を呑《の》み、もう少しだけ時を待つように。


「はっ、はっ、はっ……！」

長い、とても長い階段を、息も絶え絶えに駆け上がる影があった。

傷の治療も中途半端《ちゅうとはんぱ》に、ヴィトーは、『バベル』の上を目指していた。

「ぐっ、ううう……！　我が主《あるじ》……！　エレボス！」

とある『経路《ルート》』を使ってダンジョンから脱出し、勝利の喜びで浮かれる冒険者達の目を盗んだヴィトーは、人知れずこの神の塔にもぐり込んでいた。

流れ出る血はまだ完璧《かんぺき》に止まっていない。輝夜《カグヤ》に断たれた腕は失ったまま。

それでも男は負傷した体を押して、主神のもとへ向かっていた。

「貴方はなぜっ……どこにっ……なにを……！」

正義の刃に裁かれようとしている主《あるじ》を救うため、ではない。

あの18階層で、確かに目と目が合った、あの時。

『生きろ』と、そう自分に告げていた神意を、問いただすために。

彼は『悪』ではなかったのか？

神血《ち》を分けた眷族であろうと、この世界を破壊するためなら幾らでも囮《おとり》にして利用して切り捨てる、そんな残虐で残忍な邪神で、神嫌いの瑕疵《ヴィトー》ですら虜《とりこ》となり敬服し、そして愛していた『絶対悪』ではなかったのか？

ヴィトーは、確かめなくてはならなかった。

その一心で鉛《なまり》のように重い足を漕ぎ、垂れ落ちる唾液を放置して、走り続け上り続け、そして──。

「──!!」

神の塔の『天辺』に。

星空を仰《あお》ぐエレボスのもとに、辿《たど》り着いた。


「──教えて、エレボス。正義《わたし》の神に、貴方の『正義』の『答え』を聞かせて」

アストレアが求める。

時を経て、風は途切れ、頭上で星の光が瞬き、藍色の双眸《そうぼう》が真っ直《ます》ぐに男神を見つめる。

瞼を閉じていたエレボスは、ゆっくりと開いた。

「……君は『正義』に絶対はないと言ったな、アストレア」

「ええ、言ったわ」

「俺からすれば、それは間違いだ。俺には『絶対の正義』がわかる」

視線を前に戻し、正義の女神を見つめ返す。

「『絶対悪』を標榜していた俺には、わかるんだ」

硬貨《コイン》の裏であったからこそ、表の正体がわかる。

対立し、正反対であるが故に、対極の存在とは何かがわかる。

神は静かにそう告げる。

「それは、なに？」

アストレアは聞いた。

エレボスは、答えた。


「正義とは――――『理想』だ」

アストレアが。

ヘルメスが。

そして息をひそめるヴィトーが、目を見開いた。

「子供達はいつも面白《おもしろ》いことを考える。『貨車《トロッコ》』の話だ」

エレボスは語った。

リューにも提示した『正義』の判定を。

「分岐器《ぶんきき》を切り変えなければ、五人を見殺しにする。切り替えれば、一人だけが死ぬ。その選択に、ありとあらゆる道徳が、観念が、『正義』が詰まってる。子供達はそう信じている」

「……」

「だが、それは違う。神《おれ》から言わせれば、真の正義はそこにはない」

その上で、エレボスは告げた。

「『正義』とは、選ぶことではなく、摑《つか》み取ることだ」

「摑み取る……?」

「ああ。選択は二つだけ、じゃない。三つに変えればいい。数多の答えを生み出し、手を伸ばせばいい」

正義の女神に、悪の男神は頷《うなず》いた。

「定められた規則《ルール》を、課せられている前提を、知ったことかと笑い飛ばす。ありえないを、ありえるに変える。天秤を打ち壊す。……なんだっていい」

「エレボス……お前は……」

その神意に気が付き、ヘルメスが驚きと悲しみを混ぜた眼差しをそそぐ。

「人々はそれこそを『正義』と信じ――神々は、それを『英雄』と讃える」

それがエレボスの答え。

『理想』を神《かみ》以上に神聖化する人類だからこそ至ることのできない、それでいて無意識のうちに悟っている、『正義』という絶対の正体。

誰もが『理想』は理想に過ぎないと割り切る。

誰もが格好をつけて、現実の前に役には立たないとのたまう。

誰もが、『理想』は手に入らないと諦《あきら》める。

こんなにも世界は『理想』を求めているというのに。

そんな『理想』を叶《かな》えてしまう者こそが――。

「……それが、貴方の『本当の目的』？」

エレボスの神意に触れたアストレアは、それを尋ねていた。

「なんだ、気付いていたのか」

「ええ、気付いていたわ。あれだけ『正義』を問われて、気付かない筈《はず》がない」

エレボスは、格好悪く笑った。

道化に成り損なった、滑稽な男の笑みを。

「……エレボス、お前は『地下世界』や『暗黒』を司っていても、決して死を歓迎していたわけじゃない。天界では気紛《きまぐ》れで、付き合いの悪かったお前だが……それくらいは、わかっていたよ」

ヘルメスが感情を殺して、言葉を並べる。

エレボスは顔のみを背後に向け、ぼろぼろに傷付き、魔石灯と松明《たいまつ》の光が入り混じる都市の光景に目を向けた。

「……『答え』が欲しかった。オラリオが、下界が進むべき指標が」

「エレボス……」

「これより待ち受けている、いかなる苦難にも屈さず、『理想』を求め続ける眷族達の輝きが。

──世界が欲する『英雄』が」

それが男神の『真の神意』。

求めていたのは、それ唯一つ。

「だから、貴方は『非道』を選んだ。『次代の英雄』を生むために──自ら『悪』を煽動した。最強の眷族達《ザルドとアルフィア》にも協力を求め、オラリオに大いなる『試練』を課した」

多くの者を騙《だま》し、多くの者を犠牲にし、自分達の運命をも捧げた。

それが今回のことの顚末《てんまつ》で、真相。

『大抗争』から始まった『正邪の決戦』とは、慈悲を捨てた男神《おとこ》が英雄の都《みやこ》に課した過酷であり、『願い』だったのだ。

「……他に方法はなかったのか、エレボス？」

「ないさ、ヘルメス。お前もわかっているだろう？　今の下界に猶予はない」

咎めるように、あるいは切なげに問いかける友に、エレボスは頭《かぶり》を振った。

「ゼウス達が消えた。更に『約束の刻《とき》』は結ばれた誓約を待たずして必ず訪れる。……時計の針を、進めなくてはならない」

それは神々にしかわからない会話。

神だけは、その『非道』を理解してしまえる界《かい》の実情。

ヘルメスは反論も糾弾もせず、ただ目を伏せた。

「リオン達は『答え』を口にはしなかったが……大丈夫だ。あの子達は、もう大丈夫」

「……」

「旅の果てに『希望』へ辿り着くことを、俺は確信できた。彼女達が答えを出したなら、『正義』は巡り、オラリオもまた至る」

エレボスは原初の幽冥《ゆうめい》とは程遠い、優しげな声で言った。

あるいはそれは、黄昏《たそがれ》の中で風に揺れる麦畑のように穏やかな声音《こわね》だった。

未来を見通すように、神託じみた予言を残す。

「アストレア。君の言う通り、俺は自分勝手に、満足させてもらったよ」

エレボスは最後の仕返しのように、女神に笑みを投げかける。

「……数多の命を天に還し、選ばれし者を見出して、超克させる。『正義』も『悪』も、全て礎に変える。それが貴方の神意」

男神《おとこ》の今日までの罪を数えながら、アストレアはその名を口にする。

「それが、貴方の『正義』だった」

エレボスは、やはり笑みを返す。

「正義じゃないさ。言っただろう？　絶対の正義とは『理想』であり、決して気紛れな神のエゴなんかじゃないんだ。……これは、『悪』なんだ」

人々から数多の命を奪い、幽冥へと送り返した神は、決して譲らない。

誇りでも気高きでもない、醜悪な外道に過ぎないと断じる。

全ての咎を背負い、憎悪を己のもとに集約させる『悪』は、美化されることなど断固として拒んだ。

男神《おとこ》は、最後まで『絶対悪』で在り続ける。

「そうですか……。ならば私が、正義の神《アストレア》が断じましょう」

そんな邪悪極まる邪神に対し、女神は手に握る裁定の剣《つるぎ》をもって、慈悲なく男神《おとこ》の正体を看破した。

「貴方の悪とは、『絶対悪』ではなく――――『必要悪』」

「理想に至れない下界を、理想に至らせるための『踏み台』」

「とても独りよがりで醜い、高潔な悪」

「子供達は貴方を許しはしない。他の神々も貴方を嗤《わら》うでしょう」

「――けれど私だけは、貴方の『罪』を決して忘れず、想《おも》い続ける」

アストレアは、聖なる響きをもって、男の罪状を読み上げた。

その容赦のない言及に、エレボスはもう一度苦笑を作る。

「……酷《ひど》い奴だな、アストレア。俺を道化にしないでくれ。俺はカリスマで、カッコよくて、残虐非道な『悪』でいたいんだ」

「それこそ、私の知ったことではないわ」

「そうか……そうだな……そうに違いない」

穏やかな笑みを浮かべてみせるアストレアに、エレボスも釣られて笑う。

「やっぱりいい女だなぁ、アストレア。抱きしめてもらうなら、君みたいな女神がいいな」

「私はごめんよ、エレボス。だって、貴方ってとても天邪鬼《あまのじゃく》なんだから」

「ははっ……本当に、最後まで格好がつかないやつだな、俺は」

軽口を叩《たた》く男神は、そこでヘルメスに視線を投げる。

「……ヘルメス～。アストレアがせっかく場所を選んだんだ、お前もその軽い口を滑らせるなよ？」

そしてヘルメスの、更にその向こう、屋上に繋《つな》がる階段のもとで息をひそめている『子供』を見つめた。

「ここであったことを知るのは、三柱の神と――一人の眷族だけだ」

「!!」

息を殺し、神々の告白を聞いていたヴィトーが、衝撃に撃ち抜かれる。

「……ああ。オレの名に誓って、今日、ここで見たものは忘れると誓おう」

ヘルメスもその子供の存在を見咎めなかった。

境界を司る神として、その約定を口にする。

「これは、神聖譚《オラトリア》はおろか、眷族の物語にも残ることのない光景だと、約束しよう」

「頼んだぞ、観測者。……約束だぜ、我が神友《とも》よ」

男神達の会話は、それだけで終わりだった。

友として互いのことを全てわかっているように、エレボスは未練なく視線を切り、アストレアに向き直る。

「さぁ、終わらせよう、アストレア。今度こそ、俺を裁いてくれ」

両腕を軽く持ち上げ、浅く開き、女神が持つ裁定の剣《つるぎ》を求める。

アストレアは、目を瞑った。

逡巡《しゅんじゅん》も葛藤もなく、ただ僅かな静寂に身を委《ゆだ》ねた後、男神《おとこ》の瞳を見返した。

「…………最後に、一つだけ教えて、エレボス」

対峙し、対立し、対極の『正義』と『悪』という枠組みを打ち捨てて。

ただ一柱の神として、それを聞いた。

「貴方は、下界を愛していた？」

空を星が駆けた。

光とともに風が鳴った。

男神《おとこ》の前髪が揺れ、一瞬、その眼差しが遠ざかる。

そして澄んだ夜気と美しい地平線を背負いながら、『彼』は、笑った。


「当り前じゃないか、アストレア」

「俺は子供達が、大好きさ」

それは女神達しか知らない、たった一つの笑顔。

「…………」

アストレアは僅かにうつむく。

間もなく、彼女は凛然《りんぜん》と顔を上げ、その裁定の剣を構えた。

「――邪神エレボス。貴方を裁きます」

遺言はない。

呪詛《じゅそ》もない。

謝罪などある筈がない。

男神《おとこ》は最後まで唇を曲げ、子供のように顔を綻ばせ、『悪』を貫いた――。


その日、一柱の神が天に還った。

夜を裂き、天空に突き立って、迷宮都市の隅々まで照らし出す光の巨柱。

死を振りまき続けた邪神は人々に恐怖を刻み、怒りを集め、歓声とともに見送られた。

人々は、『絶対悪』の胸を穿《うが》った正義の剣《つるぎ》を讃えるだろう。

そして女神は、その『必要悪』を忘れないだろう。

同情する必要はない。

賞賛する必要もない。

彼が犯したことは正《ただ》しく『悪』だった。彼自身もそう言った。

数えきれない『正義』が存在するように、数多あるうちの、一つの『悪』の在り方だった。


「はぁ、はぁ……はぁぁ……‼ 騙していたのですね、神エレボス！　この私を！」

仄暗《ほのぐら》い下水道に、男の絶叫が鳴り響く。

「何が絶対悪……！　何が理想……！　私の欠陥を知っておきながらかどわかして……！　嗚呼、なんて酷い！　なんて残酷な‼」

全身で荒い呼吸を繰り返しながら、悲憤に打ち震える。

顔を振り乱し、暴《あば》れるように走っては汚水を踏み荒らしながら、不意に立ち止まる。

「……ふっ、ふふふふふっっ……⁉　諦めない……ええ、諦めませんとも！　極まったこの神々への憎悪に誓って！　下界是正を成し遂げるっ！」

男は泣いていた。

泣きながら、嗤《わら》っていた。

涙の意味を知らず、そもそも頬を伝う滴の存在にすら気付けず、男は昏《くら》く破滅的な衝動に身を委ねた。

「世界の瑕疵《かし》は、この私が、必ずや……！　ふふふふっ、ひひひひひ――ハハハハハハハハハハハハハハハハハハッ!!」


「許さねえ、許さねェ、許さねえぞッ……フィィィィィィィィィィィン!!」

闇に支配された、石で覆《おお》われた『迷宮』の中。

そこでもまた、敗北者の女は激憤に支配されていた。

「この傷も、屈辱も、絶対に忘れねぇ!!　てめえに必ず復讐《ふくしゅう》してやる!!」

双眼を血走らせた妖異のごとき形相で、ヴァレッタは槍で貫かれた肩を押さえ、血塗《ちまみ》れとなった手を震わせる。

『勇者』に刻まれた傷を握りしめ、禍々しき憎悪を燃やす。

「見てやがれぇぇぇ……!!」

どこまでも残響する女の絶叫を、魔窟《まくつ》たる『人造の迷宮』だけが聞き、彼女の復讐を約束した。

数多の『悪』は消えない。

闇に身をひそめ、温床を広げ、いつか再び声を上げる日を待つ。

そして『正義』もまた、未《いま》だ『理想』に至ることはなく――。

「――けれど」

神塔《バベル》の天辺でたたずむアストレアは、その景色を眺めた。

都市の夜景に灯る数々の灯火を。

『試練』を乗り越え、正邪の決戦を勝ち抜いた冒険者達の光を。

「探し続け、問い続け、求め続ける。巡っていく正義を。真の正義を」

そこにいるのは勇者達。

そこにたたずむのは猛者達《おうじゃ》。

そこで今も星空を仰いでいるのは、正義の眷族。

「どうか願わくは、その旅路の果てに、『最後の英雄』が生まれんことを」

望みを、悲願を、秩序を、正義を――理想を。

神は託された未来を想い、それを誓った。

「神々《わたしたち》は願い、見守り続けましょう――」

エピローグ
それは果てしなき正義の旅路

ASTREA RECORDS
evil fetal movement
Author by Fujino Omori Illustration Kakage
Character draft Suzuhito Yasuda

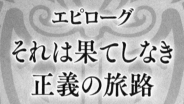

青空の下で、多くの花が揺れている。

それは野に咲く花々ではなく、ましてや人の手で育まれた植栽でもない。

無数の墓に捧げられた、手向けの花だった。

「よしっ、と……悪かったね、ベル君。花の手向けに付き合ってもらって」

オラリオ南東区画に存在する『第一墓地』。

『冒険者墓地』とも呼ばれる広大な共同墓地の一角で、白い墓標に一輪の花を添えたヘルメスは、ゆっくりと立ち上がった。

「いえ………大丈夫です」

側に控えていたベルは、戸惑うでも狼狽《うろた》えるでもなく、ただ神妙な顔を浮かべて、小さく首を横に振る。

少年は冥福を祈っていた。

墓の下に眠る人物の顔も知らないにもかかわらず。

ただ、今のオラリオで生きる冒険者の一人として、黙禱《もくとう》しなければならない気がした。

墓標を一瞥すれば、彫られているのは『リディス・カヴェルナ』という名。

やはりその名前をベルは知らない。

だが、ヘルメスが見たこともない微笑を送る眷族《あいて》なのだと、それだけはわかった。

「ヘルメス様……さっきの話、本当なんですか？　七年前に、そんなにすごい『大抗争《たたかい》』があったなんて」

この『第一墓地』に訪れる道すがら、神から聞かされた『正邪の戦い』。

聞いたものが物語の断片に過ぎずとも、ベルが言葉を失うくらいには、壮絶で、悲壮で、気高かった。

「ああ、別名『死の七日間』……最後の戦いが終わるまで、オラリオ史上、最も子供達の命が奪われた戦いだった」

歩き出すヘルメスの背中が、口を閉ざすベルに真実だと言って聞かす。

当時の光景を知らない身では、安易な同情も哀れみも許されない。

それは『重み』でもある。

普段口《くち》にする『冒険者』という言葉を、ここまで重く感じることが果たしてあっただろうか。

それと同時に、彼等《ら》彼女等《ら》がいたからこそ、今の英雄の都《オラリオ》があるのだと、ベルは理解できた。

（今日、オラリオがどうしてこんなに静かなのか……ようやくわかった……）

神の背に続きながら、ゆっくりと視界を横に広げる。

整然とした白い墓標の海の中には、ベル達以外にも多くの人々が足を運んでいた。

冒険者に神々、民衆。

鍛冶師に商人、ギルド職員に娼婦、あるいは旅人。

種族も職業も関係なく、それぞれが花束《はなたば》をもって、それぞれの墓の前に手向けている。

共通していることは、誰もが言葉を胸の内にとどめ、祈りを捧げては偲《しの》んでいるということ。

『正邪の決戦』という傷跡を、オラリオは今日、悼《いた》んでいたのだ。

「あ……ボウガンさん？」

「……ベル？」

そこで、ベルは見知った顔を見つけ、足を止めてしまった。

ヘルメスと出くわし、『大抗争』の話を聞きながら、この墓地に訪れる前。

仕事の手伝いをしていた、ヒューマンの行商だった。

用事があると言って一度別れた彼は、装いを変えていた。

男は、『鎧《よろい》』を纏《まと》っていたのだ。

「その鎧……冒険者のですよね？」

「……まぁな」

曲がりなりにも上級冒険者として活躍してきたベルにはわかる。

今、男が装着しているのは上等な鎧だ。それこそ下級冒険者のものではなく、上級冒険者が装備するような品質が高い防具。使いこまれた跡はあるものの、おいそれと一般市民が手を出せる代物ではない。

ベルは驚きの表情を浮かべ、尋ねていた。

「もしかして、ボウガンさんは昔、冒険者だったんですか？」

「はは、違う違う」

それに男は一笑。

口を大きく開けたかと思うと、そっと鎧の表面を指でなぞる。

「この鎧は昔、冒険者の目を盗んで、俺がひったくったもんだ」

「えっ？」

「それから、色々あって持ち主の【ファミリア】に返したあと……金を必死に稼いで、売ってもらったんだ」

ベルは、戸惑ってしまった。

主神《ヘスティア》と自分によくしてくれている彼が盗みを働いたという告白にも衝撃を受けたし、返却した後に買い戻したという行いについても、よくわからない。

そんなベルの姿に男は苦笑し、どこか寂《さび》しげで、そして穏やかな表情を浮かべた。

「ずっと前。悪さをした俺は、捕まっちまったんだ。だけど、そこで見逃されて、守られて……救われちまった。『正義』ってやつに」

男の眼差しは、目の前の墓標に向けられていた。

そこに彫られているのは少女の名前だ。

きっと笑顔がよく似合う、心優しい一人の少女の『正義』の名。

だって、そうでなければ、彼がこんな横顔を浮かべる筈《はず》がないから。

「悪さから足を洗って、胸を張って生きていけるよう、色々あがいたのさ。……『正義』を、あのガキに返せるように」

男は笑った。

少女の墓標と、空を見て笑った。

その笑みはベルが見慣れたものではなく、どこか『暴漢』のように少し乱暴なものだった。

けれど、そこには『巡る正義』が確かに根差していた。

ベル達の前に、知己や戦友、姉《かぞく》など、他の者も訪れたのだろう。多くの花が手向けられているそこに、男も一輪の白い花を加える。

ジャガ丸くんはまた今度だな。

そんなことを口にして、笑いながら。

「じゃあな、ベル。……こいつ等の分まで、すげえ冒険者になってやってくれ」

「──はい」

手を上げて、微笑みを最後に去っていく男に、ベルは無意識のうちに頷《うなず》いていた。

ベルはこの墓標の海の中で眠っている冒険者達のことを、何も知らない。

だが、巡りゆくものを受け継ぎ、自分もまた次の者達に渡さないといけない。

男《ボウガン》の笑みを見て、そう思ってしまった。

「『英雄神話』……正義は巡る、か」

ふと背後で呟きが落ちたかと思うと、ヘルメスが立ち止まって微笑を浮かべていた。

ベルが首を傾《かし》げながら視線を向けると、男神は屈託《くったく》なく「何でもないさ」と誤魔化すだけだった。

「さっきの話の続きだけど……凄惨な戦いの爪痕《つめあと》だけが残ったわけじゃない。受け継がれるものも、ちゃんとあった。それこそ今、ベル君に託されたように」

「えっ……？　どういうことですか？」

「多くの冒険者が、あの大戦を機に高みへと至ったのさ」

歩みを再開させる神の背に、ベルも続いていく。

「【勇者《ブレイバー》】、【九魔姫《ナイン・ヘル》】、【重傑《エルガルム》】はＬｖ．６に。アイズちゃんも確か、あの辺りでＬｖ．４になったかな？」

「……！」

「【猛者《おうじゃ》】は言うに及ばず、【フレイヤ・ファミリア】の幹部陣も軒並みＬｖ．６に至った」

まだ両腕で抱えている花束から一輪ずつ抜き取り、自派閥も他派閥も関係なく、縁のある人物の墓前に花を置いていく傍《かたわ》ら、ヘルメスは語った。

七年前の『正義と悪の衝突』がどれほどの意味を持ち、英雄の都《みやこ》にいかなる転機《ターニングポイント》をもたらしたのかを。

「あの正邪の決戦は、間違いなく冒険者達を……オラリオを次の段階《ステージ》に引き上げたんだ」

「……そこに、リューさん達の【ファミリア】も……?」

「そうだね。あの子達はあの後、天に還ってしまったけれど……彼女達の『正義の成果』が暗黒期を終わらせた。オレはそう信じているよ」

抱える花束も少なくなった頃。

道化の派閥《ロキ・ファミリア》の墓標に、三輪の花を贈ったヘルメスは、そこで小さく呟いた。

「アルフィアの意志も、決して無駄ではなかったとね」

「……?　アルフィア?」

「……いいや、何でもないよ。さ、こっちで最後だ」

ヘルメスはそう言って、足を別の方角へ向ける。

続くベルは、すぐに困惑を覚えた。

神の背中は、整然と石板が敷き詰められた墓地をあっさり後にしたかと思うと、広葉樹が生い茂る雑木林へと進んでいったのである。どんどんと離れていく『第一墓地』と神の間で何度も視線を往復させるベルは困り果てながらも後を追った。

間もなく、辿り着いたのは『三つの墓』だった。

「えっと、ここのお墓って……?　何だか、すごい場所にありますけど……」

道とも言えない茂みと木々の間の奥、まず誰も寄り付かないし気付かないだろう林の一角に、その墓標はあった。

ちゃんとした墓石が用いられているし、墓標の体は一応なしているが、それだけだ。作りは簡潔そのものだし、手入れも碌《ろく》にされていないのか、苔《こけ》を纏《まと》いつつある。

「墓地からやけに離れてますし、それにみすぼらしいというか……扱いが雑のような……」

「……他の子達と一緒にしたら、絶対に怒るからなぁ」

「はい？」

ぼやきにも苦笑にも聞こえる呟きにベルが小首を傾げていると、ヘルメスは真剣な顔付きを纏う。

いや、一柱の神として、『懇願』の姿勢をとった。

「ベル君……オレは今日、君に出会えて『運命』を感じてる。だからじゃないが、この二輪の花、君が手向けてくれないかい？」

「ぼ、僕が？」

「ああ。名前も顔も知らない相手で、君には困った話だと思うけど……どうか、頼むよ。祈ってあげてくれ」

「…………わかりました」

ヘルメスの瞳は今までベルが見たこともないほど真摯《しんし》だった。

彼がどうしてそんな目をするのかはわからない。何か深い理由があるのかもしれない。だがベルは何の詮索もせず、二輪の花を受け取っていた。

名も記されていない墓の前に、自分の髪の色と同じ花を手向ける。

どうか安らかに。

膝《ひざ》をついて、目を瞑り、そう祈るベルに、木漏《こも》れ日《び》がそそぐ。

それだけだった。

鳥も、木の葉も囀《さえず》らない、静寂の調べだけが全てだった。

「……終わりました」

「ありがとう。オレの我儘《わがまま》に付き合ってくれて」

立ち上がったベルに、笑うヘルメスは心から感謝しているようだった。

ベルはやはり、それがどうしても不思議だった。

「別に、いいんですけど……それで、この最後の一つは？」

「ああ、アストレアがいなくなった今、オレくらいしか花を手向けに来ない、残念で嫌われ者の神でね」

「そ、そこまで……」

「そもそも神相手だから、こんな墓を用意してやる意味も義理もないんだが……」

残った墓の言われように、思わず顔を引きつらせる。

ヘルメスは悪態に溜息《ためいき》を重ねた上、肩を大きく竦《すく》めた後、億劫《おっくう》そうに最後の花をその墓標の前に飾った。

「下界にいる間は、せめてこうして感謝くらいしてやろうと思ってね」

「……大切な方だったんですか？」

「いーや？　どうしようもないヤツだったよ。カッコつけで、独りよがりで」

声音が変わる。

体を起こしたヘルメスは、ほんの少しだけ、唇を上げた。

「……でも、神友《しんゆう》だった」

ベルは、目を見開いていた。

神が抱えていた花束が全て消え、一柱と一人の長い時間が終わる。

木々の奥に覗《のぞ》く空は青かった。

七年前にあった戦いなど知らないように、抜けるような蒼穹《そうきゅう》を広げている。

しかしベルはもう、『正義』と『悪』の衝突と、今日見た沢山のものを忘れないだろう。

しばらくの間、静けさの残滓《ざんし》だけが林の中を満たす中、おもむろに――風が吹いた。

止まっていた時計の針が未来へと動き出すように、ヘルメスは帽子の鍔《つば》に手を添えながら、頭上を見上げる。

「さて、オレはここから野望用があるから、行くよ」

「えっ？　野暮《やぼ》用ですか……？」

「ああ。とある女神のもとに、手紙を届けにいかなきゃいけないんだ。ある人物に依頼されていてね」

きょとんとするベルに、ヘルメスは片目を瞑ってみせる。

「言っただろう？　君と会う前、オレは一人の高潔なエルフと会ったって」

「あ――」

風が吹いている。

空を渡る、今はまだ細《ささ》やかな疾風の音色が。


『親愛なる正義の女神へ。

未だに私は、『正義』の答えを出すに至ってはいません。

未だに、さまよい続けています。

いいえ、さまよっているのかもわからない。

あの日、復讐《ふくしゅう》の炎に身を堕とし、正義を背負う資格すら私は喪ってしまった。

今の私がどうして正義を求めることができるでしょうか。

私は今、きっとどこにも行けず、立ち止まってしまっています。

あの七年前の日々から目を逸らし、知己《アーディ》や、静寂《アルフィア》の言葉にさえ背を向けて、無為な時間を過ごしている──。

──けれど、これもまた、果てしない長い旅路の途中だったとしたら。

立ち止まっている今、ここからまた歩き出して、『正義』の答えを探し出すことができたなら。

その時は、必ず会いに行きます。

巡る『正義』とともに。

正義の剣と翼に誓って。』

認《したた》め、旅の男神に託した手紙の中身を振り返りながら、リューはゆっくりと目を開けた。

そこには変わらず、仲間の墓がある。

眠る亡骸《なきがら》はなく、代わりに彼女達とともに戦った半身たる武器が突き刺さった墓標が。

18階層。『迷宮の楽園《アンダーリゾート》』。

かつて仲間達が、死んだらここに墓を築くように願った場所。

ただ一人、七年前の『正邪の決戦』を想起していたリューは、ゆっくりと、笑みを浮かべた。

「……アリーゼ、みんな。私は叶うなら、またいつか、旅を始めたい」

後悔はある。

口にすべき懺悔《ざんげ》もある。

しかしそれでも、リューは仲間達の前で己の願いを口にした。

「それまでは、アーディ。今のオラリオで、巡っていく『正義』を見守ろうと思う」

それは空を駆ける流星に届くかもわからない、ささやかな願いだ。

リューが迷いを抱えている証でもある。

しかし遥かなる旅路が続いていることを、妖精は知っている。

だから彼女は、正義の剣と翼に、誓いを捧げた。

「貴方達と夢見た、『未来』を想って――」


悩みなさい。

今はそれでいい。

後悔も悲しみも、全てを手放さず、旅を続けなさい。
そして、貴方の答えを待っているわ。
天上で輝く、あの『星々の記憶』と一緒に——。

アリーゼ・ローヴェル

所属	【アストレア・ファミリア】	種族	ヒューマン
職業	冒険者	到達階層	33階層
武器	片手剣	所持金	6000ヴァリス

ステイタス　Lv.4

力	H128	耐久	H177	器用	I77	敏捷	H114
魔力	H153	狩人	H	耐異常	I	火閃	I

《魔法》

アガリス・アルヴェシンス

- 付与魔法《エンチャント》
- 炎属性
- 詠唱式【花開け《アルガ》】

《スキル》

正華紅咲

- 戦闘時、『力』の高補正。
- 逆境時、『耐久』『器用』の高補正。
- 大敵交戦時、『敏捷』『魔力』の高補正。
- 三条件達成時、継続時間に比例して『力』『敏捷』『魔力』の小補正。

正闘正火

- 近接戦闘時におけるスキル効果増幅。
- 魔法発動時における魔法効果増幅。

《装備》

クリムゾン・オーダー

- 片手剣。素材は『ミスリル』及び『火山花《オピアフレア》の花弁』。
- 【ゴブニュ・ファミリア】作。45000000ヴァリス。
- 第二等級武装、特に片手剣の分類《カテゴライズ》の中では最上級《トップクラス》の威力を誇る。火属性魔法に限り威力を底上げする効果も持つ。
- 紅の秩序を関する少女の正義にして愛剣

紅華《こうか》のヒートドレス

- 最終決戦前に作られたアリーゼ専用の戦闘衣《バトル・クロス》。
- 防御力及び機動性の向上はもとより、付随する冒険者装身具《アクセサリ》により異常効果や魔力に対する対抗力も備える。リューの《星域《せいいき》のステラドレス》と並んで第一等級武装並みの性能を持つ。

Alise Lovell
アリーゼ・ローヴェル

あとがき

この『アストレア・レコード』というシナリオを書くにあたって、沢山の本や文献を読み漁りました。どんな文献も難しい内容ばかりで、きっと半分も理解できていないかと思いますが、それでも正義と悪の論争に、おそらく決着はつかないと自分は考えています。

これからどんな時代が訪れても、どれだけ世界が変わっても、人間が人間である限り、違う場所、異なる時間に命が生まれる以上はきっと。無理だと言って決めつけたくはありませんが、そこに万人が納得する絶対の共通項を見つけるのは、それこそ神様じゃないと難しいんじゃないかなと思いました。

なんて偉そうに書いて私自身、絶賛悶絶《もんぜつ》しておりますが、ただ『ダンまち』という物語なりの答えは、正義と悪の神様、そして妖精の女の子達と一緒に出させてもらいました。

『そうかも』と少しでも思ってくれた方がいたら、一緒に頑張りましょう。

『違う』と言う方も、当然いらっしゃると思います。

だから、もしよろしければ、皆さんなりの答えをいつか教えてください。

『正義』を探し続けること、自分の『正義』を見つけること。とても大変です。難しいです。本当に善いことなのか正しいことなのかもわかりません。でもだからこそ、自分なりの『正義』を探し続けることは怠ってはならないと、そう思いました。そしてそれをし続ける人を、心から尊敬します。

ちょっと説教臭くなってるかもしれないのが本当に恥ずかしいですが、この物語を書ききった自分への報酬として、このページだけ、少しだけ大目に見てあげてください。

それでは謝辞に移らせて頂きます。

担当の宇佐美様、本シリーズの三ヶ月連続刊行ができたのはひとえに宇佐美さんのおかげです。ありがとうございました。アリーゼ達にゲームとはまた異なる魂を吹き込んでくださったかかげ先生、イラストレーターさんの中での連続刊行の苦労は物書きのものとは比べ物にならないと思います。お疲れさまでした。かかげ先生にこの作品を描いて頂いて、本当に嬉しかったです。不甲斐ない原作者を支えてくださったWFS様を始めとした関係者の方々にも、深く御礼申し上げます。

最後に読者の皆様、このシリーズを手にとって頂いて、誠にありがとうございました。

正義は巡る。想いも巡る。英雄も神話も。

今回の正邪の物語が、眷族の物語にどのように巡っていくのか。

もしよろしければ見守ってあげてください。

大森藤ノ

EXTRA
それはなんてことのない
神と英雄達の話

ASTREA RECORDS
evil fetal movement
Author by Fujino Omori Illustration Kakage
Character draft Suzuhito Yasuda

「なぁ、本当にいいのか、お前達？」

男神《おとこ》の声が静寂の中に転がる。

ステンドグラスからそそぐ、儚くも柔らかな日差し。

茜《あかね》の色を帯びる西日は、罅割《ひび わ》れた石のタイルや壊れかけの長椅子《チャーチベンチ》を照らし出す。

そこは名も忘れられた、とある教会だった。

そんな場所にいるのは、一柱の神と二人の眷族だった。

「こんなしょーもない計画に加担して」

エレボスは、どこか砕けた空気で問いかけた。

そこには『絶対悪』の神性《カリスマ》なんてものは欠片《かけら》も存在しない。

人払いは済ませてある。そもそも、迷宮都市の一角に存在するこんな寂《さび》れた教会に近寄る者は誰《だれ》もいない。だからではないが、神は肩が凝る仮面を脱ぎ捨て、ありのままの自分《エレボス》で接していた。

彼と彼女に。

「何を今更。人里から離れ、ただ死にゆくのみだった私達を無理矢理見つけ出したのは、お前だろうに」

普段は閉じられている瞼《まぶた》をあけ、非難がましい異色双眼《オッドアイ》をエレボスに向けるのは、灰の髪の魔女。

「ああ、『どうせ死ぬなら世界の踏み台になろうぜ』、だったか。いきなり何なんだこの神は、と面食らったな。それに頷《うなず》いた、俺《おれ》達も俺達もだが」

悪鬼のような面立ちに、人懐こい笑みを浮かべるのは、大鎧を纏《まと》った大男。

神相手に不遜《ふそん》な態度を隠しもしない『共犯者』達――アルフィアとザルドに、エレボスは大げさに肩を竦《すく》めた。

「まぁ、聞け。最終確認というやつだ」

エレボスは右の手の平を向け、残るは血判《サイン》を待つだけの契約書を提示するように、鷹揚《おうよう》に語り始めた。

「オラリオが俺達に打ち勝とうとも、打ち負けようとも、お前達は間違いなく『大罪人』として名を残す。数多の命を奪った人類の裏切り者として、未来永劫《えいごう》語り継がれるだろう」

事実だった。

十日後に控えた計画は邪悪を胎動させ、正義を失墜させ、この英雄の都を正邪の決戦へと導くだろう。

そしてそこに『是非』は存在する。

『善悪』は断じられる。

歴史が証人となり、ここにいる者達には魔物《モンスター》にも劣らない汚名が刻まれる。

「それでも本当に、構わないか？」

神の問いかけに、アルフィア達が返すのは傲岸不遜なまでの『呆《あき》れ』と『不敵』だった。

「くどいぞ、エレボス。私達はもうとっくに決めた。ここで翻《ひるがえ》すほど、安い覚悟などしていない」

「死後の名声なんぞ興味はない。満足して逝《い》けるかどうか、俺からすればそちらの方が重要だ」

アルフィアは悪い魔女のように罪悪など歯牙《しが》にもかけず、ザルドは武人のごとく咎《とが》の烙印《らくいん》なんてものを笑い飛ばした。

『覇者』という称号に似つかわしくない好漢の笑顔に、黄昏《たそがれ》の色に染まる教会もまた微笑んだ。

エレボスもまた眉尻《まゆじり》を下げ、唇を浅く上げる。

神が認めるほど、目の前の男と女は『英雄』で、誰よりも『冒険者』だった。

「『剣《けん》も女も、人生すらも、思い立った時こそ至宝』。俺のどうしようもない主神の教えだ」

「出たな、狒々爺《ヒヒジジイ》の好々爺《こうこうや》。何度、私の胸に手を突っ込もうとしてきたことか。あれで大神だと言うのだから腹が立つ」

軽口を叩《たた》くように、とある神の至言を持ち出すザルドに、アルフィアは打って変わって嫌悪を極めた表情を浮かべる。

そして、それに悪乗りしない愉快神《エレボス》ではない。

無駄な決め顔《キ》で無駄に男前《イケメン》な声音《ヴォイス》で尋ねる。

「ほほう？　それで？　その糞爺のセクハラは無事成功したのかね、アルフィア君？」

「全《すべ》て『魔法』で迎撃した」

「よく送還されなかったなぁ、ゼウス……」

「そしてヘラにチクった」

「それは死んじゃうだろう、ゼウス……」

そして慈悲なくばっさり告げられ、憐憫《れんびん》を込めた空笑いをこぼした。

無駄に空虚な眼差《まなざ》しが壊れかけの天井《てんじょう》を越え、空の向こうへと遠ざかる。

「はははは……。しかし、お前は本当に良かったのか？　アルフィア？」

そこで。

笑い声を上げていたザルドが、『唯一の気がかり』に触れるように、問いを投げかけた。

「『子供』に会いにいかなくて」

彼の問いかけに、エレボスは軽く首を傾げる。

「ん？　アルフィアには子供がいたのか？　その体《スタイル》で経産婦？　すげー」

「違う。『妹』の子だ」

どこまでも軽いエレボスの反応に、アルフィアは小さく頭《かぶり》を振った。

顔を上げ、罅割《ひびわ》れたステンドグラスから差し込む鮮やかな夕日に双眸《そうぼう》を細めながら、それを告げる。

「ヘラの眷族の血筋であり……『ゼウスの系譜』でもある」

「――へぇ？　ということは、父親が【ゼウス・ファミリア】か？」

そこまで耳にして、神のただの興味が鋭い関心へと変貌する。

世界の天秤《てんびん》を見極めるがごとく瞳《ひとみ》を細めるエレボスに対し、答えようとするザルドはしかし、すんごい微妙そうな表情を浮かべた。

「ああ……俺達の中でも一番の下っ端だった男《ヒューマン》だ。猪《いのしし》や勇者のガキどもに、あいつだけはやられるくらい弱かった……」

他称最弱の団員に向けられるザルドの想《おも》いとは、「てめぇ何してくれてんだコラふざけんな」という切実に重い悲鳴だった。

武人たる超強い男が、寒気に悪寒を折り重ねたかのように身震いする。

「団長達《マキシム》が『黒竜』に敗れた後、あのヘラの眷族を孕《はら》ませたと知った時……何やらかしてんだアイツ、と本当に震え上がった」

当時のことを思い出しているのか、Ｌｖ．７の【暴喰《ぼうしょく》】の後ろ姿が今にも煤《すす》けそうなほど儚さを帯びる。

ちなみに男は、無言で殺意を溜《た》め込《こ》んでいる魔女から全力で目を逸らしていた。

「だって、ヘラだぞ、ヘラ？　【ファミリア】が全滅状態なのに…………俺一人で、ずっと怯《おび》えていた」

「お前も変態爺《ゼウス》の眷族じゃん」

「……そうだったな。うん、そうだった。だが俺はそんな命知らずじゃないからな!!」

主神の女好きと狒々爺《ヒヒジジイ》っ振りに関しては、天界にとどまらず下界の隅々にまで轟《とどろ》いている。

この神《おや》にしてこの眷族《こ》あり、とエレボスから端的《ストレート》に指摘され、【ゼウス・ファミリア】の数少ない良心は重々しく頷いた後、必死に弁明を叫んだ。

主にすぐ隣にいるアルフィアに向かって。

静寂を通り過ぎた氷点下の無言を帯びる女王が、妹に手を出した生意気不愉快無粋男《ゴミカス》にいかなる感情を抱いているのかは、問いただださなくてもわかることであった。

そして半秒後、八つ当たりのごとく手刀を繰り出し始める女に向かって「よせっ、やめろっ、アルフィアッ!」と両腕の防御体勢《ブロッキング》を行いながら痛切に訴える。

姪の面倒を見る叔父のごとく、というにはあまりにも苛烈《かれつ》を極めていた。

その二人の姿に、くっ、とエレボスは笑みを漏《も》らす。

「お前達を見ていると、派閥同士《ゼウスとヘラ》の力関係が如実にわかるな。……それで？　その子供は、まさかヘラと一緒にいるのか？」

「……いや、妹がゼウスに託した。今はどこぞの山奥で暮らしている筈だ」

ザルドに当たって、少しは留飲を下げたアルフィアが数年前より止まっている情報を伝える。

「なるほど……ザルドの言うこともわかる。たった一人の甥《おい》、しかも肉親の忘れ形見だ。未練はないのか？」

――お前は、『妹』だけは愛していたんだろう？　と。

魔女について知っている、数少ない情報をエレボスは口にする。

「……私は死にゆく妹の決断に、何も口を挟まなかった。あの好々爺と争って、自分が引き取るとも申し出なかった」

アルフィアは一度口を閉じた後、感情を胸の奥へ封じ込めるように、事実だけを述べた。

「妹の子より、『終末の時計』を遅らせることを選んだ。……だから、私に子供の面倒を見る資格はない」

そしてその声は、後悔にも、懺悔《ざんげ》のようにも聞こえた。

夕日の光に濡《ぬ》れる女の横顔を黙って見つめていたザルドは、そこで口を開いた。

「アルフィア……血の絆《きずな》は強いとは言わん。それと同じで、家族となることに資格がいるとも、俺は思わん。そこに欠片でも愛があるのなら、お前は――」

「違うんだよ、ザルド。資格なんて格好をつけて言ったが、なんてことはない」

男の続く言葉を、揺れ動く灰の長髪が遮《さえぎ》る。

ゆっくりと首を横に振ったアルフィアは、その唇に微笑を湛《たた》え、『なんてことはないこと』を言葉に変えた。

「『お義母《かあ》さん』ならともかく、『おばさん』なんて、私は絶対に呼ばれたくないんだ」

ザルドが珍しく、目を丸くする。

エレボスも同じだった。

間もなくして、どちらからともなく肩を揺らし始め、やがて堪《こら》えきれないように口を大きく開ける。

「……くっ、はははははははっ！ そうか！ ならばしょうがないな！」

「ああ、どうしようもないな。そこは非常に繊細《デリケート》な部分だ。男の俺達がどうこう言える問題じゃない」

ザルドが大声で笑い、エレボスもくっくっと何度も口もとを指で押さえる。

男達の笑い声を、女はこの時ばかりは五月蠅《うるさ》いと言って、黙らせようとしなかった。

くだらなくて、そして穏やかな雑音が、教会の中に満ちる。

「アルフィア、聞かせてくれ」

しばらくして。

愉快な笑声が途切れた頃、エレボスは姿勢を正し、女に問いかけた。

「お前ほどの女が愛した『妹』とは、一体どんな女だった？ お前のように面倒で、神経質で、暴君のごとく強かったのか？」

「いいや。妹は私以上に病弱で、脆弱《ぜいじゃく》だった。一人では一歩も部屋から出られないほど」

アルフィアは昔日に意識を飛ばすように、瞑目する。

「その上、凡人も凡人、空前絶後のトロ子だ。才能の欠片もない」

「そこまで言うか……」

「ああ、言うとも。何せ母親の腹の中で、私が双子《あのこ》の妹の才能まで奪ってしまったのだから」

思わず同情めいた表情を浮かべるザルドに対し、アルフィアがその時見《み》せたものは、確かな『感傷』だった。

「この身は、浅ましくも掠《かす》め取った二人分の才を有している。それが私の原罪《つみ》。才能の化物など畏《おそ》れられるのも、必定だ」

自虐も込められた言葉が女の胸を引っかく。

それを聞き届ける彼女の片割れはもういない。

代わりに寂れながらも神聖な雰囲気を残す教会が、その告白を黙って聞いていた。

「あの子は真実、双子のうちの搾りかす。そんな妹が唯一持っていたのは……『優しさ』だ」

ややあって、ゆっくりと瞼を開けたアルフィアが口にするのは、姉が抱く慈愛そのものだった。

「何もできないくせに、誰からも愛される不思議なやつだった。あの姑《しゅうとめ》のようなヘラでさえ、裏では妹を延命させようと必死だった。誰かから受け取った優しさを、誰かに返してあげることのできる……そんな普通の娘《むすめ》だったよ」

一度だって聞いたことのない、女の穏やかで優しげな言葉。

エレボスは黙って、天上の精霊が奏でる旋律にも負けない、その静かな魔女の想歌《うた》に、耳を委《ゆだ》ねた。

「だから私は……誰よりも優しく、真っ白な妹《メーテリア》を、愛していたんだ」

打ち明けられた言葉とともに添えられる微笑は、神が認める程度には、何よりも美しいものだった。

そうか、と微笑みを返すエレボスは、次にザルドを見る。

「ならザルド、父親の方は？」

「美談はない。というか醜聞しかない。いや本当だ。サポーターのくせに率先して逃げるわ、主神と一緒に女湯を覗《のぞ》きに行くわ……」

打って変わって、ザルドはげんなりとした顔を浮かべる。

アルフィアのかけがえのない想いに水を差すようで悪いが、身も心も清らかな彼女の妹に並び立つものが何もないと、今にも溜息《ためいき》をつきそうな表情が物語っていた。

「……しかし、そうだな。俺もその子供を、一目見ておくべきだったか。あのバカの息子だと言うのなら、俺達の家族に違いあるまい」

間もなく、破顔する。

どうしようもない仲間で、散々自分の手を煩《わずら》わせた弟分の、小憎たらしい笑みを懐古するように、相好を崩す。

「……肝心なことを、まだ聞いていなかったな」

そんなザルドと、アルフィアを優しく見つめながら、エレボスは口を開いた。

「ザルド、アルフィア。この戦いの先に、お前達は何を望む?」

『英雄達』の答えは、決まりきっていた。


「「未来」」


「オラリオの後進どもが、俺達を喰《く》らって、『黒き終末』を乗り越えることを望む」

武人は夢見る。

敗者の中にいる勝者達が、次なる『英雄の時代』を担うことを。

「この世に『希望』をもたらすために。妹の子が、戦わずに済む世界にするために」

魔女は願う。

ただ一つの忘れ形見のために、この世界に静穏が訪れんことを。

「もし、父親と母親の血に導かれ、お前達の子がこの地にやって来たら?」

神は問いを重ねる。

気紛れな運命を予言するように。

「世界の命運を賭《か》けた戦いに、巻き込まれていったとしたら?」

笑みを浮かべたまま、わかりきっている答えを、再び尋ねた。

「みなまで聞くなよ、エレボス」

「ああ、答えなど決まっている──」

アルフィアとザルドは、未来に思いを馳せるように、言葉を重ねていた。


「「その時は、数多の『英雄』が、子の前に立ちはだからんことを」」


それはあるいは、とある『未来』。

出会いを夢見た兎《うさぎ》は、英雄の都《みやこ》の門をくぐるかもしれない。

彼の前には、多くの困難と挫折が待ち受けるかもしれない。

「『英雄』の洗礼を浴び、より強い冒険者にならんことを」

猛者が、勇者が、妖精《ようせい》の王女が、大戦士が、戦車が、剣の姫が、疾風が、彼を虐げては助言を与えるかもしれない。

ザルド達が全てを託す『若き英雄達』が、試練となって、子を育むかもしれない。

「そして願わくは、数多の洗礼を受け、幾つもの壁を越え、『英雄』なんてものに至らんことを」

子供はそれを受け、『英雄達』の意志を継承するかもしれない。

名も顔も知らぬザルドとアルフィアの願いもまた、巡り巡って、受け継ぐかもしれない。

巡りゆく正義と同じように。

英雄神話そのものを。

「父親譲りの逃げ足は、誰かの窮地を救い、次に繋《つな》げるかもしれない」

「母親譲りの優しさは、誰かの涙を拭い、笑顔をもたらすかもしれない」

子の両親を思い浮かべ、ザルドとアルフィアは血と想いの継承を信じた。

誰よりも、『我が子』の行く末を疑わなかった。

それは愛だ。

誰が何と言おうと、英雄達の愛だ。

「そうか……」

目を細めて聞いていたエレボスは、そこで意地悪な笑みを作る。

「酷《ひど》い愛だな。名前も顔も知らない相手から物騒な愛情を押し付けられて、今からその子供が哀れに思えてくる」

「私達はゼウスとヘラの眷族だぞ？　このくらいは序の口だ」

「ああ、【ファミリア】が健在だったらもっと酷い目に遭っている。絶対にな」

アルフィアとザルドはどこ吹く風だった。

唇をつり上げて、これがゼウスとヘラだと、そんな風にのたまう。

「やれやれ、とんでもない眷族どもだ、まったく……」

降参するように、エレボスは小さく肩を竦め、苦笑を浮かべた。

その苦笑は、『英雄』に対する神の心からの笑みだった。

「エレボス。もう私達の覚悟を試すのはよせ。大丈夫だ。未練はない。臆しもしない」

「これから俺達は多くの血を流す。世界を救う礎《いしずえ》を築くために、『悪魔』と化す」

僅《わず》かな間を置いて、アルフィア達は顔から笑みを消した。

全てを受け止め、誰にも譲らない罪を今より背負って、気負いも後悔も感じさせず、世界への誓いを捧ぐ。

「これ以上の手段はない。これ以上の『試練』はない。もう僅かも持たない命……ここで使いきってやる」

もし英雄の都が『未来』という答えに辿《たど》り着けないなら、二人の『覇者』に届するというのなら、エレボスとザルド達は本当に神塔《バベル》を落とす。冥府の門を開き、真実『古代』へと世界を逆行させる。それしかもう、下界が存続する術はありはしない。

『悪』を名乗らんとする者達は既に、覚悟していた。

「ああ、絶望をもたらし、希望のための『踏み台』となろう。それがここまで生き残ってしまった私達の、最後の務めだ」

だが同時に、彼女達はそうはならないと信じている。

悪鬼羅刹と化す自分達の全力をはね返す『希望』が、この地には根付いていると、確信している。

英雄の都、その片隅に立つ教会の中で、武人と魔女は告げた。

「私達の全てを、未来の英雄どもに託す」

エレボスは、目を瞑る。

正視できない輝きから逃れるように、今だけは神なんていう分際で、決しておくびには出さない『懺悔《ざんげ》』を胸の奥で唱える。


嗚呼《ああ》、眩《まぶ》しいな――。


本来ならば、誰よりも讃《たた》えられなければならない、英雄達を。

俺は黒い泥で穢《けが》し、罪人の烙印を押し付けようとしている。

なのに、こいつ等は、こんなにも眩しく在り続けている。

それじゃあ、全ての元凶のこの俺が、手を抜くわけにはいかないじゃないか。

なぁ、ヴィトー。

お前は神《おれ》を恨むだろう。

騙《だま》す真似をして、お前を置いていく神の愛なんてものを決して信じず、取り返しのつかないくらい世界を憎むだろう。

けど——それでも俺は、『理想《りそう》』を探しにいくよ。

お前が馬鹿《ばか》にするだろうこの理想《ことば》に、お前自身がいつか感化され、お前が何かを、愛してやれるようになることを願って。

この二人と一緒に、『英雄』を求め、『正義』を問いにいく。

オラリオが、世界が——『理想』に辿り着くことを信じて。

愛してるぜ、ヴィトー。

愛してるぜ、子供達。

大好きだ、この小さくも広い下界《せかい》よ。


「——いいだろう。ならば、エレボスの名において宣言する」


瞼を開けた時、そこにはもう、誰よりも下界を愛する男神《おとこ》はいなかった。

そこにいるのは『邪神』。

誰よりも『悪』を謳《うた》い、不敵な笑みを纏う、秩序と仇なす混沌の根源。

「今日から俺達は共犯者で、『必要悪』。そして世の歴史に罪過の象徴として刻まれる『絶対悪』！」

武人は目を細め、頷く。

魔女は緑と灰の瞳を瞼に隠し、微笑む。

「それでも神《おれ》だけは、お前達の遺す『偉業』を永久《とわ》に讃え続けよう！」

神の誓いを刻む。

決して破られることのない『契約』と『誓約』を、気高き英雄達と取り交わす。

紡《つむ》がれるは、歴史に埋《うず》もれ誰も知ることのない、『英雄神話』の欠片。

身を翻し、黄昏の光が漏れる教会の扉を押し開く神は、二人の英雄へと振り向いた。

「さぁ――『次代の英雄』を生みにいこうぜ」

ファンレター、作品の
ご感想をお待ちしています

〈あて先〉

〒106－0032
東京都港区六本木2－4－5
SBクリエイティブ（株）
GA文庫編集部 気付

「大森藤ノ先生」係
「かかげ先生」係

本書に関するご意見・ご感想は
右のQRコードよりお寄せください。

※アクセスの際や登録時に発生する通信費等はご負担ください。

https://ga.sbcr.jp/

アストレア・レコード3　正邪決戦
ダンジョンに出会いを求めるのは間違っているだろうか　英雄譚

発　行　2022年12月31日　初版第一刷発行
2023年2月8日　第二刷発行
著　者　大森藤ノ
発行人　小川　淳

発行所　SBクリエイティブ株式会社
〒106−0032
東京都港区六本木2−4−5
電話　03−5549−1201
03−5549−1167（編集）
装　丁　FILTH

印刷・製本　中央精版印刷株式会社

ISBN978-4-8156-1019-7
Printed in Japan　GA文庫

第16回 GA文庫大賞
GA文庫では10代～20代のライトノベル読者に向けた
魅力溢れるエンターテインメント作品を募集します！
物語が、華ひらく。
イラスト／風花風花
大賞賞金300万円＋コミカライズ確約！
◆募集内容◆
広義のエンターテインメント小説（ファンタジー、ラブコメ、学園など）で、日本語で書かれた未発表のオリジナル作品を募集します。希望者全員に評価シートを送付します。
※入賞作は当社にて刊行いたします　詳しくは募集要項をご確認下さい
リニューアルで選考課程を一新!!!
応募の詳細はGA文庫公式ホームページにて
https://ga.sbcr.jp/